U0680054

中国杂文
年度佳作
2016

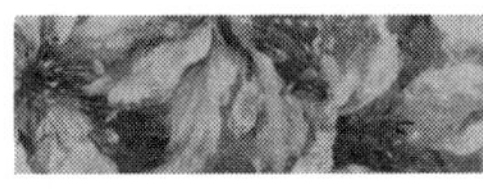

ZHONGGUO
ZAWEN
NIANDUJIAZUO

耿立 和庄
主 编
GENGLI HEZHUANG
ZHUBIAN

山东人民出版社
全国百佳图书出版单位 国家一级出版社

图书在版编目（CIP）数据

中国杂文年度佳作2016 / 耿立，和庄主编．-- 济南：山东人民出版社，2017.3

ISBN 978-7-209-10380-0

Ⅰ．①中… Ⅱ．①耿… ②和… Ⅲ．①杂文集－中国－当代 Ⅳ．①I267.1

中国版本图书馆CIP数据核字(2017)第006414号

中国杂文年度佳作2016

耿立　和庄　主编

主管部门　山东出版传媒股份有限公司
出版发行　山东人民出版社
社　　址　济南市胜利大街39号
邮　　编　250001
电　　话　总编室（0531）82098914
　　　　　市场部（0531）82098027
网　　址　http://sd-book.com.cn
印　　装　山东新华印务有限责任公司
经　　销　新华书店

规　　格　16开（170mm×240mm）
印　　张　15
字　　数　268千字
版　　次　2017年3月第1版
印　　次　2017年3月第1次
I S B N　978-7-209-10380-0
定　　价　36.00元

如有印装质量问题，请与出版社总编室联系调换。

目录

东德的“新人类”与“新人”

程映虹

2012年秋，柏林的东德历史博物馆举办了一个反映前东德社会生活的展览。为了更生动地体现历史感，展出的很多内容采用了互动的方式：参观者触碰屏幕的某个部分或按钮，会看到更多把你带入当时某个特定情境的内容，有的要你回答问题然后得到评分，如果积赚到一定的分数，说明你对那个社会有相当地了解，可以去领奖。

这两张宣传画就是那次展览的内容之一，具体年代不详，但不会早于20世纪60年代初。东德宣传部门通过它们，向青年一代形象地展示两种新人：一种是受西方文化影响的“新人类”，另一种是官方要塑造的东德“新人”。仔细阅读两张画上的一些细节，可以给今天的人们对渐行渐远的历史想象提供一些空间。

先来看看女性的那张。画面分为两部分，左边是受西方影响的“新人类”，右边是东德属意的“新人”。左边用裸露和曲线故意突出“新人类”的女性特征，紧身无袖上衣上有一个商标，下面是“FDJ”——法国的一个服装品牌，可能当时在东德比较受年轻人喜欢。此女发型妩媚，嘴角上翘，左手拿着一包美国的万宝路香烟。牛仔裤膝盖上方故意磨破——这在当时很新潮，体现的也是反传统的意思。一双高跟鞋表示远离生产第一线。画面还突出了这个妖娆“新人类”的生活趣味：她右手展示了一张滚石乐队群星的唱片，这是20世纪60年代西方新潮的大众文化；脚边是一个休闲包，包里露出一本美国的娱乐杂志，封面是通俗文化的著名象征——米老鼠。

但这个受西方影响的“新人类”也有一定的政治诉求。画面背景是一面旗帜，还有一只飞翔的鸽子，这是当时“国际和平运动”的标志。在20世纪50年代，“国际和平运动”基本针对的是西方阵营，所以受到苏联阵营的支持，但到60年代分化出一个独立的政治运动，苏联阵营也成为它的目标，和当时的反战、种族和性别平等这些诉求相结合，成为“新人类”的口号。到这时，苏联东欧国家对它的态度也就变了，认为它无视战争的性质，要求无原则的和平，对西方和苏联阵营各打五十大板，反映了个人主义的政治态度。

性、休闲和无原则的反战——这就是当时东德眼中受到西方意识形态和文化影响的部分东德青年的形象。

画面的右半边——一个基本看不出性别特征的“新妇女”，站在生产斗争第一线，很可能是厂房的建筑工地。她的一块头布裹住浓发，不施脂粉，制服的衣袖被卷起，露出一截手臂。制服上也有“FDJ”三个字母，但我想那可能不是衣服品牌，而是“东德青年团”的缩写。她的口袋里插着一把工具尺，左手执一把泥水匠的铲刀，右手展示报纸《德意志新闻》，脚蹬能踢死水牛的防护靴。她的身边也有一个休闲包，但里面露出的是政治读物，似乎是著名的苏联小说《钢铁是怎样炼成的》——好像在告诉人们，她的休闲时光也被政治化了。此外，画面背景旗帜与“新妇女”那坚定的目光和自信的神态交相辉映。

和左边的那个性感、叛逆、玩世不恭的新潮女郎相比，右边这个可以说是传统中的乖乖女。

再来看一下两类男性的对比。左边是受西方影响的“新人类”——一个大杂烩的男人形象：头戴旧时的绅士礼帽，蓄着过时的大胡子，身穿笔挺西装，上衣口袋插着一副大号墨镜。左手和新女性一样，拿一包万宝路烟，右手是美国快餐三明治，这副装扮与其说新潮，不如说颓废或者滑稽。衣袖上有一个标志：一个大写的字母 A，一条横线连着这个 A 横穿一个圆圈。这可能是国际无政府主义的标志：A 是无政府（anarchy），圆圈可能是英文字母 O，意为秩序（order），连在一起就是“用无政府的态度来反社会秩序”。

这个男人穿露趾凉鞋，和全身笔挺的西装完全不配，其含义除了指同性恋之外，我一时想不出有其他更合适的解释。当时的东德虽然废除了纳粹德国专门为惩治同性恋制定的法律，同性恋被非罪化，但仍然被认为是西方腐朽的性文化的产物。不知从何时开始，穿露趾凉鞋被一些人认为是“男同”的暗示，大概是因为过去只有女性才穿露趾凉鞋。古巴在 20 世纪 60 年代革命高潮时清理“社会渣滓”，好像也据此来辨别“男同”。不过值得一提的是，东德和古巴对待同性恋都还是比较开放的，东德瓦解前同性恋出柜问题就不大，而古巴现任领导人劳尔·卡斯特罗的独生女，在多年前就发起了呼吁容忍同性恋的运动，甚至向古巴议会提出有关议案，尽管她本人并非女同，而且还嫁给了一个西方男人。她父亲对此并不干预，这就造成了同性恋运动在古巴走在政治和经济改革之前的奇观。

“新男性”的休闲包里多了一瓶象征西方消费文化的软饮料。这个休闲包是有品牌的。“ALDI”是一家国际性大型连锁超市，据说全世界开了数千家，以销售打折商品为主。当时的东德青年当然没有能力消费西方著名品牌，但当代资本主义的消费主义更多地体现在中低档商品的大量倾销和频繁换代等方面，所以，“ALDI”或许更能反映西方生活方式影响下的“新人类”。

画面右侧的男性，除了头顶的防护盔，全身打扮和“东德新人”中那个女性没有不同，不需要解释，画面上其他的政治符号也完全一样。不过身边的包不是休闲类型的，看上去像是公文包，里面装的东西也是一模一样的政治宣传品。

20 世纪 60 年代是世界范围内青年反叛的时期。“新人类”在西方更多的是一种文化和生活方式上的更新，但它在苏联阵营的影响，就多少和政治相关。因为在这里，文化和生活方式被社会政治和意识形态所渗透，个人领域和国家政治没有很明确的分界线。尽管“新人类”并不是反政府的，但他（她）们代表了另一种政治——一种非政治的政治。它用疏远和冷淡在自己的身体、闲暇、情趣和国家的宏大政治之间划出一道分界线：我的身体在我的业余时间和我的私人空间由我做主。东德斯大林主义全能型的政治制度不但强求个人的政治参与，也企图规范他们的生活方式。而画面上的“新人类”把头一摆身子一扭，说“我不要你管”。在专断而事无巨细都要过问的大家长眼中，“小儿女”的这种态度当然就有一定的颠覆性了。

所以，东德当局也并不是小题大做，但它的反应方式非常笨拙，归根到底还是受对人性肤浅和机械理解的束缚。把被当局批判的“新人类”和想要塑造的“新人”放在一起，前者显然是活生生的女人和男人，身上和周边的一切都是一个有机的生活环境，它们会引起人们的好奇和探寻的冲动；而后者则多少像两台机器人，身上和周边的东西都像是被堆砌起来的物品，毫无生气，无法引起人们的兴趣。

把想要塑造的人描绘成两台连基本的性别特征都找不出来的机器，同时又把被它拒绝的那个人类描绘得性感十足，生机盎然，最终达到的效果，恐怕是有违始作俑者初衷的吧？

《同舟共进》2016 年第 1 期

禁野史与秦祥瑞

晏建怀

南宋有几个时间节点颇值得注意。1127 年 5 月，金人破开封、灭北宋之后，宋徽宗之子赵构在应天府(今河南商丘)称帝，成为南宋第一位皇帝，是为宋高宗。金人随即展开“搜山检海”行动，赵构从应天、镇江、扬州、杭州……温州，辗转十余个州府，一路南逃，仓皇如丧家之犬。直到 1138 年，宋金达成“天眷和议”，宋向金纳贡称臣后，赵构才回到杭州，将其升为临安府，定都于此。1141 年，赵构与秦桧合谋，解除岳飞的兵权，将他关进大理寺，让他那“直抵黄龙府，与诸君痛饮尔”的战略构想只有想法没有办法，从而取得向金国和谈的资格，随后与金签订了《绍兴和议》。1142 年 1 月，赵构处死岳飞，增加了向金献媚的筹码，巩固了《绍兴和议》。此后，乞和便成了赵构南宋朝廷的基本国策。

一个国家，如果认准了乞和的偏安而不是奋起反抗的话，他的官僚士大夫阶层便会像皇帝一样，甘心为奴而不以为辱。此时的南宋就是这样，朝野之间粉饰太平、歌功颂德的风气一时甚嚣尘上。随着这种马屁之风应运而生的是政治上一反北宋时期的宽松与清明，尤其是秦桧当政的十九年间，拉帮结派有之，深文周纳者有之，谄媚者、构陷者、告密者遍布庙堂江湖，士大夫因一字一言而遭到贬黜、身陷囹圄甚至葬送掉卿卿性命者不可胜数，许多人不得不同流合污以求自保，社会阶层渗透出一种如同末世的颓唐之风、衰败之气。

这种道路以目、人人自危的政治氛围下，秦桧鉴于对自由议论的畏惧和对自己罪责的掩盖，首先力推禁书——禁止私家野史的写作和出版。《宋史·秦桧传》载，绍兴十四年(1144 年)，秦桧“乞禁野史”；绍兴十五年(1145 年)七月，秦桧“又对帝言私史害正道”；绍兴十九年(1149 年)十二月，朝廷正式颁布诏令：“禁私作野史，许人告。”不难看出，禁止私家野史是秦桧一手推动的，他经过六年左右时间反复做赵构的工作，最后得到皇帝的同意，在政策层面全面禁止私家野史的创作和出版，而且“许人告”，谁还敢私撰？高压态势下，新书是不敢写了。

不仅如此，即便是以前曾经洛阳纸贵的名家名作，其作家的后人还纷纷站出来辩白和表态，如司马光的曾孙司马伋就信誓旦旦地说，《涑水记闻》非其曾祖所撰。原参知政事（副宰相）李光的家人，不惜把李光所珍藏的万余卷书悉数焚烧——“焚书”，自北宋以来，这恐怕是破天荒头一遭的事儿。更有甚者，一个叫曹泳的小官，状告李光的儿子抄录李光所作私史，被逮捕归案，因为此时李光被贬谪已久，于是朝廷下诏宣布对李光“永不检举”，即永远不再推荐提拔。同时，李光之子李孟坚被充军至峡州（今湖北宜昌），同僚中受牵连罢官贬职者八人。而告密者曹泳，则因举报有功立马官升数级，一时间，“士大夫争以诬陷善类为功”。

所谓“国之将兴，必有祯祥”，与“禁野史”相伴相随的是，吹牛拍马的“奏祥瑞”者蜂拥而至，而所谓“祥瑞”又是五花八门，千奇百怪。《宋史·秦桧传》中记载，绍兴十三年（1143 年）冬天下了一场雪，秦桧上表贺瑞雪，大臣贺雪自秦桧始。同年，楚州地方官来奏，说盐城县（现江苏省盐城市盐都区）黄海出现“海清”，大臣纷纷请贺。进士施锷上《中兴颂》《行都赋》《绍兴雅》等马屁文章十篇，赵构给予他“永免文解”（无须地方官签发证明，即拥有赴京应试资格）的褒奖。绍兴十六年（1146 年），虔州（今江西赣州）知州薛弼上章，说一老百姓拆屋时，发现朽柱中有“天下太平年”字样，赵构很高兴，下诏收藏至史馆。从此，颂咏导谀、粉饰太平者越来越多，马屁文章大行其道。不仅颂“圣”者日众，颂“相”者亦众，大小官吏竞相揣摩迎合宰相。台州曾惇向秦桧献诗，称他为“圣相”，其他尾随者争呼秦桧为“元圣”，大言不惭地说皋陶、后稷等贤臣尚不足比。于是，赵构和秦桧待在歌舞不休的杭州，如同西湖边被暖风熏醉的游人一样，苟且偷安，不复巡幸江上、做北定中原的思考和打算。

一些心系家国前途和命运的士大夫，本着自己的责任和担当而愤愤不平，提出异议，希望提振士气，复兴国家。但不成功则成仁的士气却遇到了赵构、秦桧的拜“金”主义，他们对金国忍气吞声，对自己人却磨刀霍霍，打压相加。礼部侍郎曾开问秦桧对金国使用什么礼节，秦桧答“高丽之于本朝”，即承认自己是金国的附庸，曾开因此拒写国书，立即被罢。李纲、胡铨上疏反对议和，均被贬至蛮荒之地。迪功郎王廷珪作诗赠胡铨，鼓励他一路走好，结果被贬谪辰州（今湖南沅陵）。宜兴进士吴师古将胡铨的奏疏刻板印刷，被流放到袁州（今江西宜春）而死。岳飞自不待说，南宋第一大冤狱。同时，朝廷还对持异议的原宰执大臣张浚、李光、赵鼎等人，分层次、分批次进行排挤打击，手段狠毒。赵鼎被贬茫茫海外吉阳军（今海南三亚），朝廷安排地方官随时监视，每月报告赵鼎生死。赵鼎知道朝廷要对他下毒手了，萌生了自杀念头，托人转告儿子：“秦桧必欲杀我。我死了，你们则无后患，我若迟死，必将祸及全家。”绍兴十七年（1147 年），赵鼎在贬所绝食而死。

当赵构主导下的南宋朝廷进入一种麻木不仁的状态时，许多问题便积非成是、好坏不分了。一有谀颂，就“永免文解”；一有异议，则“永不检举”；一有谏诤，便深文周纳；无罪可状无据可证时，或说“谤讪”，或说“怨望”，或说“莫须有”，或说“立党沽名”，或说“指斥乘舆”，无所不用其极——目的只有一个，把人心和言论统一在偏安乞和的政策下。所以，无论是禁野史还是奏祥瑞，抑或除异己，这诸多手段都是投降政策下相辅相成的必然，也是以一帝一相的利益而牺牲整个国家和民族利益的取舍。

《宋史·高宗本纪》评价赵构说：“然当其初立，因四方勤王之师，内相李纲，外任宗泽，天下之事宜无不可为者。顾乃播迁穷僻，重以苗（傅）、刘（正彦）群盗之乱，权宜立国，确呼艰哉。其始惑于汪（伯彦）、黄（潜善），其终制于奸桧（秦桧），恬堕猥懦，坐失事机。甚而赵鼎、张浚相继窜斥，岳飞父子竟死于大功垂成之秋。一时有志之士，为之扼腕切齿。帝方偷安忍耻，匿怨忘亲，卒不免于来世之诮，悲夫。”而所谓“来世之诮”，后人也只能如岳飞一样徒添叹息道：“天日昭昭，天日昭昭！”

《同舟共进》2016 年第 1 期

挑灯种田是矫枉过正的闹剧

程枝文　何　思

不久前，四川大学锦城学院出现了一道奇观，人们津津乐道——夜幕下，风雨中，一群学生在校园中打着手电栽种油菜，有人用手扶式拖拉机耕种，有人拎起水桶给农田浇水，俨然一个个挺专业的农夫。这到底是怎么一回事？该校宣传部李老师做了解释：农场劳动是一万多名锦城学院学生的必修课，相当于“毕业通行证”，由于近日降雨频繁，学生们为了补课，才从黄昏劳作至深夜。

事件一经发酵，即得到一部分围观者的追捧。人们常叹喟“90后”四肢不勤五谷不分，懒懒散散还不珍惜盘中餐，而这门实践课似乎就切中了要害。该校校长更是满怀豪情地提出：“学生必须亲手碰到泥巴，才能知道什么是奋斗，什么是劳动。”的确，劳动应该，实践应该，但若进一步想，就觉得不对劲了：种田成了必修课，学生为挣学分甘愿冒雨抢种，这种事情发生在本科院校中，是不是有点儿过了头？

信手翻翻近年来的高校新闻，大学如此倒腾学生的做法还屡见不鲜。南昌大学的学子们“抢”了保洁阿姨的饭碗，走出课堂即撸起衣袖扫起了厕所。同样发生在成都，四川师范大学交通和机械技师学院的学生们也被“下放”到厦门某公司的生产线上，为手机贴膜，“业绩”同样与学分、毕业证挂钩。而事件引起舆论的反响时，学校工作人员总会给出冠冕堂皇的理由——“劳动”“实践”，似乎“90后”在他们的眼里真成了贪图安逸的一代了，没有经过这样劳动的洗礼，就不算合格的大学生。

拨开劳动这层云雾，拷问大学本科教育的实质，类似锦城学院这样开设的劳动必修课，有矫枉过正之嫌。

学生在大学中学习，本质任务应是习得专业知识，开阔视野，而不是成为农民、清洁员、贴膜工。作为全日制普通本科院校，学校培养学生的劳动意识，无可厚非。但是，倘若与学分挂钩，变选修为必修，以至于为了要学分，挑灯夜战去种田，就变了味了。

若要问温室花朵们鱼和泥鳅的区别，果实是在树上还是埋在土里，他们发蒙的样子还真不少见。可这种从小到大劳作经验的缺失，真是一门种田必修课所能解决的吗？将种田引入校园的初衷是好的，但模糊了尺度，再好的想法都会演化成一场闹剧。

其实，摘掉必修这顶帽子，锦城学院将种田引入校园的做法还是值得肯定的。然而，若想解决病根，还要追溯根本，认真督促大学劳动周里学生的表现，也别让老师捧着课本，占领学生的劳动课。

《杂文选刊》2016 年第 1 期

仪式化的“忠诚”

阮　直

在我工作的写字楼前边有几家商铺，隔三岔五就看见身着统一工作服的员工，由一名领导模样的人统领，在那儿大呼小叫，类似发誓表决心，过往行人越是注目，他们越是昂首挺胸，声音洪亮。据说，这是从东洋学来的仪式化管理，说这么做，可以振奋员工精神，加强员工的团结一致和集体的忠诚感。

其实，这几家铺面大多生意冷淡，喊完了口号的员工回到自己的岗位，马上就如被扎了一锥子的皮球，那股气也就没了。原因很简单，经营不好，工资太低，员工在这里无非是骑驴找马，没人忠诚于你那个土鳖老板，更没啥信念让员工坚守。你一个月就给人家开个最低工资，还想培养别人“爱的情怀”“忠的精神”？无论你的仪式搞得多么庄严隆重，有多少人见证，都不过是忽悠，员工就是把嗓子喊充血了，也不过是忽悠老板。

仪式化这种玩意其实并非东洋人首创，自从发明了“礼”，仪式化就从宫廷到家庭，从军营到山头儿都学会了。就连三个小毛贼决定偷一家杂货店之前也都会对着电灯泡咬牙切齿地对天发誓：被抓之后绝不互咬。可一旦事发，分开审讯，没有一个坚守同盟“打死也不说”的。就连水泊梁山那些最讲义气的铁血好汉，在聚义厅里海誓山盟，打出“替天行道”的杏黄旗，谁都以为能一干到底了，可最后“大当家”的自己就带头归顺了朝廷。

我不做生意，可我总觉得要想让员工焕发工作热情，忠诚你的事业，前提是这事业一定也是他的事业，他做得越好越有利益。就是把员工聚集在关帝庙前搞个滴血为盟的仪式，都不如给员工几个股份更有正能量。

美国心理学家艾瑞克·弗洛姆在《健全的社会》一书里指出，现代社会中“共同确认”的心理效果是一种有社会危险性的羊群效应。他写道：“关于社会成员的精神状态，人们在观念上的‘共同确认’非常具有欺骗性，与理性和精神健康都毫不相干。”

就像那些被仪式化洗脑的传销人员，他们好像是在忠诚于“共同确认”目标，是什么“信念”与价值观的一致，其实找他们单个一聊你就知道了，原来他们都有一笔数目不小的钱被绑定在“团伙”之中了，谁以为那是“仪式化”的效应谁就被忽悠了。

仪式不仅可能被剥离掉意义，还可能像婚礼一样，虽然的确有一点儿意义，但实际上起不到维护这种意义的作用。还有一些仪式则在意义和作用上都模糊不清。婚礼可以热闹、可以煽情，但婚礼的仪式从来不能保证男女的彼此忠诚，倒是葬礼的仪式即便有点儿浮夸，可那个沉默不语的主角从这个仪式之后就真的没有“二心”与“不忠”了，但这不是葬礼的仪式效应，而是上帝显灵了。

《杂文选刊》2016 年第 1 期

审美苦旅

姬中宪

众所周知，国人的审美观是由导游决定的。导游说：“这儿是景点！”我们就拍照。导游说：“这个背景最漂亮！”我们就留影。结果，大家拍出的照片都一个样——同样的画面、同样的角度、前面站着一个不同的人、却举着同样的两根手指头，一看就是一个导游带出来的。就这样，人与自然，不可思议地在全国范围内实现了高度的和谐。

你发现了一处被导游忽略的景致，兴奋地举起相机，还没按下快门，导游就过来了——导游和导师一样，喜欢关心后进同学，绝不让任何一个同学落下。导游说：“别拍这个，这个不是景点。”你说：“可我觉得这儿也挺漂亮啊。”导游说：“我做导游十年了，十年里每天带团来这里一次，你了解还是我了解？”你说：“也许正因为你天天来，所以忽略了它，正因为我第一次来，所以发现了它。”

导游不高兴了，说：“全团有三十个人，等你一个人，结果不能准时赶到下一个景点，全天的行程都被打乱了，你好意思吗？”你不好意思了，不能为了自己那点另类的审美破坏了大伙儿公认的审美，于是你收起相机加入“团伙”，奔赴下一个景点。

国人的审美观是具象的：一棵树、一块石头、一处海角，必须得像个什么东西，才能称得上是景点，景点才有了卖点，否则一文不值；像的这个东西，还必须得是群众喜闻乐见的东西，越具体越家常越好，咱们的想象力就那么方圆几平方米，太偏太远太抽象太唯美了不行。

于是，导游最常用的语言就是比喻句。导游说：“看那块石头像什么？像不像乌龟？”大伙儿一起说：“像！”然后拥上去和“乌龟”拍照。导游说：“看那个山头上面长了一棵树的像什么？像不像手机？”大伙儿一起说：“像！”然后拥上去和“手机”合影。

导游说："看那两块石头，一块大一块小，一块胖一块瘦，它们像什么？像不像……"团里一个小朋友很不懂事，插话说："像地球围着太阳转！"导游说："错误！告诉你正确答案吧，正确答案应该是像猪八戒背媳妇！"大伙儿一起说："噢！像！"然后拥上去和"猪八戒"以及他"媳妇"合影，只剩下小明妈妈在教育小明："小明，知道正确答案了吧，下次不要再说错哦！"

国人的审美观，就这样有惊无险地又传给了下一代。

国人的审美观，还必须得跟权钱勾结起来，这才有了现实的意义，才算不虚此行，否则光给他们讲像这个像那个，全是白费。还是那两块石头，导游说："左边那块石头，想当官的赶紧摸一摸，保你官运亨通；右边那块石头，想发财的赶紧摸一摸，保你财源滚滚。"于是我们就拥上去，各摸各的，也有那贪心的，两块都摸，其实没必要，官运和财运，说到底是一回事。

导游又说："如果你已经当官了还想当大官，或者已经发财了还想发大财，就要从上到下顺着摸；如果你还没当官还没发财盼着当官发财的，就要从下到上反着摸。"好吧，大家都责怪导游不早说，害他们刚才白摸了，于是赶紧擦擦手，排起队，一个一个地重新摸，边摸边举着两根手指头让人拍照，好留下证据，日后万一没当官发财，好回来找石头算账。

两块石头油亮油亮的，光可鉴人，见证了无数国人的审美之旅。

《风流一代·经典文摘》2016 年第 1 期

来去此门缘

张亚丽

多年前，8 月某晚亥时，我与同事观一株昙花开放，目睹丝丝微颤，室内布满清香。那年我 19 岁，因花开悟。生命短暂，人生亦如此。我的生命能芬芳乎？

思兮寻兮，追问兮。生命的灵修，与诗同步。

多年后，6 月某日卯时，我又追寻到有关昙花的故事。

“昙花没开。昙花迟到了！”一位记者说，“那株迟开的昙花。”他与她认识了。她说：“你去过美国吗？你最想去的城市是哪一座？”记者说：“是哈特福德。”她说：“为什么，我的大学——三一学院（Trinity College）就在哈特福德。”他说：“我想去查找一个人。”她说：“是谁呢？”记者说了人名。她消失了，几分钟后她回来告诉他打电话的内容：学院邀请他，批准一个月。因等一株昙花开放，一位记者得到追寻的机会。

偶然把他带进历史的另一头儿，偶然把我也引进历史的另一头儿。

2010 年 6 月 3 日，在香港南洋大酒店，从美国归来的思想文化学者 Mr .Li，临行前把一堆书赠予我。我选了两本，其中一本就是《昙花迟开的“果实”》。历史有脑有脉搏，我就这样进入那个时代文明的内核。

因一本书，引我回眸看到一艘船。这艘船从葡萄牙驶来，停泊在我国的南海东岸，船上人登岸歇脚，迈出踏上澳门的历史性一脚。

澳门因海洋文明的一只脚上岸，西方文明随之而来。

想见识与深圳隔海相望的澳门，就必须去上梅林海关办边境通行证。等大约 10 天，我收到打钢印的紫红色小本。一个大活人，凭人格是不能通行的，通行的是纸本上的人。午餐后，车经西环大桥时，导游讲述了桥与人的故事。

一座桥连接一座城的前后门。我从他的话语中得悟：天堂与地狱，背靠背。

当我们来到洋葱头的建筑入口，仰视反光的贴面时，人群成为建筑的一部分。我的影像悬在半空，真实的我反倒被同行人忽视，大家一起注目。因光的折射，光滑闪闪的金色贴面中，有奇形怪状的黑色装饰物，还有远处停车场闪来闪去的游人如织。洋葱头是魔幻的入口，想赢不输，博彩业不喜。上帝没空操心，每人的收支平衡。

认识一扇门，也就找到了入口。

这座城的生存之奇，奇在他们让大家找乐子玩心跳的同时，把一条钱脉打理得风调雨顺，滋养澳门的人气与繁荣。这儿的市民，从容淡定，见过世面，悟透贫富与生死。时空存在未知的通道，空间因时间充盈，计算与瞬间较量。天地是两扇大轮盘，人在其中被磨损或增值，系于一粒骰子旋转的弧线。人人想掌控局势，岂知术数一刹有千万面孔，挑战欲望的极限，在撞击中，无数文明的碎片飞落深渊与高峰。我交 158 元，获得去龙环葡韵的机会，花钱可另购准自费游，导游赠澳门旅游纪念表一块，鼓励此行。参团游是花钱买时间被别人掌控，处境尴尬。我对博彩无欲，多走一处景点吧。

葡国村之美在于几十棵百年老树撑出团绿，我伸臂拥抱树身，只能抱三分之一，外来树种的生命力强大，藤蔓植物与之亲近，令人生喜。嘉模教堂在高坡，此处也有大片老树不知其名，引我摄影，请上帝入住相机带走。当我进入葡萄牙人曾经居住过的 5 栋小楼，观赏私宅、办公官邸、氹仔博物馆，历史展现纵深一幕。这些人上岛后，经历的生存图景，超出我的预知。洋人开拓疆域，扎根异邦，解决了衣食住行的问题，令人赞赏。走出去，寻找开辟新天地的机会。

有人来，有人走。

澳门包容“来”与“去”。

那就说说走的人。这位与昙花迟开发生关系的人是容闳。他与澳门有关，与蓝色波涛相连。记者因昙花开放，得到考察时机。容闳是一位乡下孩子，缘何能远行大西洋彼岸呢？在圣保禄教堂大三巴寺牌楼前凝思，我仰视时代文明的标志，泛着青苔的大理石承接着过去与未来。当东西两种文明交锋时，谁能胜出呢？传教士给了证明。意大利人利玛窦，带来西方基督教的博爱与信仰，还带来海洋文明——航海图，被中国人刻印翻制为《坤舆万国全图》。此图改变国人的“天圆地方”理念，大地是一个球体。洋人的自鸣钟也胜过中国的滴漏，还有三棱镜、天文学、几何学等。一位传教士，让澳门的文明史增了重量。容闳对此并不陌生，他 7 岁时被父母送到普鲁士人开办的学校读书。这所学校是马礼逊学校的前身。马礼逊是苏格兰传教士，22 岁那年离开欧洲绕道美洲，乘坐纽约的船只来到澳门，步利玛窦之路以“学术传教”立足中国，得以被朝廷接纳。他还是首位汉译《圣经》的翻译。

年幼的容闳在澳门接受传教士带来的异邦文明。不料中英交恶，学校停办，容闳失学。他为每月 3 元的工钱补贴家用，成为澳门天主教印刷所的书籍装订小工。后来复课后的马礼逊学校通知他复读，他却此消息相隔了一年多的距离。随后容闳再次成为此校的学生，踏入西方文明的殿堂。澳门奠定了容闳人生的第一步，没有在此的经历，就没有中国历史的一段辉煌。

这是值得记忆的时刻。

1847 年 1 月 5 日，容闳随布朗牧师乘“女猎人”茶帆船出发，经 98 个昼夜航海登上美国陆地。容闳因在美国接受教育，增长见识拓宽视野之后，他思考什么是改变国家的利器。太平洋的蓝色浪涛把两个大国相隔两岸，三万两千里行程因航海文明并不难跨越，难逾越的是怎样攻克等级森严的帝制堡垒，让朝廷接受治国大策的新理念。如何促成这个理念变成现实，在历史的那头儿他走了曲折之路。然而，曲折前行的这头儿，我乘坐的豪华旅行车，正在澳门穿行大街小巷，沿路看到永安息巷、高地乌街、美副将大马路边有掩映在绿荫中的普济禅院，中美《望厦条约》签订处。经推算我弄清此条约签订 3 年后，容闳才远航。他在大西洋圣海伦娜岛拿破仑墓前，折下一根柳枝继续前行登陆美国东海岸。经过 8 年深造毕业时，他带到异邦栽种的细柳已经长成万挂绿丝。虽说强权让弱国没有平等与尊严，然而一艘商船在不平等条约的缝隙中悄然航行。时光不能倒流，他不可能再做细柳随风而摇。面对东方封建专制落后的僵固国家，他想到古语：“鱼不可脱于渊，国之利器不可示人。”我们有与世界文明抗衡的利器吗？中国近代史飘满鸦片的烟雾，只剩任人宰割的血腥版图。他心中的蓝图日渐清晰。警醒与智慧，让他走上教育救国之路。

容闳的路是一条艰难的开拓之路。

毕业后经 17 年的苦苦奔走，他从青年到了中年才看到留学计划得以实施。那是中国近代史上的非常时刻，1872 年农历八月初三，30 名官派小学生，年龄 9 岁至 15 岁，乘坐 40 多乘轿子穿过上海的街道来到领事馆，在吴淞口的晨光中出海驶向太平洋。穿越历史岁月的烟雾，我看见中国的孩子乘一艘艘船离去。一群拖着尾巴似的辫子的孩童，穿着统一模板裁剪出的清朝官式学服，告别乡土，他们在海船上呕吐后，强咽下面包与牛奶。经 40 个昼夜的海上颠簸才抵达美国西海岸旧金山。下船后，他们学习适应异族的家庭生活。因那片土地的厚爱，不久孩子们成为美国友人家庭的一分子。东西方文化与文明，在不同民族之间这样自然衔接融合。追寻 100 多年前的人文轨迹，目标锁定美国的哈特福德。此城相对美国历史而言，有资格被称为老城。中国留学生事务局大楼就在哈特福德落成。这座大楼与容闳有关。历史之轮在前进中，过去时与现在时发生共振。我乘坐的旅游车正在爬行通向历史的半坡，从车窗可看到一片天主教徒墓地，层层递进的墓碑雕刻精致，碑上的照片女士典雅、男子绅士，正在享受中美《望厦条约》的荫庇，与澳门市民同居一处生活区。我的耳边响起美国民歌《多年以前》：

Long, long ago
Tell me the tales that to me were so dear,
Long, long ago, long, long ago.
Sing me the songs I delighted to hear,
Long, long ago, long ago.

一艘船的到来打开古国的大门，一个人的远洋开启文明的序曲。一只脚上岸与一座城的意义，一个人求学与国家的文明，在时代进程中渐次呈现价值。容闳与历史结缘，令人感怀追述。

绵绵细雨敲打着一把把花伞。

在大三巴牌坊观“一刹那圣母童贞怀孕”石雕，神明与我再次相遇。因人多匆匆留影，我冒雨返回同安街停车处。一个人等一群人，独自在老庙的黄墙外品味当先锋的滋味。一个人如何脱颖而出，取决于你和时代的关系。挑战还是退缩？容闳的第一步，是因布朗牧师有身疾要回美国。“有谁愿意跟我到美国去读书呢？”一片静穆中，容闳站起来。这一起身，使他能够矗立在耶鲁大学的墙壁上，他成为中国首位法学博士。人生因瞬间改写。一个国家的走向，有时也如此。澳门洋葱头内的情景，无数人挑战一闪念。那种玄妙，不是谁都可以把握的。赢与输是人念，大自然无此。万物生长，起始轮回。博彩与股市是孪生兄弟，把人的欲望扩展到极限，还享受法律庇护。在金碧辉煌的空间，有人心颤，有人休闲。绞尽脑汁与看客随意，有天壤之别。历险与赏玩，谁升谁降，参与者知。因昙花带来的心缘，访问澳门。观看那么多陌生人围桌博弈，我难融入。

如今澳门市花高洁，九九莲花昭示和平。

弹丸小地，人文历史景观密集。博彩业带给人的启示独特，在拉斯维加斯之外的东方殿堂。有胆之人均可尝试，天堂一视同仁，另一面也如此。人对运势的掌控，最难思议。我有更多时间思考如何做人，但求存在的诗意。谁也把握不了恒定，洋葱头里的玩家，比我认识深刻。人类在时空中上演喜剧与悲剧，闹剧天天发生。瞬间与永恒，交织人类文明的经纬。容闳也没想到因起身的瞬间而走进中国近代文明史。葡萄牙人的登陆改写了中国南大门，容闳的离去架起中国通向西方的文明桥。这位留学鼻祖，因一扇门的开启得悟。他留学归来与曾国藩、李鸿章联手，开拓中国的自强培养人才之路,4 批共 120 名幼童赴美留学，在美国接受了西方现代文明，回国后改变了中国近代文明的进程。中国的航海业开启新纪元，奔跑的火车提高了速度与利润，电话与电报缩短了与世界的距离，采矿业兴起提升经济，西医引进中国……不过有些人在中法与中日海战中阵亡，为国捐躯。李鸿章呕心沥血支持培养的学子成为幕僚、袁世凯的顾问，与“五大臣”出国考察政治，半年周游 14 国，奏请“以五年为期改行立宪政体”。“预备立宪”标志着中国政治近代化的起步，外交使臣在国际舞台上游刃有余。晚清到民国初年，几乎所有载入史册的重大事件，都有他们参与。

容闳的《西学东渐》深得人心。世上法门万千，“一切法从心生”。我在澳门氹仔四面佛前，双手合十交融。心有昙花，灵光一现。所有的门只是一门，你能不能在瞬间打开，进入再走出——

澳门承载“来”与“去”。

我有缘结识一艘船与一个人。

佛祖拈花，心系乾坤，足矣。

《现代艺术》2016 年第 1 期

我们该如何与这个世界相处

李　晓

梁漱溟先生被称为最后的儒家。他的父亲梁巨川先生去世前，轻声问了儿子一句话："这个世界会好吗？"儿子作答，这个世界会变得好起来。几天后，父亲自沉于北平的积水潭。后来，梁漱溟先生出了一本谈话录，这本书的名字就叫《这个世界会好吗》，也算是对父亲最庄重的祭奠。

这个世界会变好吗？科技日新月异，人类都进化了上百万年，可我发觉，人性深处最基本的喜怒哀乐，也还是和古代差不了多少。不过现代社会的纷繁干扰比古代多了，人性要经受的考验也多了。

一个人又该如何与这个世界保持从容的相处？最好的状态是：像一条河流那样，绕过群山与大地，奔流到海；像一棵树那样，开花结果落叶枯萎，尊重自然的生命历程。

人果真像植物那样活着就好了。植物尊重规律，把根扎在土里，平时大多沉默，但从容自在，活得青翠。风一来，植物就迎风起舞，亲昵私语。

人到底不能像植物那样活得洒脱，一个人哪怕宣称活得再自由，也有禁锢，只是严重或轻微。正如宣称最幸福的人一样，一般都经历过大悲大苦。不做最幸福的人，也不做最痛苦的人，做知道人世冷暖的人，做知道人生痛痒的人。

不过用文字来标榜的人太多了。这些年来，我已经不太相信那些用文字来标榜自己的人了，他们标榜忠诚、热情、孝顺、善良，感觉像轮番表演，就像某个人说的那样，缺啥补啥，他们用文字给自己补养。

清高者在台子上的清高，有时是做出来给人观看的，后来，就剩下那人与自己的道具了。不过有时也是想保持独立，不人云亦云。不是有一句话吗？看起来的不合群是孤独，一旦违心的合群，才是大孤独。有时从众，会渐渐丧失了思维的能力。一个丧失了独立思维能力的人，与一个植物人有啥区别？

有时孤独的东西，也成全了美好。

一个人对另一个人的认识，有时不是在身边，而是要适当隔开一段距离。这就是我们对故乡，对往事，对离去的人，为什么还要牵肠挂肚的怀念，肯定是经过了时间的沉淀，沉淀到我们记忆里去了。时光屋檐下的滴水，成了冰，在树的伤口处，化作了琥珀。

在一个友人的博客里看到一件他经历的事情。他说，一行旅人要去赶飞机，几十个人坐在大巴里焦急地等一个人，旅客们纷纷责怪，导游解释说，他在大堂洗手间里。这时，一个旅客开口说，别太责怪他了，谁愿意一直在厕所里蹲着啊？旅客们顿时安静下来，安心地等他回来。所以有时候，慈悲，就是你突然有了一颗感同身受的心。

多少人想活得简单一点儿，这其实并不难，一件一件卸掉包袱、铠甲、面具就是了。一些复杂的人，算计太深，城府太重，结果还是很惨。往往是把自己给算计进去了，机关算尽，反倒让一生苍凉。

复杂者的人生，到底有多复杂？有时一回首，发现复杂的是人性，并不是经历。简单者的人生，到底有多简单？一眼望去，发现简单的，并不是经历，是人心。

《杂文选刊》2016 年第 1 期

请相信我

吴若增

老实说，当我把那只盘子从阳台外面的空调罩上拿起来，把盘子里面的小米、点心和羊肉片等拨进垃圾袋，再把盘子洗刷一新并收起来的时候，我的心情十分沮丧——因为我的善意不被理解，不被接受。

在人的社会生活中，善意不被理解不被接受的经历，也是有的，但这一回的沮丧却好像有些异样。我想，这可能是因为我完全没有料到竟会是这样的一个结果吧？两个月过去了，盘子里面的一切——包括我每天撤换的，都与我放进去时的一模一样。显然，它们连动都没有动过。它们完全无视了我的善意和努力。为此，我感到了若干苦涩，就使得这沮丧变得更加不堪了。

但我又分明地知道，这怪不得它们。

麻雀们如此，我是能够理解的，因为过去几千年的贫穷和饥饿，使咱们这个民族不放过一切能够果腹的东西，其中，自然也包括了麻雀。何况半个世纪之前，咱们还曾经举全国之力对它们施以围剿，必欲赶尽杀绝而后快。而咱们之所以未能得逞，并不是因为咱们后来的良心发现，而是因为它们的生命力实在是太过顽强。是的，咱们现在有了改变，但让它们消除那些记忆，可就需要一个很长很长的时间了。在那个时间还没有到来的时候，它们没有仇恨咱们，依然故我地跳跃于咱们的身边，就已经是一种了不起的宽容了。咱们没有理由要求它们更多。因此，对于它们不肯光顾我放在阳台外面空调罩上的那只盘子，不肯去啄食盘子里面的小米来说，我倒是没有什么怨责。我只是觉得遗憾。

可喜鹊就好像不那么应该了吧？放在盘子里面的点心和羊肉片，那是我特意给它们准备的。我本来以为它们会欢欣鼓舞地飞来抢食，没想到它们竟然也不肯光顾。难道咱们也曾经伤害过它们吗？堂前燕子、林间喜鹊，几千年来一直被咱们这个民族另眼相看，那是因为它们的到来，意味着吉祥，也意味着希望。因此，在咱们中国人这里，燕子和喜鹊的命运就跟麻雀完全不同了。这一点，难道喜鹊们不懂?

两个月前的那个上午，我站在阳台那里向外张望。那时我看到：在我窗前的那 3 棵大杨树上，正有 20 多只喜鹊在那里嬉戏、飞旋。而另外的三五只呢，则飞到了我家周围的这些地方落脚、觅食。那样子，令我感到了这个世界的祥和与美丽。而麻雀们呢，在楼间、在空地，或三三两两地追逐，或自顾自地啄食，就使得这个画面更加立体起来……一时间，我因这个美丽、祥和的活的画面激动了，并忽然想道：嗨，我何不给它们准备些吃食，请它们来我家做客呢?之后是想都没有多想，我便认真地准备了这一切。那时，我想象着它们争先恐后地飞来，争食我摆在盘子里面的食物的情景……啊，那该是多么动人呀!

然而，第一天，它们没来。第二天，它们还是没来。第三天，它们仍然没来……两个月过去了，它们居然一直没来。

是的，我肯定它们看见了我给它们准备的这一切。它们只是不肯飞来。

为什么?它们为什么不相信我的善意和努力?它们是不是怀疑那个盘子里面的美味，其实是一个诱饵?而那个盘子，其实是用来捕捉它们的陷阱?

是的，这样的坏事，咱们可是干得太多了!

于是，善意和陷阱，就成为难以分辨的东西了!

不要说是它们，就连咱们人类自己，都难以分辨!

悄悄地，我放上了一只盘子，那是我殷殷的期待。悄悄地，我撤下了那只盘子，留下了无尽的伤感和无奈。

《今晚报》2016 年 1 月 3 日

也说“颜值”

路来森

时下，流行一个网络词——“颜值”。查“百度”，颜值，解释为：颜，颜容、外貌的意思；值，指数。表示人物颜容英俊或靓丽的一个指数，用来评价人物容貌。

说白了，“颜值”，就是指一个人的容颜之美，或者叫相貌之美。

其实，这也并不是什么新鲜玩意儿，只不过用了一个较“雅”的词来表达而已。再者就是，“颜值”一词，既可用作评价女人，亦可用作评价男人，颇有些对中国人传统“郎才女貌”观的颠覆意味。

随之，衍生而出的词语，还有“颜值爆表”“颜值社交”“颜值高人”，乃至于“颜值排行榜”等。

我感兴趣的是，“颜值”一词，何以会如此流行而火热？不仅娱乐圈、娱乐场所的人们开口闭口谈颜值，连日常生活中的平民百姓们，也动辄说“颜值”了。

乍一看，这不过是一个词语的流行问题。但若向深处思考，这一流行词语，实则体现了当今社会，人们的一种“审美倾向性”——过分看重外表之美。

“看重外表之美”，并没有错，不是说“爱美之心人皆有之”吗？连老百姓都朴素地说：“人长得美了，看着养眼。”问题就在于“过分”，当过分地强调“颜值”、追捧“颜值”的时候，它就会产生一种社会“导向性”，引导人们（至少是相当一部分人）去刻意追求外表之美，而忽视了自己内在的修养；延至社会，就会助长一种浮躁之风。

其实，“颜值”的形成，也是有“内外”因素之分的。许多人只看到、重视了外部因素形成的颜值，比如，梳妆打扮，甚至于整容；却忽视了内在因素，对“颜值”形成的重要性。“内外兼修”的颜值，才是最高颜值，才是“颜值爆表”的真正价值，也符合中国人“内慧外秀”的传统审美观。否则，只是通过化妆打扮，或者整容，来实现的有形无质的“颜值”；那些所谓的“颜值高人”，也不过是一只只绣花枕头罢了。

追求“颜值”，不可怕；可怕的是追求偏了，过当了，以至于形成一种社会浮躁之风。中国人，太需要沉下来，太需要一份安静和思考了，浮躁之风，要不得。

《佛山日报》2016 年 1 月 5 日

催　泪

刘吾福

胡局长跪在母亲的灵柩前，左右两边一字排开，分别是他的妻子、弟弟、弟媳以及儿子、侄子和侄女，所有人都披麻戴孝，低着头弓着腰虔诚地伏在地上。

鼓点子一响，喇叭吹出声声哀号，八个抬棺的夫子脚穿草鞋腰缠麻绳，摆了个抬棺的架势，灵柩就要启动了。在乡下，这是孝子贤孙们哭丧的时刻，哭声越大越显出孝心。

胡局长的母亲去世时已是 85 岁高龄，在这样的年纪去世叫“白喜”，白喜也算喜，悲情自然不那么浓。而且她老人家是无疾而终，去世前没有受到病痛的折磨。再说，老人有一个在城里当局长的儿子，晚年过得很滋润，是村里人人羡慕的对象。如今她去了，孝子贤孙们似乎很难找到哭泣的理由。

胡局长是长子，又是国家干部，无论从哪一方面说，他都得带头哭丧，可他实在哭不出来。伏在地上的人都不吭气，外面围观的老老少少开始指指点点，胡局长没办法，只好努力回想母亲过去的艰苦岁月，以激发悲情。

胡局长父亲早逝，母亲一手将他们兄弟几个拉扯大，经历了无数艰辛。记得当年母亲为了多挣工分，常常起早贪黑，早晨到村头捡牛粪，晚上到地里给瓜菜施肥，还被蛇咬伤过脚。想起这件事，胡局长心底泛起一丝苦味，眨眨眼睛，没有泪。

一年冬天下着大雪，母亲做了一双棉布鞋送到他的学校，自己却穿着一双露出脚趾头的烂鞋，脚都被冻伤了。想起这件事，胡局长心里有些发酸，眨眨眼睛，仍旧没有泪。

“文化大革命”时期，母亲偷偷从地里挖回半竹筐红薯根，煮了给他们兄弟几个填肚子。那本是生产队丢下不要的，可母亲硬是被红卫兵抓去批斗了 3 天。想起这件事，胡局长很是悲愤，眨眨眼睛，还是没有泪。

往事一桩桩、一件件，虽然揪心，却不催泪。正在这尴尬时刻，胡局长兜里的手机猛烈振动起来。胡局长听着电话，脸色转阴。挂上电话，他眨眨眼睛，开始号啕大哭。

直到送母亲入土为安了，胡局长还在用纸巾抹着泪。

“电话里到底说什么了？”胡局长老婆好奇地问。

“组织部打来的，说决定让我退二线，新局长已经被派过来了。”

《检察日报》2016 年 1 月 21 日

智慧填补不了道德的缺陷

呐　言

又是一则涉嫌论文抄袭的新闻。

日前有媒体报道，山东大学一份硕士论文涉嫌大篇幅抄袭，连摘要、关键词与致谢词都高度相仿。对此，山东大学表示，涉嫌学位论文作假的，不论何时发现，一经查实，将对相关人员及导师进行严肃处理，对已获学位者撤销其所获学位，绝不姑息。

消息令人痛心。论文造假、论文抄袭，近些年来，类似的新闻屡见不鲜。尽管教育主管部门一再三令五申，要求高校强化责任意识，落实论文指导、阅评、答辩等各个环节的监督把关责任，确保学位授予质量，同时强化学风建设与学术规范教育，要求高校树立良好的教风与学风，强调学术诚信的必要性，但论文造假仍时有发生。

论文造假频发的深层次原因究竟是什么？如何寻找到一条杜绝类似现象、让教育与科研领域风清气正的根本之道？

一方面，我们应该看到，科研评价体系仍存在诸多尚待完善之处，如第三方评价机制仍然不够健全。在一些高校与科研院所，论文审查仍流于形式，学术批评与监督不力，针对论文与学术造假的监督和处理手段还不够强硬，导致论文造假成本过低。未来，加强制度建设，进一步规范科研成果审查与监督制度，强化学校与导师的主体意识和责任意识，还任重道远。

另一方面，也是更为重要的方面，是观念上重视不够，个别科研工作者与大学生科研与学术精神缺失，未能充分意识到珍惜学术品格、遵守学术道德与规范的重要性。如何改变？应当从教育的更早阶段开始开展科学道德教育，让学生们从小就懂得学术有道德、有操守、有准则，懂得珍惜学术品格与个人学术声誉的重要性，让遵守学术规范成为一种自觉行为。

有这样一句话说得好，道德常常能填补智慧的缺陷，而智慧却永远填补不了道德的缺陷。期望论文造假的事件不再发生。

《人民网》2016 年 1 月 28 日

有图未必有真相

李伟明

这是个讲究“有图有真相”的时代。人们在网上发帖，倘配上相关图片，这说服力就立马倍增，于是时常可见跟帖的壮观景象恰如无边落木萧萧下、不尽长河滚滚来，“众口铄金”之势倚马可待。

可是，事实也一再证明，“有图有真相”的惯性认识，却也常常让读者悄然上当，让有关当事人无辜受伤，这误伤率甚至不算低。

距今不算太久的天津港爆炸事件，便出现了这么一个小插曲。2015 年 8 月中旬，有人在其微博上上传了一张关于天津港爆炸事故发布会现场的照片，目标对准一位在发布会上打瞌睡的男子。很快，照片上这名男子的行为在网上引起“公愤”，广受网民指责。

正当越来越多的人义愤填膺地加入“谴责团”时，事情的真相出来了：这名男子并非当地官员，而是《人民日报》天津分社记者靳博。他是全国媒体里最早进入爆炸现场的记者之一，因为连续工作，一直没睡觉、没吃饭，此时正利用新闻发布会前的片刻时间靠在椅子上打个盹儿。

对此，靳博在朋友圈说：“下午是太过疲惫，实在撑不住就打了个瞌睡，因为 4 点的发布会需要拼体力。只希望你以后能够了解事件的真相再发声，不放过坏人，但也别冤枉一个自认为不坏的人。”

还好，这件事因为当事人本身是记者，知道如何应对舆论，而且有大量的事实证明自己的工作状态，所以不致被“黑”得太“高级”。倘若是普通人员，哪怕他和爆炸事故再没关系，可上了此图之后，如果既不懂应对，又缺乏有效的发声平台，恐怕一瞬间就要被汹涌的舆论给吞噬了。

“有图的真相”误伤事件说明，有图未必就有真相。网上发言没有门槛，人们的道德水准、认知水平又参差不齐，所以难免有人在网上发言过于情绪化以至无底线。有些是无心之过，没了解前因后果，仅凭感觉下结论。有的则是为了达到某种不可告人的目的，故意歪曲事实真相，比如近年来常见的某些“网络推手”的恶意炒作行为。随着自媒体的发展，这类事情已是屡见不鲜，如果我们就这样轻信了，跟着起哄了，那不正中人家下怀？

图片只是事件的瞬间状态，而事件真相是存在于过程中的，瞬间状态的图片，不等于事件完整的过程描摹，因而其是否代表了事件的真相，就更多在于发片人的自由裁量。图片只是图片，本身不会说话，可以从多角度来解读，就看发布者出于什么目的。两个人打架，图片说明可能告诉你张三欺压李四，事实却可能是李四挑衅张三，关键是这个“解说”出自谁之手。如果使用不当语言表现出来，图片不仅没告诉你真相，反而成了混淆是非的帮凶。

孔子带着弟子周游列国时，在陈蔡受困，粮食快吃完的时候，一行人只能以稀饭度日。有一次，一名弟子亲眼见到“道德标兵”颜回在煮稀饭时偷偷吃了一口，便告诉了孔子。孔子很吃惊，经调查，原来，颜回看到稀饭里落了些许尘土，用勺子将其舀出来，因为觉得扔了可惜，便将这口带尘土的稀饭吃了。真相大白，孔子由此感叹“眼见为虚”。亲眼所见尚且未必为实，何况仅仅是一个片断的图片？

避免“误伤好人”，首在图片发布人的客观公正，选取最具真相代表性的图片；次在旁观者要理性看待问题，避免先入为主；还需要当事人及时回应，澄清事实。网民们毕竟不在现场，仅凭想象与推理是无法更准确地接近真相的。当事人提供有利证据，借助有效载体，可以使“围观”的网民更迅速更准确地做出判断。如上述《人民日报》记者靳博的做法就很有效果，让人们很快明白了这是怎么回事，除了极少数见啥“喷”啥的偏执人士外，多数网民知道真相后，纷纷理性地对靳博表示敬意。

《杂文选刊》2016 年第 2 期

王安石的名声

刘诚龙

王安石的名声，开始是很好的。其最初任七品芝麻官，为鄞县（现浙江省宁波市鄞州区）知县，在任四年，兴修水利，扩办学校，初显政绩。后来王安石任舒州（安徽省安庆市的前身）通判，勤政爱民，治绩斐然。德能勤绩俱佳，宰相文彦博向宋仁宗举荐王安石，请求朝廷褒奖以激励风俗，而王安石宰相呼来不上船，以不想激起越级提拔之风为由拒绝；又有欧阳修举之为谏官，王安石以祖母年高推辞。其后，王安石出任常州（现江苏省常州市）知州，得与周敦颐相知，声誉日隆，名声非常好。

在最基层打拼的人，若无特佳美誉，能上达钧听？能位至宰相？“先是，馆阁之命屡下，安石辄辞不起，士大夫谓其无意于世，恨不识其面；朝廷每欲畀于美官，唯患其不就也。及赴是职，闻者莫不喜悦。”

朝廷真要提拔了，王安石名声开始变坏了。

皇帝要提拔王安石，先征求大臣们的意见，韩琦便打烂锣：“安石为翰林学士则有余，处辅弼之地则不可。”当书生可以，当宰相不行；另有唐介，也跳将出来，极力非之：“安石好学而泥古，故论议迂阔，若使为政，必多所变更。安石果用，天下必困扰。”自王安石进入朝廷提拔视野，王安石名声便开始逆转，不太那么“恨不识其面”，而多有“恨识其面”；也不太“闻者莫不喜悦”，而多有“闻者不喜悦”，其中原因想来有二：一是他上来了，我摆哪儿？二是他要来改革了，我怕是会被他革了吧。

王安石名声发臭，先前原因多半是第一种，他上台，挡了他人仕途；但王安石当了宰相，很多人并没转口颂，反是转口骂，源自第二条：王安石变法，动了他们的奶酪。有位叫朱光庭的，对王安石变法没一句好话：“王安石当国，惟以破坏祖宗法度为事，每于言路，多置私人，持宠养交，寖成大弊。”王安石改革有多猛，反对声便翻倍大：“御史刘述、刘琦、钱顗、孙昌龄、王子韶、程颢、张戬、陈襄、陈荐、谢景温、杨绘、刘挚，谏官范纯仁、李常、孙觉、胡宗愈皆不得其言，相继去。”

先前韩琦与唐介等人，对王安石颂其是翰林之才子，骂其是庙堂之祸害，到底还是两分法，且也只品评其个性，不曾物议其人品；王安石变法进入深水区后，对其评价便进入人身攻击阶段，一些私生活领域之事也都被扒了出来。宋神宗请王安石去钓鱼，王安石没心思，坐在那里不经意地将鱼饵当葵瓜子、落花生嚼，于是便有人攻击他，说这家伙故意装深沉，城府深，必奸。苏洵著《辨奸论》，描述王安石衣食住行，不近人情：“衣臣虏之衣，食犬彘之食，囚首丧面而谈诗书。”这般做派哪是正常人呢？“人见其太甚，或者多疑其为伪云”。王安石是最典型的伪君子。

王安石矢志变法，碰到三大问题：天变、祖法、人言。其最大阻力来自什么呢？估计是来自人言。王安石对此有充分估计，提了三个响亮口号：“天变不足畏，祖宗不足法，人言不足恤。”“墙角数枝梅，凌寒独自开。”王安石变法，不曾冒枪林弹雨，却天天冒唾沫星子，孤独前行。

人言不足恤吗？人言是相当可怕的，苏洵骂王安石不近人情，还是留了口德的。有名为吕诲者，上书弹劾王安石，罗举十大罪名，骂起来毫不客气，所谓“外示朴野，中藏巧诈”，外表貌似厚道，内心龌龊无人能比，这是典型的奸臣，“大奸似忠，大诈似信”。更有严有禧者，将王安石与史上几位有名奸臣并列：“惟王莽、王安石、贾似道三人力任为必可行，而皆以扰民致乱。”

人言不足恤吗？王安石改革，确乎有很多败笔，有些内容操之过急，有些内容太理想化，有些内容不合时宜，但其改革的整体方向是对的。然则王安石变法最终失败，一大因果，恰是这人言可恤，朝廷多半精英都鸡一嘴鸭一嘴，王安石有多大的意志力承受得住？王安石固然承受得了，皇帝、皇太后承受得了吗？罗大经安其罪大矣哉：“国家一统之业，其合而遂裂者，王安石之罪也。”王安石最后下台，也是皇帝家出来“人言”了，慈圣和宣仁两位太后向神宗哭诉：“王安石乱天下。”

王安石名声于晚清以前，多是毁多于誉的，不止在朝廷发臭，在民间也是骂声一片，“故此民间怨恨新法，入于骨髓。蓄养鸡，都呼为拗相公、王安石，把王安石当作畜生。今世没奈何他，后世得他变为异类，烹而食之，以快胸中之恨耳。”（警世通言）

王安石名声何至于如此难堪？他何以又没入《奸臣传》？有人一一数来，《宋史》之《奸臣传》，共有 21 人，其中 14 人在北宋，14 人中的 12 人，非王安石的学生，便是王安石的部属。曾有那么多人斥王安石为奸诈之徒，王安石之徒又多有入奸徒者，王安石又何以没打入史之另册？清朝征召来编撰《四库全书》者，对此也是不太解，他看了陆游对王安石的高赞，质疑道："以其祖陆佃为王安石客……故于《字说》无贬词，于安石亦无讥语。"在他看来，陆游不曾骂王安石，乃是因为陆游爷爷辈曾是王安石部下，陆游故徇私，对王安石曲为回护。

史上变法者，鲜有好结局——商鞅、王莽、张居正。商鞅被车裂；张居正死而不得安宁，遭挖棺戮尸；相对而言，王安石算是好的，他善终了嘛，后世名声嘹亮了嘛。王安石在晚清名声大逆转，也是时势使然，晚清大变局时代，需要变法英雄来撑持，梁启超便选中了王安石，梁公作《王安石传》，也是借之为时代来说话。唉，历史人物毁誉翻转，是与时相俯仰的吗？

王安石变法，一时间人言可畏，唾沫与板砖齐飞，污水共长天一色，却到底未入《奸臣传》，不全是变法之后后世要树英雄，也是跟王安石本人在变法中的表现甚为相干的。变法是一场深刻的利益再分配，蛋糕如何分？分配权掌握在变法者手中，诸多变法者趁机谋私，趁机把蛋糕往自己怀里扒，那是很多的。王安石变法，自己袋子多分了吗？有人论张居正改革，工于谋国，拙于谋身，是吗？未必吧。张居正鲜衣怒马，钟鸣鼎食，盆满钵满，威柄在握，"宫府一体，百辟从风，相权之重，本朝罕俪，部臣拱手受成，比于威君严父，又有加焉"。生活之奢侈与豪华，让人瞠目，这也是拙于谋身？当算是善于谋身者吧。

王安石则不同，他没趁变法自肥，酒色财气，一样未沾，辞职之后，连居身之所都没有，寄寓庙寺，"荆公廉洁高尚，浩然有古人正己以正天下之意"（颜习斋语）；陆九渊赞之："英迈特往，不屑于流俗声色利达之习，介然无毫毛得以入于其心，洁白之操，寒于冰霜，公之质也。扫俗学之凡陋，振弊法之因循，道术必为孔孟，勋绩必为伊周，公之志也。"朱熹对王安石变法是不太认同的，"卒之群奸嗣虐，流毒四海，至于崇宁、宣和之际，而祸乱极矣"，但对王安石个人操守，也是不否认的，"以文章节行高一世，而尤以道德经济为己任"。

每次改革，都算是制度重建，制度是我们评价改革者的根本，但改革者的个人品质，即令不算根本，也是关键，直接决定其是入《循吏传》，还是入《奸臣传》。

有人说，王安石改革之所以失败，一大原因是他未使奸臣手段，若是他对反对派一棍子打死，一脚踩到底，那就成功了。还好，还好。北宋党争格外厉害，改与不改，都有一派非议另一派，但除了一部分小人邪派借机党同伐异外，此派与彼派，都算是正派，多是政见不同，不曾使用人身攻击的下作手法。司马光与王安石，在改革上削尖脑袋都调不拢头，接不了榫，凡是王安石要改革的，司马光必然反对。即便如此，司马光也不乱向王安石泼污，皇上来问司马光，王安石何许人也，或有把王安石打入奸臣意思，司马光说了句公道话：“人言安石奸邪，则毁之太过；但不晓事，又执拗耳。”只说王安石个性差，没说王安石人品次。苏轼在王安石变法中，是靠边站的，还算是受害者，但他对王安石的道德文章也是赞不绝口的：“名高一时，学贯千载，智足以达其道，辩足以行其官，瑰玮之文，足以藻能万物；卓绝之行，足以风动四方，用能于期岁之间，靡然变天下之俗。”

北宋党争或是宏大话题，其中是非曲直，难以概论，但大体上是君子之争，不论改革派与反对派，都是君子，所有争论在君子之道上运行，这或是王安石这样的改革家，还能获得好名声之因吧。王安石夫子自道：“当世人不知我，后世人当谢我。”还真是的，历史学家黄仁宇也说：“王安石与当时人远，倒与后代人近。”王安石同时代人虽不知他，但主流舆论没臭他，故此，王安石是孤独的，王安石也是幸运的，他敢于担当也是值得的。

《文存月刊》2016 年第 2 期

不要测试人性

王永清

字典上对“人性”的解释是：人性是指人所具有的正常的感情和理性。也是一切生命的根本属性。应顺应人性，即顺应自然，而不要人为地去测试人性。

记得小时候，看电视剧《劈棺惊梦》，讲庄子为试妻而装死，然后化身成相貌俊美的公子去诱惑妻子，妻子田氏果然中计，马上喜欢上了这位公子。可惜公子患有头痛病，需要用人的骨髓入药才能治好，于是田氏决定让死鬼丈夫捐献一下器官。庄子知晓后很受伤，在田氏劈开棺盖的一刹那，“借尸还魂”活过来了，斥责老婆，致使田氏“羞愧难当”，悬梁自尽。

这纯属庄子搞出来的恶作剧。庄子是个哲学家，却绕不开自私的误区，参不透人性本身就存有缺陷，爱情不是用来测试的，只有在彼此呵护下才能走得更远。

在一个学校里，有位心理专家要求学生做这样一道测试题：每人背着 7 个袋子，穿过一片沙漠，袋子里分别装着诚信、善良、孝顺、勇敢等美德。在前行的过程中，每隔一段时间就要丢掉一个袋子，最终只能保留一个。

学生们商量再三，无法取舍，有的甚至急哭了，最后只好交了白卷。也许交白卷正是专家期许的结果，目的就是测试学生美好的心灵。但这种近似“残忍”的测试方法实不足取，这就好比问母亲和妻子掉在河里先救谁一样无聊，它触碰到了人心最不愿意面对的柔软一面，注定难有“标准”答案。

微信里经常收到这样的群发消息：“不要让早把你拉黑的人，占你手机的一丁点儿空间，您试试吧，复制我发的消息，找到微信里的设置、通用、群发助手、全选、粘贴复制的信息发送就行，谁的发送失败，谁就是把你‘拉黑’了，你再把他们清掉就行了。”

热衷于这样集体测试的人还真不少。想来将你拉黑的，多半是你生活中的过客，是些流水般的友谊。虽然落花无情，但也犯不着去测试，一探究竟。而真正的朋友，是住在心里的，别人抢不去，更犯不着去测试。

生活中不要试图测试人性，使用假设的状况撩拨人心的阴暗面。因为测试的结果，常常不取决于谁经得起诱惑，而在于你给予的诱惑够不够大。执着于这样的测试，最终只能对自己有伤害。

《杂文月刊（原创版）》2016 年第 2 期

“电的利弊”与“黑色染缸”

袁良骏

外国发明了“电刑”，中国也引进了此“所谓文明人所造的刑具”。鲁迅曾在《电的利弊》中有所描述：“上海有电刑，一上，即遍身痛楚欲裂，遂昏去，少顷又醒，则又受刑。闻曾有连受七八次者，即幸而免死，亦从此牙齿皆摇动，神经亦变钝，不能复原。”

由此感叹：“许多人赞颂电报电话之有利于人，却没有想到同是一电，而有人得到这样的大害，福人用电气疗病、美容，而被压迫者却以此受苦，丧命也。”

继而感触莫已：

> 外国用火药制造子弹御敌，中国却用它做爆竹敬神；外国用罗盘针航海，中国却用它看风水；外国用鸦片医病，中国却拿来当饭吃。同是一种东西，而中外用法之不同有如此，盖不但电气而已。

一年之后，鲁迅又写《偶感》一文（收入《花边文学》），进一步抒发这一感触：

> 科学不但并不足以补中国文化之不足，而且更加证明了中国文化之高深。风水，是合于地理学的；门阀，是合于优生学的；炼丹，是合于化学的；放风筝，是合于卫生学的。“灵乩”的合于“科学”，亦不过其一而已……
>
> 而且科学不但更加证明了中国文化的高深，还帮助了中国文化的发扬。麻将桌边，电灯替代了蜡烛；法会坛上，镁光照出了喇嘛；无线电播音所日日传播的，不往往是《狸猫换太子》《玉堂春》《谢谢毛毛雨》吗？……
>
> 每一新制度、新学术、新名词，传入中国便如落在黑色染缸，立

刻乌黑一团，化为济私助焰之具，科学，亦不过其一而已。

此弊不去，中国是无药可救的。

这里的“黑色染缸”一语，比喻不思进取、因循落后的旧中国。作为一个伟大的启蒙主义思想家和社会革命家，鲁迅为中国的进步殚精竭虑，耗尽心血。“黑色染缸”“极难打破的铁屋子”等等，便是他对中国前进之难的最深刻的认识。

令人欣慰的是，经过近百年的浴血奋斗，中国终于砸烂了“黑色染缸”，打破了“铁屋子”，迈向了光明。在改革开放追求全民伟大的“中国梦”的进程中，咀嚼鲁迅的一系列杂文，今人仍应当继续保持一份警醒也！

《杂文月刊（原创版）》2016年第2期

丑陋的胯胯井

商子雍

新中国成立以后，百废待兴，对传统文化似乎少了些重视，用当时两位民主人士张奚若、陈铭枢的话来表述，分别是为“轻视过去，迷信将来”和“鄙夷旧文化”。到了“文化大革命”时期，更是要把一切旧文化“打翻在地，再踏上一只脚，叫它永世不得翻身”。于是，拆古建、砸文物、烧古籍、废民俗，甚至连孔夫子的遗骨，也要挖开坟墓，肆意亵渎，硬是把神州大地搞了个乌烟瘴气，一片狼藉。

所幸，“文革”在惹得天怨人怒以后终告结束，并没有“七八年再来一次”。痛定思痛，国人对曾惨遭蹂躏的传统文化，表现出异乎寻常的热情。这是好事。只是在“矫枉必须过正”偏颇理念的影响下，国人在面对传统文化之时，少了一些清醒，少了一些去粗取精的“消化之功”。故而，不少理应、并且已经被丢弃的陈腐货色，又被拿出来招摇过市，成为我们文化层面上的刺目疮疤。

比如，前些天，我就有过一次“奇遇”。那是在四川省自贡市的仙市古镇——一个较好保持着原生态风貌的美妙所在。房舍古旧，街道整洁，虽则已经出现了较多为游客服务的商业店铺，但当地百姓仍悠悠然生活于斯。他们在树荫下喝茶、打牌，在早市上买菜、购物，显得安详而悠闲。较之丽江大研古镇、苏州周庄那种已经完全被“异化”了的纯旅游景点，仙市古镇自有一番让人不胜神往的风韵，漫步其中，一种难以言状的舒适，遂弥漫整个身心。

忽然，看到不远处的道沿旁，有一个显然是被作为景点展示的水井，只是写有文字说明的木牌已经倒在一旁，并断成两截。最上面的“胯胯井”三个大字是看清楚了的。“胯”是一个常用字，指的是腰部和大腿根之间的那一处地方。井以“胯”名，绝不会是由于它和“胯骨”有关系吧！那“胯下”呢？井不是马、不是自行车，不能置于“胯下”。好了，干脆去看木牌上中英文对照的文字说明吧！文曰：“此井传说是仙女私处，每月仙女例假时的几天，井水自然会变得浑浊，十分神奇。”明白了吧，这口井果然还与“胯”有关，只是既非胯骨，亦非胯下骑马，而是仙女胯下的那个器官。

有人在一旁调侃：“仙女那玩意儿是这模样？太恐怖了！”其实，此井与仙女何干？恶俗之徒的龌龊附会罢了！当然，旧时乡间，文化娱乐匮乏，编排出种种莫须有的故事来自娱自乐、口耳相传，是可以理解的事情，即便其中有些趣味低下，也不必大惊小怪，随着人们文明素质的提高，自然会将其摒弃，文化（包括俗文化）具备着这样的自我净化能力。但让人大惑不解的是，发展旅游产业的官方，竟然把这样一个恶俗不堪的“民间传说”，用中英文对照的方式写上木牌、广告天下。一叹！

水井是一种物质存在，但当“聪明人”把每月井水浑浊几天的这口井演绎成故事以后，尽管十分龌龊，却也成为文化；流传的年头久了，就成了所谓的传统文化。只是任何地方的文化，林林总总的内容中，都有着精华与糟粕之分。该如何给这个故事定性呢？倒在地上、已经断为两截的那块木牌，也许是某位游客在用一种极端的方式表明态度。遗憾的是，负有净化旅游环境重任的官方，却明显反应迟钝，一味听任那块身负重伤的不雅木牌苟延残喘，继续展示丑陋。

最后，还有一句绝非蛇足的话要说——这就是文章的题目，似应改成“美丽的仙市镇，丑陋的胯胯井”，才更为贴切。

《杂文月刊（原创版）》2016 年第 2 期

问　诊

闲敲棋子

妻子发现腿上长了一个小疙瘩，很紧张。这使我想起了我的一个朋友，他是医学方面的专家。于是，我带着妻登门求诊。

他用手试了一下那疙瘩，眉头皱着，琢磨了半天不吭声。妻忐忑不安，紧张地问："是不是严重？"弄得我也紧张兮兮起来。

他用手按了一下疙瘩，才长吁了一口气，说："也没多大问题。"

这回轮到我急了："那说明有问题了？"

他笑起来高深莫测："问题不是很大。跟你们也解释不清楚，小囊肿。"好像才想起来必须加上两个字才显得郑重，于是拖长音调，费力地说："而已。"

"那就是肿瘤了？"妻小心翼翼地咨询。他倒是不慌不忙："一般而言，囊肿不等于肿瘤。"妻子和我终于放下心来。他紧接着补充道："但也不是百分百。"

"我是根据医学理论和临床实践才这样说的。"他滔滔不绝，丝毫没顾及我们的感受，"你俩也不要无缘无故地紧张害怕。"他温和地笑着，"跟你俩打个比方，那百分之零点零一就相当于你俩买彩票，中得500万大奖的概率。"

我是越听越糊涂，可我实在说不出口。我连声道谢，拉着妻想快点逃离，不然下面还有什么精彩的论断呢。

刚到楼下，只见他从开启的窗户探出头来，热情地提醒："如果不放心，我建议你们再去做个彩超和核磁共振。那可是目前检查肿瘤的最可靠方式。"

"刚才，他不是才说过囊肿和肿瘤不是一回事吗，怎么现在又这样说？"妻忧心忡忡。

我还未及回答，楼上又砸下一句话来，震得我的耳朵嗡嗡响："当然，也不要过分迷信，那两项检查也不能保证百分百准确。"

《武汉晚报》2016年2月3日

另一种成全

张　勇

谁都愿意别人在自己行进的道路上拉一把、推一下，而不愿别人伸出一条腿，绊自己一跤。拉一把自有拉一把的好处，但绊一跤却未必一定是坏事。

台湾作家林清玄写过一个故事：有一年上帝看见农夫种的麦子结实累累，感到很开心。农夫见到上帝却说，50年来我没有一天停止祈祷，祈祷年年不要有风雨、冰雹，不要有干旱、虫灾。可无论我怎样祈祷总不能如愿。农夫突然吻着上帝的脚道："全能的主呀！您可不可以明年允诺我的请求，只要一年的时间，不要大风雨、不要烈日干旱、不要有虫灾？"上帝说："好吧，明年一定如你所愿。"第二年，因为没有狂风暴雨、烈日与虫灾，农夫的田里果然结出许多麦穗，比往年的多了一倍，农夫兴奋不已。可等到秋天的时候，农夫发现麦穗竟全是瘪瘪的，没有什么好籽粒了。农夫含泪问上帝："这是怎么回事？"上帝告诉他："因为你的麦穗避开了所有的考验，才变成这样。"

一粒麦子，尚离不开风雨、干旱、烈日、虫灾等挫折的考验，对于一个人，更是一样。

明嘉靖十六年（1537年），一场相当于现在高考的乡试在湖北武昌举行，主持考试的是时任湖广巡抚的顾璘。而参加考试的，有一位就是历史上赫赫有名的张居正。12岁那年，小神童张居正报考生员，并顺利取得秀才名号，时人纷纷称奇。第二年，他从荆州到武昌应乡试，这次一旦考取，便是举人了。事实上，单凭当时张居正的才华、年龄和声名，中举是很有希望的，在大家眼里，张居正天资聪颖，神童的光芒原可以继续创造新的科举神话。

张居正虽然是考生中年龄最小的，但考卷却被答得相当漂亮。然而正当考官准备将他录取时，却被顾璘阻止了。原来张居正在考试之前曾写了一首《题竹》，其中写道："绿遍潇湘外，疏林玉露寒。凤毛丛劲节，直上尽头竿。"他把自己比为凤毛麟角，要就此直上青云。这一方面展现了一种自信与抱负，另一方面也透露着那么一点儿自负和高傲。

顾璘把朝廷派来监督招生工作的赵御史请来，对他说："张居正不是一般的人才，将来一定会对国家做出重大贡献。但是13岁就让他中举，这么早入了官场，将来不过是多一个在官场上风花雪月、舞文弄墨的文人，对国家其实是一种损失。不如趁他现在年龄小，给他一个挫折，让他多一些经历。"这事遭到了副主考官——湖广按察佥事陈束的坚决反对，因为他实在太爱惜张居正的才华了，他反对的理由是："以后的事谁能说得准呢？但是从现在的卷面成绩看，你不录取他，那不是埋没人才吗？"赵御史很是犹豫了一番，最终理智战胜了情感，按照顾璘的意见，给张居正亮起了红灯。

乡试结果公布，呼声最高的"江陵才子"落榜，一时成为轰动的新闻。这对于此前早就习惯了顺风顺水、到处都是鲜花和掌声的张居正来说，由此带来的打击可想而知，他为此愤愤不平，很不服气。顾璘也没瞒着这件事，他找到张居正说："是我坚持不录取你。"虽然没有更多的解释，但从这一句话和那期待的眼神里，年少的张居正读懂了一切。顾璘没有看走眼，从此张居正没有抱怨，转身投向了更扎实的学习与历练。3年后，16岁的张居正再次参加了乡试，并考中了举人。恰巧这年顾璘在安陆（今湖北省安陆市）督工，张居正前来拜见，顾璘很高兴，对他说："古人都说大器晚成，这是作为中材的说法罢了，当然你不是一个中材。上次耽误了你3年的时间，这是我的错误。但是，我希望你有大的抱负，要做伊尹，做颜渊，不要做少年成名的秀才。"说完，解下了自己犀牛皮的腰带送给他，说："你将来是要系玉带的，我的这一条配不上你，只能暂时委屈你了。"张居正这边，也从没记恨顾璘，甚至因此一辈子感激给自己下绊子、使他落榜的顾璘，对当初顾璘的远见和良苦用心始终念念不忘。走入明朝政治权力中心的张居正在回忆这件事时说："仆自以童幼，岂敢妄意今日，然心感公之知，恩以死报，中心藏之，未尝敢忘。"

张居正当然有超世之才，但如果不是顾璘在关键的时候给他下了一个绊子，很难说他不会像仲永一样"泯然众人矣"。"说吾好者是吾贼，说吾坏者是吾师"，某种意义上，对那些给我们下绊子的人，都应该感谢。

《杂文选刊》2016年第3期

皇帝看不见的地方

张　鸣

明朝重建北京城的时候，铺设了石子马路，城内还修建了大大小小的沟渠，用于排水，也排污。但是，清军入关，当了北京城的家，逐渐地，石子路完蛋了，沟渠也塞了。他们不是不懂沟渠需要随时疏浚，而是没这个心思，也没这个习惯。于是，每年用于疏浚的费用，都进了负责此事的大小官员的口袋，隔 3 年，通一通最大的那条臭沟，应付一下了事。正好，这个时间跟举人进京考试之时重叠。所以，时人有谣谚曰："举子来，臭沟开；闱墨出，臭沟塞。"就是说，举子来考试的时候，臭沟在开挖，等到考完了，臭沟就又堵了。连三年一次的疏浚，都这样糊弄，于是，清代的北京城，无论内城外城，污秽遍地。在城里街道上没有公共厕所，居民倒垃圾、倒排泄物，出了家门，就随地一泼。行人随地方便，满眼都是"黄金塔"。晴天到处飞土，雨天随处是污泥。

之所以这样，是因为皇帝看不见。皇帝住的紫禁城里，排水沟渠一直完好无损，所以，皇宫里头，没有城里的景色。而皇帝出行，则被净水泼街，黄土铺路，皇帝即使把头伸出了轿帘，看到的，也是一片干净。

皇宫里太挤、太憋闷，所以，清朝的皇帝都喜欢进园子住。有些小园子死角不多，皇帝不知道会从哪个角落里出现，所以，太监们都不敢马虎。但是，圆明园大，皇帝根本逛不过来，好些房间和亭台，脏、乱、破，多少年来不仅没有人修整，也没人打扫。园里的太监都门儿清，早就摸清了皇帝的行动规律，知道这些地方皇帝根本就不可能涉足，于是，尽可以马虎。

即使是紫禁城，到了后来皇帝精神头不足、国力也差了的时候，太监们也开始糊弄起来。开始的时候，只是一些边边角角，打扫方面马虎一点儿，逐渐地，连三大殿，包括太和殿这样庄严的地方，大殿的侧面，也会有太监们留下的粪便。那个时候，宫里没有厕所，太监们方便，只能在自己住处的马桶里解决，出来忙活，一旦内急，跑回去来不及，不就只能逮哪儿就在哪儿方便嘛。反正这些地方，皇帝是绝对不可能来的，留点“黄金塔”，也无所谓。皇帝上大朝，都在正面，正面保证一尘不染。

天下是皇帝一个人的，无论做什么，都是给皇帝看的，皇帝目力所及之处，肯定会做到万无一失，一丁点儿差池都不会有。上下人等，要付出百倍的努力，做好，并且好上加好。

从某种意义上说，每个王朝，大家都在做局给皇帝表演。皇帝看得到的地方，永远都是好的，人是忠臣，事是好事，所到之处，干干净净，光彩照人。看不见的地方，则永远都是一塌糊涂。所以不难理解，为何皇帝那么害怕被欺瞒，但却总是被欺瞒。派出亲信去打探实情，最后连亲信也欺瞒他。大家都是人，是人就有弱点。知道江山不是自己的，能应付了事，应付就是，干吗那么累，那么跟自己过不去？

《红楼梦》里几个下人谈论宁荣二府以及他们的亲戚接驾这件事，说到最后，点破主题：还不是把皇帝的银子花在皇帝身上！给皇帝看的光鲜，无非是用皇帝的钱，给皇帝脸上贴金。然后，借机再给自己捞上一大笔。讨皇帝欢喜的排场越大，自己捞钱的机会也跟着增多，弄好了，还能再得一个皇帝的嘉奖，升官拜爵，真是美呀。

一个人或者一家人、几家人的江山，皇帝看不见的地方，都有见不得人的龌龊。

《读者》2016 年第 3 期

走出父爱泛滥的迷途

吴龙贵

湖南桃源人周某，今年 58 岁，是一家私营企业的财务主管，因中年得女，对其十分宠爱，百依百顺。为了帮助女儿追求男生，在女儿的以死相威逼下，周某竟利用职务之便，挪用公款 35 万元帮女儿赴韩国整容。近日，周某因涉嫌非法挪用资金被怀化铁路警方查获。

整容、追男生、挪用公款……因为集合了多种元素，网友对这则新闻的看法也各有不同。有人说这是一则反腐新闻，“女儿坑爹”再建反腐新功。有人把它当成娱乐八卦，认为现在的女孩子也是够拼的。热议之中，弥漫着调侃戏谑的意味。当然更多的人都能看到，这其实是一则很严肃的社会新闻，其中所引发的“父母如何宠爱子女”的话题，在今天不仅没有过时，反而更加值得关注。

10 年前，“追星女”杨丽娟的故事曾轰动一时。为了完成与偶像刘德华“近距离”接触的愿望，兰州女子杨丽娟逼父卖房、卖肾。然而就在愿望达成的第二天，其父因不堪忍受女儿的追星行为而跳海自尽，留下世人的一片唏嘘。两件事在情节上略有不同，但发展逻辑却是殊途同归。先有父亲的过度溺爱，后有女儿无节制的索取，事情变得不可收拾，最后引发不幸的结局。一个父亲跳海自尽，另一个父亲锒铛入狱。让人无限感慨的是，这一切都源于一个“爱”字。

几年之后，杨丽娟淡出了公众的视线，也恢复了平静的生活，对当年疯狂追星的行为，她也表示后悔莫及。然而杨丽娟已经走出了过往，又有多少青春少女走上杨丽娟当初的迷途？又有多少为人父母者像当年的杨父一样，以爱之名无条件地满足子女的一切要求？追星与追男生固然不同，自尽与犯罪当然也有本质区别，但两起事件所共同指向的家庭教育的迷失和误入歧途，在今天依然值得重视和深思。

不要以为像这样的事情离我们很遥远。这或许只是一个很极端的个案，但从过程看，像报道中的这名女生一样，从小骄纵，青春期叛逆，为一点儿微不足道的小事便寻死觅活要挟父母，而父母手足无措的情况，现实中并不鲜见。比如此前就有报道，为了手机，竟有中学生拿刀威胁父母。这一方面是基于“女孩儿富养、男孩儿穷养”的传统认识，另一方面则与家庭教育的缺失，或者说存在很多误区有着相当大的关系。

有些父母把孩子当成显示自己事业成功的道具，以为给予孩子优越的物质条件，就是爱的最好表达形式；还有的父母认为在这样竞争激烈、强调个性的时代，尽其可能地满足孩子的要求，更有利于培养孩子的独立、自主和自信。换言之，有些孩子的无法无天，其实不是父母疏于管教，而是刻意培养的结果。只不过这些父母没有想到，物极必反，凡事都要有底线。如果没有健康人格的塑造和朴素价值观的引导，那么爱就变成了“害”，爱得越无私，伤害就越大。

说到家庭教育，两种极端的理念很值得关注。一种是“狼爸式教育”，三九天让孩子在雪地里裸奔，丝毫不考虑孩子的承受力，试图用这样一种粗暴的方式让孩子迅速成长。另一种就是像报道中的“羊爸式教育”，对孩子百依百顺、无限宠溺，从小培养一种优越感和特权意识。从一个极端走到另一个极端，虽然观念不同，但本质上都是一种功利化的教育，过于急切地希望看到孩子的成功。然而欲速则不达，教育是个漫长的事业，要有足够的耐心，也要给予足够的自然生长的空间。

《杂文选刊》2016 年第 3 期

“腐败亚文化”何以挥之难去

林　琳

人情、关系之所以成为“开启捷径”的钥匙，归根结底，还是相关制度和规范不够完善，导致那些握有权力和掌控某种资源的人可以游离于规范、制度之外，滥用权力、以权谋私，并且不受追究和惩处。

2016年2月28日《中国纪检监察报》刊发报道指出，“腐败亚文化”就在身边。报道中，云南某地机关干部讲述了在同一家医院两次截然不同的看病经历：一次是自己看病，没找人，候诊过程中屡次遭遇“人情号”“关系户”插队，上午8时挂上号，下午临下班前才进诊室，医生开了个化验单就结束了；一次是带母亲看病，托关系找了副院长，于是一路畅通，原本需要一天做完的检查，一个上午搞定，且医生认真负责。

现实生活中，这种找人办事与正常办事“两重天”的情况不足为奇。比如，同样是给孩子上户口，给户籍民警送200元，不到两天就办好了；不送钱，几个月内到派出所问五六次，答复可能是“正在审批中”。在一个教室里读书，逢年过节给老师“有表示”的孩子总会被多提问、勤锻炼、严管教；不送礼的多半被安排在教室后排、“自己待着吧”。同样是工商注册，托关系的往往顺利；正常排队办理的往往是“少一样材料”……

凡此种种，主要破坏了两样东西——公平和秩序。

有教无类，老师对学生本该倾注同样的心血；开门办事，政府部门对公众本该持有同样的服务意识；救死扶伤，医生对患者本该给予同样的关切……但金钱和关系让有些学生、公众、病人享受到VIP服务，这对其他人来说显然不公平，正常的教学秩序、医疗秩序、社会管理秩序也因此被打乱。

找关系办事，按潜规则办事，对这样的社会生态，人们一方面深恶痛绝，另一方面又被牢牢“网”住，无奈屈服。它就如同恶劣天气中的雾霾，让人身受其害却挥之难去，不知道除了走关系还能怎么办事儿。有时候，想“高傲”、不求人，正常走程序，按规矩政策办，结果却十之八九办不成，最后又不得不按照人家的“规矩”去办，该找人找人，该花钱别心疼。

“腐败亚文化”的“毒”可有“解药”？

解铃还须系铃人。人情、关系之所以成为“开启捷径”的钥匙，归根结底，还是相关制度和规范不够完善，导致那些握有权力和掌控某种资源的人可以游离于规范、制度之外，滥用权力、以权谋私，并且不受追究和惩处。

我们总说“把权力关进制度的笼子”，清除“腐败亚文化”，就是要靠科学严密的制度去疏导和规范，限制资源占有者随意分配资源，防止相关部门和人员瓜分、私有化公权力。

不是说我们不讲人情，问题是很多人情都是建立在金钱、利益和损害他人权益、破坏公平秩序基础之上的。长此以往，只会滋生更多的腐败，让更多的法律、原则成为摆设，让社会风气变得愈加浑浊。

必须承认，剔除“腐败亚文化”，让原则、规矩在与人情的博弈中占上风、占主流，绝非朝夕之间便可完成的事。那些根深蒂固的人情、关系要靠制度去一点点疏解，比如中央层面一直强调的简政放权，清理规范审批事项，就是让那些掌控资源的单位、部门失去借权牟利、交易交换的“筹码”。同时，对仍然享有某种权力的部门和人员在用权方面的监管，必须加强。公众对这种“解毒”“治病”也不能完全置身事外，可以更自觉、积极地抵制各种潜规则，可以监督相关部门的用权行为，敢于向身边的“腐败亚文化”说“不”。

用法治约束人情、规范权力，是一个漫长而艰难的过程，但经历过后，我们才有可能建成一个真正的公平社会、法治国家。

《工人日报》2016 年 3 月 1 日

告别“下跪”，我们的社会才更有尊严

戴　伟

近日，一段《医闹猖獗，深圳一儿科医生被逼下跪》的视频在微博及微信朋友圈疯传。事发于深圳市龙岗区第五人民医院，视频中，一名儿科医生被死亡患儿家属从住院部拖至医院大厅，在遭遇一番拳脚相加后，还被逼下跪烧纸钱。

即使对诊治过程有异议，也只能走合法途径去维权，这是现代社会的常识。哪怕维权之路再艰难，都不能成为对他人暴力相向、蹂躏他人尊严的理由，对这样的野蛮行径必须予以严惩。目前，警方刑事拘留了 12 名犯罪嫌疑人，对一名违法人员以扰乱单位秩序做出行政拘留五日处罚。

逼人下跪，无论从传统心理还是从现代眼光来看，都是一种莫大的精神羞辱。这起事件的“看点”之一就是医生被逼下跪，这也是它在网络上引起广泛关注的重要原因。也因此，将这一起医患事件放到更大的视野下来看待，我们还可以发出这样的诘问：这种逼人下跪、以羞辱他人为“乐”的戾气究竟从何而来？从中我们又听到了怎样的文化断裂的声音？

再稍稍留意下，现实生活中，被逼下跪的“主角”不只是医生。比如，前几年，江苏一企业老板酒后驾驶，撞到环卫工人的垃圾车后，为了一道划痕，对环卫工人破口大骂，环卫工人不得不当街下跪。再比如，同样是前几年，福州某高校一女教师自认为遭到饭店服务员“怠慢”，服务员鞠躬道歉未果，最后只得含泪下跪。

钱穆先生曾经说过：“人的尊严，一是‘生命’的尊严。生命赋自天地大自然，飞禽走兽，对其生命，各有尊严，我们不能无端抹杀某一生命的尊严。但除此之外，在人的世界里更有一个‘人格’的尊严。尊重人格，即是尊重生命；反过来，侮辱人格，也就是侮辱生命。”

不得不承认，对我们来说，人格尊严还没有被摆放到应有的位置，有各种“下跪”事件为证。这背后，是起码的平等意识乃至人文素养的缺失。应当知道，一个人，无论有着怎样的基于金钱、地位、性别、地域、语言等方面的身份差别，人格尊严应是平等的，生命的重量应是相等的。当然，换个角度看，这种平等意识毕竟也在不断增强，几年前，一张“站街女”被迫下跪的照片引起巨大争议，就是一个注脚。

人格至上，尊严无价。曼德拉说：“我们可以卑微如尘土，不可扭曲如蛆虫。”一个不尊重他人尊严的人，自身尊严往往也难以得到尊重。告别各种“下跪”，我们的社会才能获得更多尊严。

《新晨报》2016 年 3 月 19 日

被“包公戏”扭曲的宋朝司法制度

吴 钩

包拯是宋朝人，但宋代的戏曲并没有什么“包公戏”。“包公戏”是在元朝兴起的，至晚清时终于蔚为大观。数百年间，包公审案的故事被编入杂剧、南戏、话本、评书、小说、清京剧，以及众多地方戏中。近代以来，《包公案》还被多次改编成影视剧。无数中国人都通过“包公戏”了解古代的司法制度与司法文化；一些学者也以“包公戏”为样本，煞有介事地分析传统的“人治司法模式”，反思“中国传统司法迟迟不能走向近代化的重要原因”。

然而，作为一种在宋代文明湮灭之后才兴起的民间曲艺，“包公戏”的故事几乎都是草野文人编造出来的，他们在舞台上重建的宋朝司法情景，完全不符合宋代的司法制度。如果以为“包公戏”展现的就是宋代的司法过程，那就要闹出“错把冯京当马凉”的笑话了。现在我们有必要来澄清被“包公戏”遮蔽的宋朝司法传统。

尚方宝剑 三口铡刀 丹书铁券

就如《封神榜》中的各路神仙登场必亮出法宝，《包公案》的包青天也携带着皇帝御赐、代表最高权力的各类道具，元杂剧中尚只有“势剑金牌”，到了明清传奇中，则出现了权力道具“大批发”：“（宋皇）赐我金剑一把，铜铡两口，锈木一个，金狮子印一颗，一十二第御棍……赐我黄木枷梢黄木杖，要断皇亲国戚臣；黑木枷梢黑木杖，专断人间事不平；槐木枷梢槐木杖，要打三司并九卿；桃木枷梢桃木杖，日断阳间夜断阴。”

这里的“势剑”“金剑”，即所谓的尚方宝剑；“金牌”即丹书铁券，俗称“免死金牌”；“铜铡”后来则发展成我们非常熟悉的“龙头铡”“虎头铡”“狗头铡”，龙头铡专杀贵族，虎头铡专杀官吏，狗头铡专杀平民。凭着这些神通广大的法宝，包青天成了有史以来最厉害的法官，遇佛杀佛，遇鬼杀鬼。

有意思的是，包公所要对付的罪犯，有时候也拥有类似的法宝，如根据元杂剧《包待制智斩鲁斋郎》改编的潮剧《包公智斩鲁斋郎》、川剧《破铁卷》，都讲述世家公子鲁斋郎自恃有祖传的丹书铁券护身，无恶不作，无法无天。那么好戏来了：具有最高杀伤力的尚方宝剑破得了具有最高防护力的丹书铁券吗？从戏文看，好像破不了。所以最后包公只好采用瞒天过海的非常手段，在刑事呈报文书上将“鲁斋郎”写成“鱼齐即”，骗得皇帝核准死刑，批回文书，再改为“鲁斋郎”，才将这个大恶霸押上刑场处斩。

于是，本来应当以法律为准绳分出黑白是非的司法裁断，演变成了谁拥有的权力道具更厉害谁就胜出的权力对决，恰如周星驰的电影《九品芝麻官》所演示的那样：一方祭出御赐黄马褂护身，另一方祭出可破黄马褂的尚方宝剑，一方再点破这尚方宝剑是假冒产品。这也坐实了批判传统的人士对于“人治司法模式”的指控。

然而，如此富有戏剧性的权力道具对决的情节，绝不可能出现在宋朝的司法过程中。包公不可能手持尚方宝剑——因为宋代并没有向大臣御赐尚方宝剑、赋予其专杀大权的制度，要到明代万历年间，才出现了尚方宝剑之制，皇帝才赋予持剑人“如朕亲临”“先斩后奏”的超级权力。包公的三口铡刀更是民间文人幻想出来的刑具，历代都未见将铡刀列为行刑工具，很可能是入元之后，民间文人从蒙古人用于铡草的铡刀中获得灵感，才想到了给包公打造一副铜铡的情节。

至于所谓的“免死金牌”，尽管北宋初与南宋初在战时状态下，宋朝皇帝为安抚地方军阀，曾赐李重进、苗傅、刘正彦等将领丹书铁券，但赐丹书铁券并非宋朝常制，而且随李重进、苗傅、刘正彦叛变事败，自焚、被诛，铁券已被销毁，铁券之制遂不复存，以致南宋人程大昌说：“今世遂无其制，亦古事之缺者也。”因此，在宋朝司法过程中，不可能出现丹书铁券对抗尚方宝剑的戏剧性情景。到明朝时，丹书铁券才成为常制。

事实上，宋人的法治观念是排斥免死金牌的。他们说：“法者，天子所与天下共也……故王者不辨亲疏，不异贵贱，一致于法。”宋太宗时，任开封府尹的许王赵元僖因为犯了过错，被御史中丞弹劾。元僖心中不平，诉于太宗：“臣天子儿，以犯中丞故被鞫，愿赐宽宥。”太宗说：“此朝廷仪制，孰敢违之！朕若有过，臣下尚加纠摘；汝为开封府尹，可不奉法邪？”最后，贵为皇子的赵元僖“论罚如式”。

宋太宗也曾想庇护犯法的亲信——陈州团练使陈利用自恃受太宗宠爱，杀人枉法，被朝臣弹劾，本应处死刑，但太宗有意袒护他，说：“岂有万乘之主不能庇一人乎？”宰相赵普抗议道：“此巨蠹犯死罪十数。陛下不诛，则乱天下法。法可惜，此一竖子，何足惜哉。”最后太宗不得不同意判陈利用死刑。皇帝本人也庇护不了犯罪的亲信，何况免死金牌？

可见宋人司法，并不倚重代表特权的权力道具，而更强调三尺之法。生活年代略晚于包拯的大理寺卿韩晋卿，一次受皇帝委派，前往宁州按治狱事。依惯例，韩晋卿赴任之前，应当入对（即入宫面圣），请皇上做工作指示。但韩晋卿拒不入对，说：我奉命办案，以法律为准绳，国法摆在那里，就不必征求皇帝的意见了，免得干扰了司法。

因而，至少在理论上，宋朝法官要让犯死罪的权贵伏诛，只需凭头上三尺之法，不必看手中有没有尚方宝剑。

“那厮你怎么不跪”

在所有的“包公戏”中（包括今人拍摄的电视剧《包青天》），都不约而同地这么表现包公审案的情景：诉讼两造被带上公堂，下跪叩首，然后整个过程都一直跪着。比如元杂剧《包待制智勘后庭花》讲述，王庆等人被带到开封府审问，众人跪下，王庆不跪，包公喝道：“王庆，兀那厮你怎么不跪？”王庆说：“我无罪过。”包公说：“你无罪过，来俺这开封府里做什么？”王庆说：“我跪下便了也。”遂下跪。

跪礼在宋代之后，含有卑贱、屈辱之义。“跪讼”的细节，当然可以理解为官府对于平民尊严有意地摧折。有论者就认为，“在（古代）司法实践中，无论是刑事案件，还是民事诉讼……涉讼两造（包括其他干连证人等）一旦到官受审，不仅要下跪叩首，而且还要受到‘喝堂威’的惊吓”。这一制度的设定，是为了“使涉讼之人在心理上有了自卑感”。

但宋代的司法是否真出现了要求讼者下跪的制度呢？笔者曾检索多种宋朝文献与图像史料考据过这个问题。结果发现，不管是《名公书判清明集》《折狱龟鉴》《洗冤录》等司法文献，还是《作邑自箴》《州县提纲》《昼帘绪论》等宋代官箴书，均找不到任何关于诉讼人必须跪着受审的记录。

倒是《折狱龟鉴》“葛源书诉”条载，宋人葛源为吉水县令，“猾吏诱民数百讼庭下”，葛源听讼，“立讼者两庑下，取其状视”。《折狱龟鉴》“王罕资迁”条载，宋人王罕为潭州知州，“民有与其族人争产者，辩而复诉，前后十余年。罕一日悉召立庭下”。《名公书判清明集》收录的一则判词称：“本县每遇断决公事，乃有自称进士，招呼十余人列状告罪，若是真有见识士人，岂肯排立公庭，干当闲事？”

从这几起民讼案例中不难发现，宋朝法官开庭听讼时，诉讼人是立于庭下的。那么“站着听审”到底是个别法官的开恩，还是宋代的一般诉讼情景？

据官箴书《州县提纲》介绍的州县审讼“标准化”程式：“受状之日，引（诉讼人）自西廊，整整而入，至庭下，且令小立，以序拨三四人，相续执状亲付排状之吏，吏略加检视，令过东廊，听唤姓名，当厅而出。”可知，宋朝平民到法庭递状起诉是用不着下跪的。

朱熹当地方官时，曾制定了一个“约束榜”，对诉讼程序做出规范，其中一条说：州衙门设有两面木牌，一面是“词讼牌”，一面叫“屈牌”，凡非紧急的民事诉讼，原告可在词讼牌下投状，由法庭择日开庭；如果是紧张事项需要告官，则到“屈牌”下投状：“据说有实负屈紧急事件之人，仰于此牌下跂立，仰监牌使臣即时收领出头，切待施行。”“跂立”二字表明，民众到衙门告状无须下跪。

那法官开庭审理时，诉讼人又用不用跪着听审呢？按《州县提纲》的要求，开庭之际，法吏“须先引二竞人（诉讼两造），立于庭下。吏置案于几，敛手以退，远立于旁。吾（法官）惟阅案有疑，则询二竞人，俟已，判始付吏读示”。朱熹的再传弟子黄震任地方官时，也发布过一道“词讼约束”，其中规定：法庭对已受理的词讼，“当日五更听状，并先立厅前西边点名，听状了则过东边之下”。可见宋代法庭审理民事诉讼案，并未要求诉讼人跪于庭下。

跪着受审的制度应该是入元之后才确立起来的。清人撰写的官箴书，已经将“跪”列为诉讼人的“规定动作”了，只有取得功名的士子乡绅，才获得“见官免跪”的特权。“包公戏”的编剧们，显然是将元明清时期的庭审制度套到宋人身上去了。

包公包办了所有诉讼案?

我们看“包公戏”或《包公案》小说，还会从中发现一个细节：人们到开封府诉讼，不管是大案小案，还是刑事民事，都由老包一个人审理，仿佛偌大一个开封府，只有包青天一个法官，顶多有一个公孙策在幕后赞襄。

但实际上，北宋开封府设置有庞大的司法机构，其中的判官、推官、司录参、左右军巡使、军巡判官、左右厢公事干当官，都负有司法之职能，其主要职权便是审理刑事案与民事诉讼。百姓到开封府告状，通常是左右军巡院受理，开封知府不过是统率一府之公事而已。如果每桩案子都要由包公亲审，以宋代的健讼之风，且“开封为省府，事最繁剧”，老包得像孙悟空那样有分身之术才行。

这其实是宋代司法专业化的体现：国家建立了一个专业、专职的司法官队伍来处理司法。不独作为国都的开封府如此，其他的州郡一般也都设有三个法院：当置司、州院与司理院。有些大州的州院、司理院又分设左右院，即有五个法院。当然一些小州则将州院与司理院合并，只置一个法院。每个法院都配置若干法官，叫作“录事参军”“司录参军”“司理参军”“司法参军”。主管当置司的推官、判官，他们的主要工作也是司法。录事参军、司理参军、司法参军都是专职的法官，除了司法审案之外，不得接受其他差遣，即便是来自朝廷的派遣，也可以拒绝，“虽朝旨令选亦不得差”。

而且，宋朝的司法官在获得任命之前，必须通过司法考试。这个司法考试，宋人叫作“试法官”，由大理寺与刑部主持，两部相互监督，以防止作弊，并接受御史台的监察。“试法官”每年举行一次或两次，以神宗朝的考试制度最为详密：每次考六场（一天一场），其中五场考案例判决（每场试十到十五个案例），一场考法理。案例判决必须写明令人信服的法理依据、当援引的法律条文，如果发现案情有疑，也必须在试卷上标明。考官逐场评卷。考试的分数必须达到八分（不知总分是不是十分），且对重罪案例的判决没有出现失误，才算合格。必须承认，这个司法考试的制度已经非常严密、详备了。

可惜宋人开创的高度发达的司法体系，以及司法专业化的历史方向，并未为后面的朝代所继承，元明清三朝的司法制度，退回到非常简陋、粗糙的状态，如明代的府一级（相当于宋代的州），只设一名推官助理讼狱，而清代则连推官都不设置，府县的司法完全由行政长官兼理。长官力不从心，只好私人聘请刑名师爷襄助。《三侠五义》中的公孙策，其实就是清代艺人根据当时的刑名师爷形象塑造出来的，北宋并没有公孙策这一号人物，宋代的州府也没有所谓的“师爷”。师爷，是行政幕府制度发展到明清的产物，又称“幕友”。而宋朝恰恰是历史上唯一一个不设行政幕府的王朝（军政幕府还有保留）。以前许多学者都是从强化中央集权的角度来解释行政幕府制度在宋代的消失，但如果换一个角度看，便会发现，宋朝已经在地方建立了专业化的行政、司法机构，当然不需要行政幕府赞襄。

韦伯称：“（大意）传统中国的官吏是非专业性的，是士大夫出任的政府官员，是受过古典人文教育的文人；他们接受俸禄，但没有任何行政与法律的知识，只能舞文弄墨，诠释经典；他们不亲自治事，行政工作是掌握在幕僚之手。”这个论断可能符合明清的情况，却完全不合宋朝之实际。

宋代司法重不重程序?

“包公戏”中的包拯，是一个权力大得吓人的法官，集侦查、控诉、审判、执行四权于一身，一桩案子，明察秋毫的包公往往当庭就问个清楚，然后大喝一声“堂下听判”，义正词严地宣判后，又大喝一声“虎头铡侍候”，就将罪犯斩首了。有一些学者据此认为，“这种权力混同行使的现象一直是我国古代司法制度所无法突破的障碍”“正是中国传统司法迟迟不能走向近代化的重要原因”。

问题是，“包公戏”展现的完全不是宋代的司法制度，因为宋朝司法特别强调“分权与制衡”。为实现“分权与制衡”，宋朝的立国者建立了一套非常烦琐的司法程序。首先，侦查与审讯的权力是分立的，宋代的缉捕、刑侦机构为隶属于州、路衙门的巡检司，以及隶属于县衙门的县尉司，合称“巡尉”，相当于今天的警察局，其职责是缉拿、追捕犯罪嫌疑人，搜集犯罪证据、主持司法检验等，但按照宋朝的司法制度，他们不可以参与推勘，更不能够给嫌犯定罪。宋初的一道立法规定：“诸道巡检捕盗使臣，凡获寇盗，不得先行拷讯，即送所属州府。”

案子进入州府的庭审程序之后，先由一名法官审查事实，叫作“推勘”。这位推勘官将根据证人证言、证物、法医检验、嫌犯供词，将犯罪事实审讯清楚，能够排除合理怀疑。至于犯人触犯的是什么法，依法该判什么刑，他是不用管的。被告人画押之后，便没有推勘官什么事了。但如果审讯出错，则由他负责任。

这一道程序走完，进入第二道程序。由另一位不需要避嫌的法官，向被告人复核案情，询问被告人供词是否属实，有没有冤情，这道程序叫作“录问”。如果被告人喊冤，前面的庭审程序推倒重来，必须更换法庭重新审讯，这叫作“翻异别勘”。如果被告人未喊冤，那进入下一道程序。

案子的卷宗移交给另外一位独立的法官，这名法官将核查卷宗是否有疑点——如发现疑点，则退回重审；如没有疑点，则由他根据卷宗记录的犯罪事实，检出嫌犯触犯的法律条文：这叫作“检法”。推勘与检法不可为同一名法官，这就是宋代特有的“鞫谳分司”制度。宋人相信，“鞫谳分司”可以形成权力制衡，防范权力滥用，“狱司推鞫，法司检断，各有司存，所以防奸也”。

检法之后，将案子移交给一个判决委员会。判决委员会负责起草判决书，交委员会全体法官讨论。若对判决没有异议，则集体签署，将来若发现错案，所有署名的法官均追究责任，这叫作“同职犯公坐”。对判决持异议的法官，可以拒不签字，或者附上自己的不同意见，这叫作“议状”，日后若证实判决确实出错了，“议状”的法官可免于问责。

判决书必须获得全体法官签署，才可以进入下一道程序：送法院的首席法官（即知府、知州）做正式定判。首席法官定判后，还需要对被告人宣读判词，询问是否服判。这时被告人若称不服判，有冤要伸，那么将自动启动“翻异别勘”的程序——原审法官一概回避，由上级法院组织新的法庭复审，将前面的所有程序再走一遍。原则上刑案被告人有三次“翻异别勘”的机会。

如果被告人在听判之后，表示服法，那么整个案子告一段落，呈报中央派驻各地的巡回法院（提刑司）复核。巡回法院若发现疑点，案子复审。若未发现疑点，便可以执行判决了。但如果是死刑判决，且案情有疑，则必须奏报中央法司复审。

宋代刑事司法程序之繁复、严密，堪称历代之冠，即使在今日看来，也会觉得过于“烦琐”。包拯要是像“包公戏”表演的那么断案，毫无疑问，属于严重违反司法程序，早就被台谏官弹劾下台了。遗憾的是，恰如民国法学学者徐道邻先生所指出：“元人入主中原之后，宋朝优良的司法制度，大被破坏，他们取消了大理寺，取消了律学，取消了刑法考试，取消了鞫谳分司和翻异别勘的制度。”生活在元明清时期的小文人，已完全不知道宋代繁密的司法程序设计，只能凭着自以为是的想象编造包公审案的过程。

大义灭亲与司法回避

为了无限拔高包公执法如山的高大全形象，后人还创造了一个大义灭亲、不近人情的包公故事：包公的侄子包勉，为萧山县令，因贪赃枉法被人检举，奉旨出巡的包拯亲审此案，查明真相后，下令铡死亲侄子。京剧《赤桑镇》《铡包勉》演的就是这个故事。

有人以《赤桑镇》《铡包勉》为样本，著文批判：“法官担任与自己案件有牵连的裁判官，如果他有道德自律性，能够‘认定事实清楚’‘适用法律准确’的裁判案件的话，都会被冠以‘青天’的美誉。这正体现中国人从古至今一直关注的是诉讼裁判结局的公正性——实体正义，而忽略了法律程序和司法裁判过程的正当性——程序正义。”

编造出“包公铡侄”故事的旧时文人，与将“包公铡侄”行为当靶子的今日学者，其实都误以为传统司法制度不讲究亲嫌回避，才会出现大义灭亲的司法官，只不过前者将“大义灭亲”吹捧为美德，后者视“大义灭亲”为司法回避程序的缺失。然而，所谓的包公铡侄案绝不可能发生在宋朝。

包拯生前留有一条家训：“后世子孙仕宦有犯赃滥者，不得放归本家，亡殁之后，不得葬于大茔之中。不从吾志，非吾子孙。”他的子孙也确实没有辱没祖宗，子包绶、孙包永年都居官清正，留有廉声。包拯显然并没有一个成了贪污犯的侄儿，又何须大义灭亲？

即便包拯确有侄子犯罪，也轮不到包拯来大义灭亲。因为宋代司法特别讲求亲嫌回避，在司法审判的各个环节，都设置了非常严格而周密的回避制。

宋朝法院如果受理了一起诉讼案，在开庭前要做的第一件事，就是核定回避的法官。所有跟诉讼的原告或被告有亲戚、师生、上下级、仇怨关系，或者曾经有过荐举关系者，都必须自行申报回避。如果有回避责任的法官不申报呢？许人检举、控告。不用说，这自然是为了防止法官的裁断受到私人关系、私人情感的影响，出现假公济私、公报私仇的情况。实际上也可避免发生亲铡侄儿之类的人伦悲剧。如果包拯的侄儿因为贪赃枉法而被告上法院，那包拯首先就得提出回避，绝不可能亲自审讯此案。

不但与诉讼人有亲嫌关系的法官须要回避，在一起案子的审判过程中，负责推勘、录问、检法的三个法官，也不能有亲嫌关系，否则也必须回避。而且，法律还严禁推勘官、录问官与检法官在结案之前会面、商讨案情，否则“各杖八十”。

如果是复审的案子，复审法官若与原审法官有亲嫌关系，也须要回避；对隐瞒回避义务的法官，处罚非常严厉。甚至上下级法官之间也要回避——即有亲嫌关系的法官不能成为上下级。

这样的司法回避制度，可以说已经严密得无以复加了。那些批判传统司法制度欠缺程序正义的人，显然是将戏说误当成历史了。

宋亡之后才批量出现的“包公戏”，实际上跟宋代司法制度已毫无关系，顶多只能反映元明清时期的一部分司法观念与实践而已。借助“包公戏”批判传统司法模式是大而无当的，因为“包公戏”实际上遮蔽了发达的宋代司法文明。我写此文的目的，是为揭破这层遮蔽，重新发现优良的司法传统。

《同舟共进》2016 年第 4 期

“翻船体”为什么能走红？

施　经

近日，一组名为《友谊的小船说翻就翻》的漫画火爆朋友圈。由看似平常的一组漫画衍生出的“翻船体”于一夜之间突然走红，颇堪玩味。

“翻船体”受到广大网友的欢迎，首先在于它形象地表达了人们对友谊的特殊理解。《友谊的小船说翻就翻》由漫画家喃东尼创作，最初漫画人物间的对话并未与具体职业相挂钩，而是简单地通过几个场景来表达作者对“友谊”和“爱情”的看法。“乘坐在友谊之船的两个好朋友，如果有一方变瘦，友谊的小船说翻就翻哦”“乘坐在友谊之船的两个好朋友，如果吃独食，友谊的小船说翻就翻”。不过，原漫画中的两个角色并没有始终经受考验，导致“一个突如其来的表白，友谊的小船说翻就翻”，相反，如果双方都喜欢对方的话，那么“他们的友谊之船会升华成爱情的巨轮”，虽然巨轮也有“说沉就沉”的风险。可以看出，原漫画的情节更加跌宕曲折，更能完整地还原作者的本意。在朋友圈出现“媒体人版本”后，有批评者认为，这反映了现代人对“纯友谊”的呼唤和匮乏，此种观点未免太过消极。在这一版本中，对话以如下模式展开：“今晚出去吃饭吗？”“不行，刚来了新闻，我要跟。”于是，“友谊的小船说翻就翻”。每一回对话，都因工作的需要而被打断，友谊似乎在一轮轮的利益计较中被逐渐消磨殆尽。奥维德说过，“如同真金要在烈火中识别一样，友谊必须在逆境中接受考验”，漫画中的友谊似乎就从来经不住考验。可是，如果从作品整体观察，就能发现，在每一回合“被拒”之后，朋友总是依然坚持不懈地提出邀约请求。职业人的友谊，或许确实容易被繁忙的工作阻断，但持久的友谊却同样在这一过程中积淀和发展起来。司马迁更早说过：“一死一生，乃知交情。一贫一富，乃知交态。一贵一贱，交情乃见。”差异和距离并不是终结友谊的理由，职业人的日常友谊，即使平淡了些，同样历久弥新，正是这种对友谊的微妙认同，才让网友不自觉地喜欢上这组漫画。

“翻船体”同样表现了现代人对职业复杂的喜爱之情。初看漫画，或许会觉得作者有意嘲讽繁忙的工作。确实，分秒必争到连一顿饭也顾不上，工作的强度显然有些过大。只是漫画毕竟是漫画，为追求特定艺术效果，难免使用夸张等表现手法，对待漫画不能太过“实事求是”。所谓“隔行如隔山”，职业的差异不仅意味着工作种类不同，也意味着私人时间安排等方面都存在区别，所以，正视朋友的职业选择，意味着必须克服其种种不便。无论是哪一版本的漫画，都未让故事剧情简单地“说翻就翻”，几经波折后朋友之间的交往仍持续进行。朋友的体谅，是对自己工作价值的最好肯定。稍微浏览漫画底下的留言，我们便能体察到这种夹杂着眼泪的喜爱之情。

当然，“翻船体”之所以能迅速席卷网络，它的内容制作和传播方式同样功不可没。网络上总会周期性地出现各类段子或“流行体”，要让这些段子或“流行体”迅速为网民接受，内容必须足够“接地气”、容易引发共鸣。如“也是蛮拼的”，本是稀疏平常的口头话语，在《爸爸去哪儿 2》中被网友发掘出来之后便大受欢迎，习近平总书记在 2015 年新年贺词中也活用了这个词语，达到了很好的传播效果。

“翻船体”能火，是因为它以曲折别致的方式说透了大家工作和生活中的苦乐相伴，它的迅速走红既是一个文化现象也是一个社会现象，我们不妨多用赞赏的眼光来看待它。

《南方日报》2016 年 4 月 15 日

“雅好”骗人

张　勇

人的社会地位一高，便喜欢附庸风雅。什么琴棋书画呀，搞搞收藏呀，搞搞摄影呀……不一而足。只要涉猎了哪个圈子，准会有一众捧臭脚抬轿子的给你举到某某家的位置，会写两笔字就是书法家，会拍两张照片就是摄影家，淘回家两个瓶瓶罐罐就是收藏家。弄好了，还能轻而易举地当个某协会主席、名誉主席当当，当然，这主要取决于你的官位。

其实，官员的“雅好”古已有之，可能因为古代八股取士，当官的主要都是文人，本身就是某领域的行家。即便如此，他们也有被蒙骗的时候。

翁同龢在担任军机大臣的时候，有商家抱着一只古瓶上门求售。翁同龢看得非常仔细，凭经验，觉得这只瓶子像是秦汉以前的古物，非常喜欢。商人要价三千两银子，翁同龢说高了，还半价，商人不肯卖，拿了瓶子想走。翁同龢实在是太喜欢了，于是花两千两银子买了下来。如获至宝的翁同龢在古瓶里盛水养花，作为点缀，然后邀请宾客上门赏玩。欣赏过程中，一个客人惊讶于古瓶怎会漏水，想拿起来细看，瓶子却当场在他的手里断成了两截。客人被吓得面如土色，细看古瓶的材质，原来是用浆硬的厚纸板描绘上花纹，再经过熏染制成，所以看起来古色古香。围观众人哄堂大笑，羞愧难当的翁同龢赶紧把这个两千两银子买来的烂纸瓶扔了。

光绪年间，张之洞到北京朝见光绪帝。在京都逗留期间，一天，他偶然到琉璃厂去走走，见到一家古董店，庭院里摆着一只巨瓮——陶制、形状奇特、色彩斑斓。旁边立着玻璃大镜屏，陶瓮映入镜屏，光怪陆离，绚丽夺目。张之洞看了又看，发现瓮的四周还都刻着籀文，好像蝌蚪一般，不可细辨。一时间，竟不忍离去，便向店家询问陶瓮价格，店主回答说：“这是一位大官家的故物，我们特地借来陈设，摆摆阔气，不是要出售的。”过了几天，张之洞又约了几位爱好古玩的幕僚，同至琉璃厂去看那只陶瓮。大家审视后，也都肯定这是一件古代器物。

这时，他又想买下这件古物，便怂恿店主和陶瓮的主人商量。不一会儿，店主领着大管家的管事来了，要价三千金，张之洞感到索价太高，想打听打听这位官家的情况，管事却一点儿都不透露。经过几次讨价还价，总算付了两千金买了下来。陶瓮被运回，张之洞先雇工人将翁上的籀文拓印数百张，分送给同僚亲友，随后又将这陶瓮放在庭院内，注满了水，养起几条金鱼。一晚，遇到一场大雷雨，第二天早上，大家去看陶瓮，翁壁上的篆刻籀文和斑斓色彩全都被大雨冲刷掉了。捡起落在地上的碎屑，才知道“苍然而古者，纸也；黝然而泽者，蜡也”。古董商人用纸和蜡在瓮的外壁伪饰了“形奇诡，色斑斓”和一些谁也不认识的怪字，竟也骗得高价，瞒过了行家。

以上两位，是世故公认、正经八百的藏家，而且浸淫其中几十年，经验不可谓不丰富，阅历不可谓不广泛，却都有打眼的时候，遑论现在的一些附庸者了。不过，现在那些有“雅好”的官员倒是不怕被骗的，因为他们的目的根本就是“雅贿”。古人是被自己的“雅好”骗了，而今人却在利用“雅好”骗别人。

《杂文选刊》2016 年第 5 期

大清第一炒作高手

刘绪义

今日网络时代，炒作无处不在，其实古人也很重视炒作。唐代的杜甫就是一位炒作高手，他一生给李白写诗数十首，以显示自己与名人不一般的关系，而李白只回给他一首打油诗。到晚清之际，文人士大夫更是崇尚清谈，好论时事、兵事、外事，以显示自己的高明，炒作之风盛极一时。但这些手法在一个人眼里，却只是小儿科，他就是左宗棠——如果要评出“大清第一炒作高手”的话，非左宗棠莫属。

在任何时候，一个人要想出名早，最好的办法就是有“故事”，左公恰恰是这样的人。

早在学生时期，左宗棠就“好大言，每成一艺，辄先自诧”。他每写完一篇文章，都要先自我欣赏一番：怎么写得这么好，难道真的是我写的吗？联系到后来左宗棠到军机处上班，读到李鸿章的奏折时，“每展阅一页，每因海防之事而递及西陲之事，自誉措施妙不容口，几忘其为议此折者，甚至拍案大笑，声震旁室。明日复阅一叶（页），则复如此……凡议半月，而全疏尚未阅毕”，读一页即故意拍案大笑，半个月都没读完，此情形和学生时代如出一辙。

成年后的左宗棠，更是擅长“编故事”。

第一个故事，道光十年（1830 年），江苏布政使贺长龄丁忧回湘，当时年仅 18 岁名不见经传的“农村知识青年”左宗棠拜访他，贺为左之才气所惊，“以国士相待”，与左盘旋多日，谈诗论文，还亲自在书架前爬上爬下，挑选自己的藏书借给左看。

此事载于《左文襄公年谱》，问题是二人见面的事，其他人并不在场，如何佐证？极有可能是左公自己创作或传播出来的。贺长龄是晚清的大学者，贺长龄之弟贺熙龄是左宗棠在城南书院的老师，他非常喜爱左宗棠，称其“卓然能自立，叩其学则确然有所得”，也仅此而已。

第二个故事，道光十七年（1837 年），回家省亲的两江总督陶澍见到 20 多岁的举人左宗棠，“一见目为奇才”“竟夕倾谈，相与订交而别”。不久又和他订下了儿女亲事。

这个故事较之前一个更是“别有用心”。陶澍爱才，左宗棠得知陶大人回乡必经醴陵，故而事先写下一副对联：“春殿语从容，廿载家山印心石在；大江流日夜，八州子弟翘首公归。”上联“印心石”隐含了陶澍一个引以为豪的故事，看到此联，自然心花怒放，引为知音；下联更赤裸裸地拍了陶大人一记马屁。总之，一副对联击中了一个传统士大夫官僚的软肋，竟然不顾年龄和辈分悬殊，与之结为亲家。

第三个故事，道光二十九年（1849 年），云贵总督林则徐在回家途中，因为闻悉左的大名，特意邀左到湘江边一叙。林则徐“一见倾倒，诧为绝世奇才，宴谈达曙乃别”。其实，林则徐见左宗棠，并非“闻听”其大名，而是缘于陶澍。陶、林二人关系不浅，左又是陶的亲家，陶在信中早已向林大人介绍过许多故事。左公拜见林大人，也是因为陶亲家的授意。林大人乐得给陶公一个面子，自然不惜美言。

那么，三个故事都聚焦在左宗棠的“奇才”上，此时的左公到底露出过什么奇才来？后人很难晓得。凭常识判断，无非是左宗棠的口才，至于诗文之才——左公显然不如李鸿章，至今不见左公留有名诗文。至于其他才能，凭初识的一面应该难以判断。

为了抬高故事中的人物，左宗棠也毫不吝惜地抬举他见过的名人，如林则徐在左宗棠心目中被视为“天人”。更关键的是，这些故事一般仅限于二人交往之间，外人之所以得知，无非是当事人的对外传播。于是真真假假、虚虚实实，反正都变成了故事。对此，《清史稿》中说得直白：“（左公）喜为壮语惊众，名在公卿间。尝以诸葛亮自比，人目其狂也。胡林翼亟称之，谓横览九州，更无才出其右者。”

还有一个经典段子，说的是长沙发生“劣幕事件”，左宗棠被人告发，受到追查，有个名叫潘祖荫的大臣向皇帝上了一道奏折，说：“国家不可一日无湖南，即湖南不可一日无宗棠也。”更是将左公抬到天上。

潘祖荫的一道奏折果真如此管用吗？非也，左宗棠之所以被赦，完全得益于曾国藩、胡林翼、郭嵩焘等人的保救。而潘祖荫这句话或许是真的，却未见载于《清史稿》，倒是在民间广为流传。其所以流布者，无非是左公有意炒作，这与左公“喜为壮语惊人”的秉性极为相得。因此，当左宗棠后来抹杀曾国藩的救命之恩，即令时人感觉不公，为之抱不平。

左公擅长炒作，其手法其实很容易被一眼看穿。比如湖南巡抚张亮基派人三顾茅庐，“制军于军谋一切，专委之我；又各州县公事票启，皆我一手批答”等话语，都出自于左公书信。好在几任湖南巡抚都还大度，否则这些话将一介地方大员置于何地?

左宗棠有才有谋不假，但他的为人识人实在有待商榷。他攀附贺长龄、陶澍、林则徐等人，固然能依托他们之大名成就自己的名气，但这些人对他事业并无帮助。相反，他瞧不起的“才具稍欠开展”的曾侍郎，才是他真正的伯乐、恩主。

曾国藩对此看得很清楚，晚年他曾对幕僚赵烈文说：“左季高喜出格恭维。凡人能屈体已甚者，多蒙不次之赏。此中素叵测而又善受人欺如此。”可谓一语道破天机。

《同舟共进》2016 年第 5 期

哀一头死于非命的鲸鲨

王石川

发生在广西北海海域的“鲸鲨被捕杀”事件经过近 10 天，终于得以告破。广西北海警方于 2016 年 5 月 15 日披露，包括涉事“粤廉渔 12888 号”渔船船主陈某妃、指挥捕捞的船长邱某泉，以及非法收购鲸鲨的廖某、黄某，均已被刑事拘留。

这是一头死于非命的鲸鲨，它的命运迷雾重重。据邱某泉称，当时出海打鱼回家时，在海上有张网，网里有条大鱼，鱼身上有网痕。将大鱼弄上船后，发现鱼已死并发臭。

鲸鲨是怎么死的？死之前有过多少挣扎？网痕是怎么回事？这些通通没有答案。还原此前的事件剪影，不免觉得愈发痛惜和悲伤。

5 月 5 日，微博名为“涠洲 114 油田”的博主发布消息称，该平台工作人员在广西北海涠洲岛海域发现一头鲸鲨正在觅食嬉戏。工作人员对其拍照留念，并上传网上，引来网友赞叹：“好好保护可爱的鲸鲨，别让它沦为人们的盘中餐。”

然而，鲸鲨死了。尽管它出身名门——海中最大的鲨鱼，尽管它有保护令——国家二级保护动物，已被列入《世界自然保护联盟（IUCN）2005 年濒危物种红色名录》，它还是没能幸存。它在涠洲岛海域逡巡，也许只是放松心情，却没想到危机降临，谁能想到飞来横祸？如果仅因嬉戏就落入人类设置的陷阱，就被凶徒布置的机关所害，那只能说这只可爱的鲸鲨太不幸了。

目前，涉事“粤廉渔 12888 号”渔船及包括船长邱某泉在内的 7 名嫌疑人已被抓。但真相并没浮出水面，相关细节仍然影影绰绰，鲸鲨究竟是怎么死的，仍是未解之谜。

不调查出死因，鲸鲨或许死不瞑目；不梳理出前前后后的过程，也许还有鲸鲨被猎捕，同样死得不明不白。鲸鲨之死的真相必须呈现出来，而不能见不得光，沉入深不见底的浑浊海水之中。如果鲸鲨的同伴有人类的情感，也许会这样认为。

鲸鲨不会说话，但主持公道的人类不能沉默，把保护鲸鲨当成己任的热心人不能袖手旁观。吁求真相，是为了避免下一个被害鲸鲨出现；依法处理责任人，是为了不让鲸鲨再遭荼毒。

还原真相何其难矣。鲸鲨遇难前没有监控视频，也没有目击者，鲸鲨也没有小伙伴为它维权。正常情况下，该给鲸鲨尸检，请最专业的部门介入。问题是，鲸鲨已被分尸，尸骨无存。

据报道，鲸鲨已在北海港码头被以每斤 1 元的价格卖给了廖某，后又被以每斤 2.5 元的价格转卖给黄某，制成鱼肥在市场全部销售。当鲸鲨已被毁尸灭迹，化为肥料，它还能讨回公道吗？

鲸鲨被害，让无数人义愤填膺，也再次让有识之士意识到保护珍稀动物的重要性，并须提高违法成本，将监管前置，避免悲剧重演。这当然很有必要，但是当前最重要的是查出鲸鲨被害的真相！

哀鲸鲨之死！这种哀伤并非只是出于休戚与共的情感，而是以生命的名义。

《北京青年报》2016 年 5 月 17 日

让大学精神与时代精神同频共振

金德水

所谓大学精神，是指一所大学在发展过程中长期积淀形成的一系列办学理念和价值追求，是大学的灵魂所在。

从古至今，大学精神对于政治、经济、文化、科技、社会的发展，乃至一个民族的进步均至关重要。从世界第一所现代意义上的大学诞生起，大学就肩负起不同于其他社会组织的独特使命。对于我国大学来说，兴起于民族危难之秋，其精神更是深受传统文化和时代变迁的影响，倡导“明德济世，修齐治平”的价值理念和“兴学强国”的爱国主义担当。

当前，高等教育信息化、国际化趋势日益明显，全球范围的教育竞争、科技竞争、人才竞争不断加剧，高等教育事业作为重要的“供给侧”，其结构性改革正面临前所未有的机遇和挑战。尤其是《统筹推进世界一流大学和一流学科建设总体方案》的提出，在展示了我国从高等教育大国向高等教育强国迈进的信心和决心的同时，更是对大学发展提出了更高更新的要求。

如何在较短时间内努力跻身世界一流行列，在仍有一定差距的基础上加快建成若干所世界一流大学和一批世界一流学科，实现“弯道超车”？

除了坚定目标自信、路径自信、能力自信以外，高校还应当充分发挥三种优势：一是后发优势，通过持续引进海外杰出学术人才，学习借鉴世界一流大学的先进经验，实现学术水平和办学质量的显著提升；二是文化优势，继承中华文明在五千年积淀的智慧内涵，弘扬发展优秀传统文化，以此来凝聚力量、塑造品牌、提升形象；三是制度优势，发挥社会主义国家的制度优越性，强化目标驱动，汇集共识合力，优化资源配置，为学校加速赶超世界先进水平提供可持续的坚实保障。特别要意识到，建设世界一流大学不可能千校一面，各个学校在发挥优势的同时，必须彰显个性和特色。办学特色既要有中国特色的共性，也要体现各自独特的目标定位、办学传统和资源禀赋。就浙江大学而言，我们在办学中注重突出三个方面的特色：一是突出创新创业人才培养特色，构建科教融合、校企结合的整合育人环境，形成全链条式的创业教育生态系统；二是突出学科交叉会聚特色，推动学科体系的优化调整，营造学科交叉的制度环境，积极培育交叉新兴学科和标志性交叉成果；三是突出办学体系和社会服务特色，开展深度国际交流合作，加快形成泛浙大产学研合作体系。

在这个过程中，尤为重要的是，要始终坚守大学精神，让大学精神与时代精神同频共振。

对于浙江大学来说，“求是创新”校训，“勤学、修德、明辨、笃实”共同价值观以及“海纳江河、启真厚德、开物前民、树我邦国”共同构成了浙大精神的最新表述体系。这是学校坚持正确办学方向，不断积累文化高度、凝聚精神力量的重要保障，内涵丰富，意义深远。其中，“海纳江河”强调的是开放包容精神，体现以“天下英才为我所用”的胸怀，表现为汲取世界名校办学育人的优质理念；“启真厚德”强调的是求真至善精神，指的是大学在追求真理的同时，更当领受德行的陶冶和人格的砥砺；“开物前民”体现的是改革创新精神，既包含知识的求新、科研的创新，又表现为改革发展、革故鼎新；“树我邦国”强调的是爱国奉献精神，讲的是大学应当始终与民族命运同荣共辱。这一系列精神理念和价值追求，正是浙江大学 120 年办学的灵魂所在。

“聪者听于无声，明者见于未形”。中国高校当进一步立足中国特色社会主义事业全局，深刻把握高等教育事业所处的时代方位和肩负的历史使命，加快建设成为世界一流大学。同时，坚守人文关怀和独立自由，让大学精神与时代精神、民族精神互相激荡，从而为实现国家富强和民族振兴，实现人类的共同理想提供不竭的动力。

《人民日报》2016 年 5 月 19 日

公务员高调慈善的权利值得尊重

肖 华

5 月 16 日至 17 日，浙江苍南县国土资源局公务员林继排先后为北京邮电大学、北京科技大学、北方工业大学等 3 所高校的 30 多名师生颁发了超 5 万的“奖德金”。这笔钱来自他以个人名义设立的“道德基金”，用以奖励道德品质突出的高校师生。“奖德金”总额超过百万。他反复强调，自己“年薪不到 6 万”但钱来路正，高调做慈善“不怕查”。

中国人向来有做事低调的习惯。之所以选择做事不张扬：一方面受传统文化的影响，含蓄内敛；另一方面，一些人选择低调，就是想避免不必要的麻烦。但是随着社会的发展，不同文化的渗入，很多人不再信奉“低调”，而是做什么事情都是“高调”。只要不对其他人有影响，只要不违法，就应该对这些人多一些尊重。

之所以有人会怀疑林继排，就是因为他是公务员，目前公务员靠工资来的收入并不高，能拿出 100 万元，使不少人怀疑这些钱是不是通过腐败所得来的。但是这样的怀疑如果没有什么真凭实据，最好要放在心里，不应该宣扬，否则就是对这些做慈善的人的一种伤害。

很多时候，公务员的工资是不高，但是这并不意味着他们的很多财产都是经腐败得来的。有的公务员可能有其他收入，如继承的遗产、父辈的赠予家庭其他成员的高收入等。因此，公务员做慈善，只要财产来源合法，别人没有什么理由反对。

高调也好，低调也罢。只是人的做事方式、做事习惯不同而已，选择什么样的做事方式，只要不违反法律，都是他们的权利，对他们这样的权利我们应当尊重。

选择低调慈善是一个人的权利，选择高调慈善同样是一个人的权利，对这样的权利我们没有必要、也不应该遏制。这个社会之所以丰富多彩，就是因为这个社会有多样的选择，而很多选择并没有好坏之分。我们就应该给这些人更多的自由，让慈善有更多的方式选择，从而推动慈善事业不断发展。

《人民网》2016 年 5 月 20 日

"昭君牧羊"是"想当然"文化的怪胎

林日新

日前，在重庆大学中文系读大三的小赵和朋友在沙坪坝三峡广场聚餐，几个人在新世纪超市旁的空地等人时，被一组雕塑吸引，雕塑上"昭君牧羊"4个大字引起了大家的讨论。（《重庆晨报》5月22日）

"苏武牧羊""昭君出塞"的历史故事早已家喻户晓，可"昭君牧羊"却无人知晓。这并非孤陋寡闻所致，因为综观历史，有谁见过"昭君牧羊"之说呢？然而，重庆沙坪坝却把"昭君牧羊"的雕塑赫然地竖立在三峡广场：6只形态各异的银色金属羊雕塑,头朝着广场中心的位置被放在新世纪超市出口处的空地上。羊群的中间，一块高一米八左右的长方形金属碑上，描画着一位古装女子，碑身的一侧被雕成琵琶的形态，碑的正上方写着"昭君牧羊"。

更为奇葩的是，面对民众的质疑，重庆官方回应说："这个雕塑描绘的并不是某个典故，而是对王昭君在塞外生活场景的描述。王昭君生活在塞外，应该是有牧羊经历的。"——好一个"想当然"的逻辑推理！"生在塞外"，就"应该是有牧羊经历的"？按此逻辑，那么，"生在蒙古"就"应该有摔跤经历"？"生在嵩山"就"应该会少林武功"？……如此推论下去，结论肯定是十分荒谬的。历史不是一个任人打扮的"小姑娘"，想当初，在那个等级制度森严的封建社会里，一个贵为"单于阏氏"的王昭君怎能像一般牧民之妻一样"亲自牧羊"呢？显然，把城市雕塑建立在毫无历史根据的推想之上，无疑是十分武断和错误的。

当然，事出有因：近年来，社会上有一股历史虚无主义思潮在暗流涌动，历史研究实事求是的原则遭到严重挑战、破坏乃至颠覆。有的打着"揭秘历史""还原真相"的文化幌子——翻案历史、颠覆历史、虚无历史来破坏文化；有的则坚持"娱乐无极限"，任意戏说历史、调侃历史，甚至胡乱编造历史，刺激读者的好奇心，博人眼球。在今天的新闻中，重庆沙坪坝三峡广场的"昭君牧羊"是"想当然"逻辑所产生的一个文化怪胎，是管理者们打着美化城市环境、提升文化水平、烘托艺术氛围的“文化旗号”来破坏“历史文化”的谬种，其结果只会混淆视听，“以讹传讹”，造成对民众认识上的误导，让真实历史湮灭于“伪历史”的荒芜之中。

当前，国内各地城市的管理者为了发展本地经济，纷纷打造文化名片，这本是无可厚非的，但有一些人无视历史事实，任性地凭空臆造，想当然地去编造历史典故，牵强附会地傍名人，傍名胜之举，这却是应当被禁止的。管理者们应当尊重历史，在城市建设上，多一份审慎，多一份敬畏，尽量真实地还原历史，努力打造和传承“真历史，真文化”，莫因一时的疏忽、浮躁和虚荣，任意歪曲历史，颠覆历史，其最终只会落得个贻笑大方，自取其辱的下场。

《包头晚报》2016 年 5 月 24 日

艾斯肯

张　鸿

面对着陪伴了艾斯肯30年的木帐篷、60年的捕鹰杈、70年的牛皮公文包，我在平静的老人的脸上寻找密密匝匝的生活痕迹和历史故事。

能够发现艾斯肯的存在，首先要感谢生活在也拉曼的金斯金。那时我在阿尔泰山山脚下的这个哈萨克族的小村子体验生活，住在他家有好些天了。夜里，炉火正旺（10月份以后，也拉曼的牧民就把炉火移进了屋子，火炉里燃烧着牛粪块，暖暖的，在炉上一壶开水翻滚着），我总觉着这大山脚下的小山村里也许藏着许多我不知晓的秘密，除了牛羊的生长，大山的沉默。看着我不停地发呆，聪明的金斯金半天不出一言，只等着我习惯性地向他发问。

"也拉曼有什么好故事？"我问。

"什么好故事？很多。你是想听关于牛羊的，还是想听关于草原的？"金斯金问。

"关于故事的故事，也就是关于人的故事，越老越好，越老越好，你知道的，最古老的故事，哪怕是一个也行啊。"我说。

"比这个村子还老的吗？"金斯金问。

"当然。"我答。

听了我的话，金斯金对着炉火也开始发呆，手里握着烟卷，烟灰从空中飘下来，落在炉火前，我感觉，金斯金正在穿越，在沉默里回到了他出生的那一天，然后，是他在炉火前长大、会说话、听到各种各样有关村庄的故事，他要从这些故事里搜索出我最想要的那一个。金斯金重新点燃一根烟，想了想，说："明天我带你到庄子前面的那个人家去，他们家嘛有一个老人，是村子里最老的老人，我认识的，你去看看有没有你想要的故事嘛。"

太阳出来后，金斯金来敲我的房门，我喝完女主人准备好了的奶茶，坐上了金斯金的摩托车。我真实地体会到了凛冽的滋味，风几乎要把耳朵吹走，面部强烈地皱着的褶皱里，风把细沙打进去，又抽走，生疼，皮肤上起了一层层的鸡皮疙瘩。摩托车在积着厚厚的雪的泥地上踉踉跄跄地行走，高大挺拔的金斯金几乎是用脚支撑在地面上让车往前挪，我在车后座前仰后合地配合着。就这么一步一挪地走了近20分钟，金斯金的摩托车停在了半山坡上一个十分破旧的土院子前，土院子外面用几根长长的铁丝围了起来，对着马路的一扇旧得失去了颜色的木门被一把大大的铁锁锁住了。

随着一阵狗叫声，一个年轻的哈萨克族妇女从屋子里走出来了。

“谁吗？”她扯着嗓子问。

“来看你们的人。”金斯金回答道。

妇女笑吟吟地过来给我们打开院门，看到我，她用流利的汉语说：“哎哟，这是谁啊？该不是政府派来的人吧？自从十几年前政府派人来送过两袋大米外，就再也没有来看过我们嘛。政府都把我们忘记了嘛。”她的幽默感，一下子就把我们逗乐了。

进到帐篷里，抬头一看，真是令我们吃惊不小，原来这个帐篷是木帐篷，这种纯木搭建的帐篷，别说是布尔津县，就是在整个阿勒泰地区也是罕见的，由于生活习惯与汉文化的不断相融，现在，这种用纯木搭建的木帐篷几乎是没有了，我们看到的这个木帐篷，至少也有30年的历史。

在金斯金说明来意后，年轻的哈萨克族妇女快步走到门口，用哈萨克族语大声叫喊着：“阿塔——阿塔——”不一会儿，一个老人进来了。这一次，又把我惊得张不开嘴。大皮帽下，白发、白胡、白眉、老人无牙、瘦、长马靴、弓着腰、走路慢而迟疑，一双典型的哈萨克族男人的眼睛沉陷在眼眶里，笑的时候如果不用力就像是阳光刺着眼睛了一样有点儿睁不开的困惑。年轻的哈萨克族妇女冲着老人的耳朵用哈语大声叫道：“阿塔，他们是来看你的。”说完，又笑着回头对我们解释道，“阿塔的眼睛不行了，看不清楚，只能感觉到光；耳朵也不行了，听不见，要大声叫，他才能听到我说话。我们的阿塔，他老了，老得不行了，已经91岁了。”

91岁的艾斯肯老人当年是“新疆王”盛世才的部下。熟悉中国历史的人都知道，当年盛世才在新疆的所作所为，自然让他去台湾后留下的部下都没有好的生活状态。当年，艾斯肯与大批的军人一道在盛世才随蒋介石去了台湾之后，就被共产党接管的当地政府“退役”了，他退役时军衔为上尉。多少年来，艾斯肯就过着我无法用语言言尽的苦难生活，熬了这么多年，仍然坚韧。看着老人那深邃的却几乎看不见物的眼睛，我这位曾经的新时代的军人，流下了眼泪。我问那位妇女一个很苍白无力的问题，老人这么多年生活得好吗？他听了她的翻译后激动了起来，说了一大段话。那女子笑着对老人说：“阿塔，慢点说，我记不住了。”原来，这么多年来支撑他挺过来的是一个信念：他是一个爱国的军人，他也参加了抗日战争，他不是反动派。因为身份的特殊，他一直没有享受到任何的待遇和福利，直到 20 世纪 90 年代末期，他才获得了由中华人民共和国国防部、中国人民解放军新疆阿勒泰军分区司令部专门为他补发的退役证书，自发了退役证后，老人才开始享受到参加过抗日战争的军人的补助费，一个月领国家津贴 189 元，直到 2005 年之后，每年开始向上浮动一些，现在，老人每月可以领到退役军人津贴 300 多元了。

在老人去取他的宝贝的时候，年轻的哈萨克族妇女介绍说，老人名叫艾斯肯，是她的公公，她叫古丽巴合提·拉孜汗，是艾斯肯老人的儿媳妇，老人一共有 8 个子女——其中 4 个儿子、4 个女儿，古丽巴合提·拉孜汗嫁给了老人最小的儿子别尔克波力·阿斯布后，老人就一直跟着他的小儿子生活了。我们看到的这个木帐篷，是艾斯肯老人 60 岁的时候搭建的，所有的木头都是老人从山背后的林子里亲自砍好背回来的。当时的年月，老人的儿子们要娶媳妇，没有住的地方，老人就搭建了这个木帐篷，用来给儿子们娶媳妇，儿子们成家了，生活好了就都分开出去住了，到了小儿子娶媳妇的时候，艾斯肯老人家里有了新修的土房子，这样，艾斯肯老人就独自住在这个木帐篷里。小儿子现在在县城里打工，本来媳妇也要去的，但为了照顾老人和孩子，她就留在家里了。

和艾斯肯老人一起生活在这个木帐篷里的，还有一个安安静静地待在角落里的被上了小锁的皮制公文包，包里边放着跟随他几十年的永远无法抹去的那些珍贵的记忆与珍藏品：1998 年的退役补发证一本，中国人民抗日战争胜利 60 周年纪念章一枚，新疆退役军人特殊津贴证书一本，1949 年出版的阿勒泰地区哈文版《少数民族抗日战争回忆录》书籍一本，20 世纪 40 年代部队军用水壶一个，这个真皮包是 70 年前部队统一发放的行军专用背包。我能明白，它们对于老人来说有多珍贵。它们被老人颤抖着的双手从牛皮背包里掏出来，摆在我们面前，每拿出一样，老人就努力用语言描述着当时的情形。那本哈文书籍里，记录着当年毛主席为纪念参加中国抗日战争的少数民族军人们亲自提出的感谢词，那些少数民族军人的名字中，就包含着如今 91 岁的哈萨克族退役上尉艾斯肯的名字。据艾斯肯老人回忆，1920 年出生在阿勒泰地区的艾斯肯老人，由于家境贫寒，16 岁时就参加了革命，成了一名骑兵，于 1945 年跟随地方部队与苏联红军一起，共同参加了中国的抗日战争。

艾斯肯老人回忆说，那时候的骑兵就是没日没夜地跑，主要是负责前期的侦查工作，了解作战地的地形地貌，为后防部队打响战斗做好地理环境的定点和定位，这样一来，军用水壶和牛皮包是离不开的，水壶里装着活命用的水，牛皮包里装着救命用的枪、子弹和干粮。说这些话时，艾斯肯老人热泪盈眶地抖动着双手一遍遍地抚摸着他的牛皮包。我还看到了一小叠人民币，我说："还有钱。"老人的儿媳笑了，说那是政府发给老人家的所有补贴，他一分也没用，就藏在包里。"是他的他就留着，我们不要。"她转身对着老人说了几句什么，老人笑了起来，阳光下，老人的笑容灿烂。

这时，儿媳古丽巴合提·拉孜汗会迅速地将放在桌子上的那把小铜锁套在牛皮包的锁扣上将包锁起来，然后，将钥匙交回给艾斯肯老人自己来保管。"他不放心别人，他也不放心我们，这个包，他平时从来不打开，只有来了人，要看看他的军功章时，他才舍得把包打开。这是他活了一辈子的命。"儿媳古丽巴合提·拉孜汗半是抱屈半是认真地拍拍牛皮包说。

"老人现在身体怎么样？"我问她。

"好呢，好得很，他没有什么病，就是牙不好，耳朵不灵，吃饭还可以嘛。"她说。

"那老人还干活吗？"我又问。

"干，闲不住，院子里有些小活，羊圈里嘛也有些小活，他都帮忙干的，有时候嘛，也帮我们看看孩子，怕孩子乱跑嘛。"她回答道。

话说到这里，艾斯肯老人忽然抬起他那穿着长马靴的双腿，费了点儿劲地爬上炕（他不让人扶），从墙上取下一个油光发亮的驯鹰杈，老人似乎已经忘记了他还穿着长马靴，直接站在炕头上，用手举着驯鹰杈继续回忆起来，一直说着说着。原来，部队解散时，政府将艾斯肯安置到了布尔津县，直到结婚后，他才搬到了远离县城的也拉曼村。那时候，家里孩子多，吃不饱，老人便想到了自己当兵时练习过射击，用驯鹰的办法到户外狩猎，这样，孩子们就可以增加一点儿肉食。说到这里，老人的眼睛里流下了两串亮晶晶的泪水，这是一位老兵的泪水，令人唏嘘感叹又倍加尊敬，我陪着他流泪，恍若他是我的父亲。

临走时，艾斯肯老人握住我的手，一直不让我走，说我来看他，带了这么多好吃的还给他钱，陪着他说了半天的话，还没有尝尝他亲手晾的熏马肉，一定要吃了熏马肉再走。他拉着我弯腰走进木帐篷，让我看高处两条绳索上挂满的被风干的或者熏制的牛羊马肉和血肠，老人咧着嘴笑。虽然天还蒙蒙亮，但也接近晚上 12 点了，金斯金握住艾斯肯老人的手说："明年她还来的，你嘛，等着。"老人这才松了手，嚅动着嘴角算是答应让我们离开了。

出了院门口，金斯金的摩托车发动了，我又跑回院子里拉住古丽巴合提·拉孜汗的手也拉着老人的手，向她交代："照顾好你的阿塔，明年我会争取再来看老人的。”走出大门口，我向着往我这个方向“看”的老人敬了一个军礼！古丽巴合提·拉孜汗也像一个军人一样回礼，笑着说：“我会像照顾自己的眼睛一样照顾他老人家的。放心。”

我这个军礼，是我这个曾经的军人向老军人艾斯肯表达的敬意，而这是老人最应获得的肯定也是他乐意接受的。而长期生活在老人身边的古丽的这一个不标准的军礼，是生活给予艾斯肯老人最好的敬礼！

这是一个远在阿勒泰山脚下的名叫“也拉曼”的小山村的一位老军人的故事，所有乘车去喀纳斯旅游的人都可以看到这一个路牌，它在前往喀纳斯方向的大路的左手边。

人在，故事在，泪水在，荣誉在，就让这一切的存在述说“也拉曼”的岁月吧。

《散文》2016 年第 6 期

忽然想到——“圣之时者”说

陈四益

一

自汉以来，孔子创立的儒学，一直是中国统治阶级的统治思想，哪怕几次异族把持的政权，统治思想也仍旧没有更替。就算把“三民主义”当作指导思想的现代，或是马克思主义作为指导思想的当代，孔子的儒学也依然活在社会政治与社会生活之深层未曾衰颓，时不时还占据着社会话语的主流位置。

“五四”时期的“打倒孔家店”；“文革”时期的“批孔”，一时也曾轰轰烈烈。但儒学最终依旧为统治阶层所提倡，也在社会深层有着丰厚的生存土壤。

一种思想，在此后世代，能在各种后起的思想中找到它的元素，并不罕见，但能在如此长的时间里，始终成为统治思想的主流，继续保持着巨大的影响，甚至好像谁也离不开它，作为一种政治、思想现象，颇为有趣。

二

更为有趣的是，这种自汉以后绵延不绝的思想，在孔丘先生创立之初和此后几百年间却始终是被边缘化的。稍后于他的墨家，再后于他的法家，都曾煊赫一时，而儒家的创始人孔子，毕生东奔西跑、游说诸侯，推销他的主张，却得不到响应，到了临终，只落得一声长叹：“吾道穷矣！”

三

记得“文革”之际“批林批孔”，说孔子是没落的奴隶主阶级的代表，是一个“开历史倒车”的人，孔子的思想是没落奴隶主阶级的意识形态。那时心中总有一个疑惑：何以历史在前进，而一个开历史倒车的、代表奴隶主阶级的思想家，却能始终不倒，不但受到历代封建地主阶级的追捧，而且到了民国时期，还受到我们称之为代表大地主、大资产阶级利益的统治者的尊崇？他创立的学说，在中国何以自汉以后的两千多年间，始终成为统治阶级的统治思想？直到今天，“孔学”也依旧走红如故，似乎社会的和谐稳定，还要靠以儒学为主要内容的“传统文化”来维系？

四

如果说：任何时代的统治思想都是统治阶级的思想——各种思想都可以阶级来定位，那么，孔丘先生生活的时代，各国诸侯是代表什么阶级？如果还是奴隶主阶级，那么，孔学似乎应当或至少应当得到某些诸侯的青睐吧。何以孔老先生会感到自己“累累若丧家之狗”，无所归依？如果自汉以后，中国已进入封建社会，那么，从汉迄今，统治阶级已经从封建地主阶级继而到官僚资产阶级又到无产阶级，几度更替，何以孔学又始终不倒？

五

看来，或许需要从另一个角度来观察一种思想、一种学说，尤其是一种政治思想的兴替。

如果不从阶级属性来定义一种思想，而从它对当时政治制度的作用的角度来考量其存废，那么，或许对孔学在中国历数千年而不废，能有一个较为清晰的脉络可寻。

六

自商而周以后，社会制度是否一定是沿着奴隶社会、封建社会、资本主义社会直至共产主义社会的路线发展，姑置不论，但周代的政治制度却是很明白的。最上是周王，下面是由周王分封的诸侯国。这种以宗族为纽带、王权为核心的政治体制，在周王的实力能够控制局面（礼乐征伐自天子出）的时候，自然可以维持着最高的权威，令人慑服。“郁郁乎文哉，吾从周”，这是孔子理想中的有序的政治制度。在此之前的夏商二代，文献不足，孔子已不能详了。

但是，孔子生活的时代，这种有序的政治制度已经中坠（礼崩乐坏），诸侯势力膨胀，相互兼并，各自为政，周天子的权威早已成为强大的诸侯国“挟天子以令诸侯”的一个幌子。“天下有道，则礼乐征伐自天子出；天下无道，则礼乐征伐自诸侯出。”遗憾的是，孔子正生活在这样一个“无道”的时代。孔子一生，惶惶然奔走于道路，就是想恢复那个以天子为最高权威，统御诸侯，号令天下的政治制度。其他仁、礼、忠、孝，等等，都是维系这样一种政治制度所需的纲纪。

七

可惜孔子生不逢时。他生活的时代，正是一个诸侯兼并，谁也没有力量一统天下，且谁也不愿臣服于他人的时代。小的诸侯想要保全自己，大的诸侯想要并吞天下，而孔子的政治制度设计，既不能保全小国的生存，又不能实现大国的野心。后世法家讲富国强兵之方，纵横家讲合纵连横之计，兵家讲行兵战胜之道，道家讲守雌阴谋之术，都从某个侧面适应着兼并时代君王们的需要。唯独孔子要在无法一统天下之际，恢复以周天子为宗主、一统天下的政治制度，自然无法引起那些既不能令、又不受命的诸侯们的兴趣。那么，他“累累如丧家之狗”的命运，就是时代注定的了。

八

在各路诸侯都想着兼并他国、做大自己之世，正是“霸道”行时之时。但是，及至“六王毕，四海一”，孔子关于政治制度的设计就该走红了。

始皇帝“振长策以御宇内，吞二周而亡诸侯，履至尊而制六合”，以霸道完成了一统天下的功业。但是，他没有完成政治制度的设计，以霸道得天下后，仍旧企图以霸道治天下。于是废先王之道，燔百家之言，坑巷议之儒，以为靠着良将劲弓，金城千里，就可以成子孙帝王万世之业。结果，二世而亡，成了一个短命的王朝。

汉代继兴，接受了秦代的教训，又部分恢复了分封诸侯的制度，不料时间不长，又有了诸侯坐大的危机，这才逐渐完善了郡县制。

九

孔子设计的政治制度，经过了几番整合，几番修订，成了一种宗族与官僚结合的体制。说它有宗族性，是因为国家为一人一姓之天下。皇上姓刘，就是刘家天下；皇上姓李，就是李家天下；皇帝姓赵、姓朱，天下自然也就是赵家人、朱家人的了。上头执掌最高权力的是君主，又称天子，具有至高无上的权力，但分掌权力的则是从中央直到地方的各级官僚。

这种体制的好处，一是似乎断绝了异姓官僚觊觎皇位的念头。天下只能有一个姓，谁有异心，便是乱臣贼子，人人得而诛之。二是皇族中只有一人立为太子，也就是法定的皇位继承人，也就似乎断绝了皇家其他子弟分掌最高权力的奢望。无论官僚还是皇族，若想觊觎最高权力，就要准备与整个官僚机器为敌。从制度设计看，似乎就此可以代代相传，直到永远了。

“君君臣臣父父子子”——孔子最初设计，到汉代大体完成的这种一人在上，掌握无限权力，而下面分级分掌部分有限权力的体制，从此延续了近两千年，中间虽然有分裂、有战乱、有政权易手、有外族入主，但政治制度却没有什么大的变化。所谓“百代都行秦政事”，其实并不准确。“百代”所行，大抵是自汉以后逐步完善的君主官僚体制，孔子也就因此成为“万世师表”。这大概是他最大的贡献。

十

实行了近两千年的君主官僚政治体制，其实并没有使江山永固。长者二三百年，短者几十年，仍旧会来一次天下大乱、政权更替的时代。中国社会也就在治与乱的反复循环中苦苦支撑，始终没有找到替代或重铸的新的政治体制。

十一

赋予君主无上权力，大权独揽，似乎避免了权力分散容易带来的政治危机，但也要有一个能够大权独揽的强势君王。大体来说，朝代更替之后的第一代君王，多是从政权争夺战中拼杀出来的，能够在政权争夺中成为胜利者，总有他的才干与权谋，并且在残酷的权力争夺战中形成了一个以他为首的紧密的核心统治集团，养成了一群能臣猛将。因此，第一、二代君主的统治大多较为稳定。长期战乱带来的生产破坏，也因相对稳定逐渐得到恢复。厌倦了战乱的民众，稍稍得到休养生息，能够“宁为太平犬，不做乱离人”，也就是迎来所谓“盛世”了。

但是，这种两次战乱中的“太平时期”不能永驻。两三代之后，君主权力逐渐陵替，不同势力集团的权力争夺便日趋紧张。

十二

权力，就是利益。君主把持了最高权力，也得到了最大利益——“普天之下，莫非王土”。得到部分利益的臣下，若想扩张自己的利益，便要扩张自己的权力，而要扩张权力，便要取得君主的信任。因此，在君主官僚体制下，臣下争相取宠，乃是常态。而臣下相互勾结，形成不同的官僚派别也就势所必然了。

能干的君主，善于驾驭，利用臣下的争夺，保持力量的均衡，使争斗的双方或多方，都不敢不仰赖君主，政权便显得稳定；一旦君权弱化，便不免因过于依赖某一方而使其坐大。其中，外戚与内侍，作为君主亲近的依靠，最有机会。

随着君主的弱化，君权的弱化无可避免。生于深宫之中，长于妇人之手的第二代、第三代君主，随着其统治能力逐渐弱化，大权旁落事出必然。权臣掌握朝柄，“挟天子以令诸侯”，虽然保持着王朝表面的延续，但权力中心的转移已在所难免。

十三

朝臣只有依靠无上的君权，才能分掌更大的权力。地方官吏则只有依靠朝中的权臣才能得到升迁，以获得更大的权力，攫取更大的利益。朝臣与地方官吏的勾结，是不同权势集团扩张实力的需要，也是官吏们扩大自身利益的需要。高度集权的君主官僚体制，在其发展过程中，这种权力争夺、利益争夺，不但不会停止，且会愈演愈烈。上下交争权，“上下交征利”，于是腐败遍于国中，民众艰于生存。

到了这一步，上面的君主无力控制局面，而贪婪的群臣则只顾攫取自身的利益，谁也不会对这“天下”负责。于是，改朝换代的时刻就会到来。这改朝换代，不是某权力集团得逞，便是又一次官逼民反，最终君权易主，天下改“姓”。这似乎就是中国两千年政治难以走出的怪圈。

十四

孔子设计的政治制度，是想靠人的品德来维系，而品德的养成又寄望于教化。他要求“君子有九思：视思明，听思聪，色思温，貌思恭，言思忠，事思敬，疑思问，忿思难，见得思义”。但这样的完人或许只存在于理想之中。现实是，人性对欲望的追求，几乎是无止境的。而攫取权力正是达到欲望最便捷的手段。

于是，在中国这样的政治制度下，其兴也勃，其亡也忽，政权易手，治乱交替，也就难以避免了。没有一个永久的政权，没有一个永固的王朝。但是也没有一个能够跳出怪圈的主张。

十五

一直到西风东渐，国门洞开，中国人才发现除了这种君主官僚体制，世界上还有别样的政治制度。20 世纪 80 年代，湖南钟叔河君编辑出版了一套《走向世界丛书》，记录了清代走出国门放眼看世界的那批人对另一种社会政治制度的观感。从晚清起，改变祖宗成法，改良、革新政治制度的提倡，成了一时潮流。

但是，传统的势力十分强大，这种传统势力的背后是利益的维系。权势者为了保护自身的利益，决不允许改变祖宗之成法。他们宁肯抱住那个制度死，也不愿放弃那个制度生。于是，改良、维新失败，革命应时而生。

只是，清王朝的覆灭，并不意味着新制度的胜利。新的统治集团——张勋的“辫子军”，拥兵自重、独霸一方的军阀等，有如鲁迅所言，不过是在抢夺那把旧椅子。等到坐上了那把椅子，国号可以变，机构名称可以变，但那套权力体系、政治制度却不曾变，原因就在于获得权力者还是要依靠这一套君主官僚“体制”获取自身的最大利益。没有新的政治制度的设计，中国很难走出“其兴也勃焉，其亡也忽焉”的怪圈。所以，革命之后又有革命。

孔子之成为“圣之时者”，就在于从他开始设计的君主官僚政治制度，始终为权势者所钟爱。而权势者，不论他叫皇帝，还是总统，只要他仍旧只是权势者利益的代表，就不会想要改变这得心应手的制度。

《同舟共进》2016 年第 6 期

并非国骂

何永康

锤　子

（经典例句：“你懂个锤子”——陈忠实）

许多年来，我一直对我生活在西南四川，但说的话却属于北方语系这个方言概念心存疑虑，虽然教科书早把来龙去脉都说得很清楚，不容置疑。但每当我说着佶屈聱牙的椒盐普通话时，我的心中又打鼓了。

现在好了。陈忠实先生为我答疑解惑了。先生仙逝后，他的一句方言“你懂个锤子”在网上走红，绝对是今年的热词之一。可以想象，好多年以后人们说起先生，必然要提及一本书《白鹿原》和这一句话。

先生乃北方人，他说的方言我这个南方人懂得起，而且也经常运用，意思也完全一致，使用对象和范围也几乎重合。为此，我终于相信自己说的四川话真的是北方语系了，有点儿“身在曹营心在汉”的古怪感觉。

其实，把锤子关在嘴上，是在孩提时代。小学的同学中，凡是名字中韵母是“ei”的，一般都不敢挑起事端。否则就会成为“锤子”的打击对象，成为方言的牺牲品。他（她）的耳边就会有童谣唱起——锤子锤，张大雷；锤子锤，刘小梅……拾大人牙慧，虽运用自如，但不知其意为何。

毋庸讳言，锤子这个词，是与男性生殖器有关，在逐渐演变的过程中，用着语气词的时候多一些，表示否定、轻蔑、愤懑、不屑等等。我曾经小小地研究过，以为“锤子”既可是名词，也可是代词，但更多的时候应该算是活用为语气词，词性略带贬义。试着应用了一下，锤子一词表达的感情色彩和张力，是其他任何同义词都无法比拟和替代的。难怪大师陈忠实要用也似乎只能用这个词汇来宣泄。

何况，锤子本身是一种劳动工具，是力量的化身，在特定的历史时期还承载着正能量。劳动人民拿自己的劳动工具来借代某一器官也是合情合理的，或许还是远古生殖崇拜的遗存呢？这样一个约定俗成的词，经过时间的沉淀，早已把糟粕的含义过滤和扬弃了。这和四川的另一个方言“雄起”也有关联，都是一个出处，都与人体器官有关，只不过一个代指物件，一个形容状态。所以我要说，并非一切与生殖器有关的方言都是脏词，一切带有生殖器的骂语都是“国骂”。譬如，成千上万的球迷在足球场高喊“雄起”，你除了感到震撼而热血沸腾之外，你还会说这个字脏吗？同样的道理，陈忠实先生面对“求经不懂”却又高高在上指手画脚的官员，骂一声“你懂个锤子”，你会认为他粗鲁、不文明吗？

我不是一个喜欢咬文嚼字的人，说这些是兴之所至，说了又有点儿后怕，怕什么？怕人家在我身后面一声断喝——

你懂个锤子！

《凤垭山文艺》2016 年 6 月 12 日

马拉松长跑，让人类慢下来

吴昕孺

一

跑，非人类所独有，有足者皆能。当然，足倘若过多，就只能爬了。但我相信，即便在爬行动物中，也有“跑”的概念存在，就像两足或四足动物的跑是“走”在速度与耐力上的延伸，爬行动物的“跑”同样可以是“爬”在速度与耐力上的延伸。走兽可能瞧不起爬虫的跑，那并不意味着爬虫不会跑呀。所有生命都有自己的运动能力，借此得以生存与壮大。所不同的是，人类之外其他动物的“跑”只是出于本能——捕食或迁徙，求偶或逃生；而人类，由于发明了强大的工具，除了逃生，捕食、迁徙和求偶，已进化到基本上不需要“跑”了。

那“跑”用来干什么呢？用来锻炼身体的力，用来塑造形体的美，用来挑战自我的极限，用来磨炼人生的意志，用来昭示坚持与拼搏的精神……在人类这里，跑由本能，演变成了一种文化。从这点来说，人的确是万物之灵。无论速度还是耐力，人在动物中充其量只能算中等偏上，为什么人类能进化到远远将其他动物抛在后面，成为天地之间仅次于上帝的主宰呢？乃其灵性所致。灵性，启迪和指引着人类，达成由力向智的转变，从而实现对生命本能与丛林法则的超越。对于拥有汽车、高铁、飞机甚至运载火箭的人类来说，“跑”只能算是一种原始的位移，早已不是速度的范式。

当“跑”从生存的必然性中解放出来，它就开始在自由舒展的生命沃野上绽放光华——跑步——这是一个包孕着休闲与健身的词语，身体像花草一样摇摆和开放，里面是永不褪色的春天。这还不够。伴随着对极限的挑战，“跑”进而演化成一种玄秘的命运符号——奔跑——这是一个蕴含了跳跃与飞扬的词语，身体像鸟儿一般翱翔和旋舞，激荡着人类不依靠外力振翮远举的梦想。

中国的传说中，最早关于“跑”的故事是《山海经》里面的《夸父追日》。

远古时代的夸父要和太阳赛跑，他喝干了黄河、渭水和北方的大泽，仍然没有追上太阳，在湖南沅陵县的夸父山因口渴而死。和太阳赛跑，连飞鸟、雄鹰都办不到吧，人类就是这样，他们不仅想飞，还想超越飞。5000 年前的黄帝时代，谁会想到这能变成现实呢？现在，人类借助科技，早已将飞鸟抛在了身后。目前，世界上最快飞船的速度达到每秒 3000 多米，而太阳绕着银河系公转的速度是每秒 250 千米，差距依然巨大，但未见得不可企及啊。《山海经》讥嘲夸父“不量力”，殊不知，这正是人类腾飞的根源所在。

由于渴望飞，所以“跑”往往是以悲剧的形式来呈现的。夸父不可能追上太阳，死后他的手杖化作一片桃林。“手杖”这个工具给我们提供了另一种信息：夸父并不是全程在跑的。真实情况可能是：跑到后来，他实在支持不住了，就弄了一根手杖撑着，边走边追，最终因干渴而身亡。那时的人们，还没有“万物生长靠太阳”的常识，农耕看天吃饭，对动辄制造干旱的太阳恨之入骨。夸父长途跋涉的悲壮，不可避免的挫败，让人明白：天（太阳）是不可战胜的。4000 多年后，曹雪芹犹自在《红楼梦》中叹道：“灵秀幽微地，无可奈何天。”

对付太阳，跑肯定不行，所以才有后来后羿射日的神话。神话其实是一种典型的自慰式话语。天上的太阳摘不下来，我就说它们本来有 10 个，被后羿射落 9 个，只留了一个在天上。后羿成为人类虚构的英雄。内心里，我无疑更钦佩夸父那种失败的英雄，他是一个真正的人。而后羿是人的膨胀，是人的变态，嫦娥受不了他是很自然的事。嫦娥是何等聪明的女子，她没有“跑”，她知道“跑”只会带来悲剧，所以她选择了“飞”。嫦娥飞天，就永远把后羿那样的男人钉在了耻辱柱上。《嫦娥奔月》，标志着中国人对月亮崇拜的开始，应当算作中国古典文学的源头。

二

夸父之后，中国再没有“逐日者”了。那跨越五湖四海的壮健一跑，甚至奔忙于治水第一线的龙行虎步，慢慢退化为“三步一跪、五步一叩”，退化为鹰式、蟹式、跳蚤式、蚂蚁式……公元前 490 年 9 月 12 日，在西方文明的发源地古希腊，却冒出了一个“跑”死的英雄。

菲迪波德斯是一名年轻的传令兵。当时，兵强马壮的波斯侵略军不断向希腊腹地挺进，马拉松镇是首都雅典的门户，力保此镇才能挽救国家，否则波斯人将势如破竹。希腊军民同仇敌忾，在马拉松镇大败波斯。那时没有任何机械通信设备，为了让这一喜讯尽快传到首都，传令兵责无旁贷。菲迪波德斯刚走出战壕，身上伤痕累累，血迹斑斑。他二话没说，撒开双腿，一个人开始了长达 42.195 公里的浩浩长征。他一刻都没有停下来，而且始终保持着自己的最快速度。他跑到人们焦急地等待着消息的雅典广场，大喊一声："我们胜利了！"随即倒在地上，停止了呼吸，脸上还露出青春纯真的笑容。

菲迪波德斯一跑惊天下。1896年，世界近代首届奥林匹克体育运动会在雅典举行，奥运会发起人顾拜旦男爵提议，就以当年菲迪波德斯跑过的那条路线作为一个竞赛项目，并命名为马拉松赛跑。从此，以42.195公里为标准距离的马拉松赛跑便风靡全球。目前，世界各地每年举办马拉松比赛近千个，既有久负盛名的波士顿、伦敦、柏林、芝加哥、纽约、东京6大赛事，还有像中国这样的新兴大国。仅2015年，中国就有56场马拉松比赛。马拉松比赛让长跑成为世界上影响最大、最为平民化的运动项目。

菲迪波德斯不仅是民族英雄，还成了全世界的英雄，就像黄帝时期的夸父是世界的英雄一样。马拉松跑不仅挑战人类极限，还蕴含着为胜利而献身的象征意义。对于所有平民来说，这是人生最大的渴望和梦想。在没有战争的年代，或者说在现代战争不需要传令兵的年代，长跑成为一种英雄式的模拟和致敬，向远古的英雄，同时也是向自己。

我觉得这不是一种巧合：马拉松运动的兴起和盛行，伴随着全球快速城市化的进程。很有影响的马拉松赛事几乎悉数落户城市。城市无疑提升了人类生活的质量，是人类改造自然的威力的体现。然而，城市让人类兀然超拔于万物之上，他们在构筑自己理想王国的同时，也在为人类的未来设置陷阱。

19世纪末以来，越来越强大的人类使得"个人主义"日益凸显，谁都不甘平庸，不甘被埋没，都希望比自己高大无数倍的高楼大厦屏蔽不了自己的丰姿，围困不了自我价值的实现。在动辄吞没数百万、上千万人口的大都会里，个人价值与尊严变得至高无上。这个时候，都市人自然会想起两千多年前的菲迪波德斯。被那场战争牵扯进去的有多少人啊——一将功成万骨枯，但那场战争只有3个人青史留名，其中两人是双方的统帅——达提斯和米尔迪亚德，而普通士兵菲迪波德斯以其义无反顾、喋血沙场的勇气，和超远距离的高速长跑，将自己宝贵的生命盛放在胜利的祭坛上，而得以不朽。这一份独一无二的"个人英雄主义"标本，立即倾倒了穿梭于城市大街小巷的芸芸众生。

三

我自幼体弱多病。读小学时，父亲规定我每天早晨必须去跑步。从家里跑到对面的罗岭桥，往返三四里路。我先是恋床，极不情愿；不久，乡村清晨的开阔、宁静与纯净，就深深地吸引了我。我从没觉得自己的家乡有如此漂亮！我爱上了晨跑，而且越跑越远，远到我的母亲到处跟村里的大人打招呼，嘱咐他们看着我，别掉到塘里，或者野猪口里了。读初中、高中、大学，大学毕业留校，我一直坚持不懈，并参加过湖南师大校运会的万米赛跑。那次，如果取得名次（前 8 名）的选手都不在，我就是第一名。大学毕业两年后，我被调到现在的单位，在长沙市最中心的兴汉门住了 20 多年。置身于喧嚣吵闹、污染严重的闹市区，单位院子又只有不到 6 亩地，院外早晨五六点钟便人头攒动、车水马龙，实在再无跑步的兴致，便硬生生地掐断了这一光荣传统。倘若坚持至今，那现在的长沙国际马拉松赛，我或许还可奋蹄一搏呢。

我的朋友——著名作家薛忆沩，是名副其实的长跑王子。他每天至少要跑 5 公里。2000 年薛忆沩在深圳大学任教时，他称沿着长长的深南大道独自奔跑为“放纵”。我在一封信中回答他：“你放纵得很有道理，时间的精妙和身体的奥秘全被你窥探到了。”写作是异常寂寞的，我更清楚，薛忆沩是靠这样的“放纵”来对抗孤寂，培植自我，用健壮的身体辅助他增强自己的内心力量的。在薛忆沩看来，长跑是一种身体的修行，而更为漫长的写作则是精神的修行。

当长跑成为一种修行的时候，它的本质就悄然发生了变化。在夸父和菲迪波德斯的时代，“跑”是为了赶快、加快、尽快，以快为过程，也以快为目标，是在人体极限范围内，对“走”的不断升级。而现在，我们惊讶地发现，“跑”是为了让自己慢下来，是一种身心的调节与休憩。因为，借助各种日新月异的交通工具，我们“跑”得太快了！

“坐地日行八万里，巡天遥看一千河。”毛泽东如此富有想象力的诗句，短短几十年间就变成了现实。

而且，“走”的概念也已大不同于以前，现在所谓的“走”大多不需要脚，而是用车代步：“走，去机场”“走，去高铁站”“走，我们打的士去”……这时候，“跑”就不是“走”的升级，而是对它的反叛——跑，必须脚踏实地，它是身体凭借自身力量而产生的位移。

人，只要自己身体的任何一部分直接贴着大地，就一定会慢下来，他的身体就一定能听到大自然的声音，听到自己灵魂的倾诉。

四

人类制造机器，是为了变得更高、更快、更强。但科技匪夷所思的突破，让机器所具有的超速度与超能量，反逼而不是反哺人类。钢铁质地的坚硬、机械组织的严密高效，使得人类最健硕的肌肉和最敏捷的身手也相形见绌。人机大战，从一开始便增添了无限的悲壮色彩。

19 世纪末，一个名叫约翰·亨利的美国黑人小伙儿是当时美国铁路修建最为出色的开路工，有人形容他在石头上打孔快如闪电。但不久，铁路公司买来了一种至少可以顶 12 个开路工的新型钻机。约翰·亨利为了不让自己和其他开路工失业，决定以血肉之躯，与机器大战一场。最终，约翰·亨利打败了钻机，但他血洒一地，付出了生命的代价。

有人说，约翰·亨利是美国精神的代表。其实，从夸父、到菲迪波德斯、到约翰·亨利、再到前不久与智能机器人阿尔法进行五番棋大战惨败而归的围棋高手李世石，他们都是人类精神的代表，是人中之龙。耐人寻味的是，他们孤身抗击的对象——从夸父的太阳（大自然）、到菲迪波德斯的战争、到约翰·亨利的钻机（机械）、再到李世石的阿尔法（智能机器人），体现的正好是人类从蒙昧到野蛮，从野蛮到文明，从工业文明到信息文明的高速发展进程。

人类欲望炽盛，赛过夸父追逐的太阳；智力发展则真真快如闪电，所以整个社会的发展已令人目不暇接。以前，机器虽然强大，但它们没有生命，操控权完全掌握在人类手中，除了失业率增加，人类并没有感受到机器给自身造成的巨大威胁。随着智能机器人在尖端智力领域——围棋上将人类最强大的棋手击败，人类所引起的恐慌不是没有道理的：有没有失控的那一天，人造智能将彻底压制甚至摧毁人类？

或许，这有几分杞人忧天。但在现在看来，人类用智力所达到的事情，他们的身体已经远远赶不上，哪怕有超凡的长跑能力；而人类身体所产生的欲望又无远弗届，让他们的灵魂望尘莫及。他们必须慢下来。

我们为什么需要马拉松？因为，这或许是能够拯救人类的一项运动。政府官员、部队将士、尖端科研人员、IT 精英、各种梦幻制造者、恐怖分子、青年学生以及平民百姓，如果都能穿上短裤背心，单纯地面对自己，面对自己的体力、耐力和意志力，面对脆弱的身体组织和难以预测的赛事结果……他们高速运转的智力会不会慢下来一点儿？

马拉松长跑的确是越来越盛行了。马拉松能让人类从诸如军备、能源、转基因、克隆技术、智能开发、宇宙探索等种种“竞奔”“竞逐”中，回到关注自身、护惜自身的原点吗？至少目前，马拉松跑还是奥运会的一个铁定项目。倘若哪一天，它仅仅只是一个仪式，甚至成为一抹回忆了，那么，是不是可以说，人类自己制造的智能机器，已反客为主，赢得对人类的绝对优势？

《美文》2016 年第 7 期

思想多少钱一斤?

任　蒙

最近，学界在1926年12月出版的《新生周刊》上发现了胡适的英文演讲稿《思想革命》一文，此文在《胡适全集》等文献中均未提及，具有重要的学术价值。那一年，在辛亥革命15周年纪念日前夕，胡适在伦敦留英学生会做了这次“极诚恳，极沉痛”的讲演，国内各大报纸都做过报道，后由北京大学学生康选宜译成中文。

胡适的这次演讲被译成中文不过两千余字，核心是讲辛亥革命“推翻了专制的清朝，而没有建设成一个真正的民国”，并由此呼唤“更根本更彻底的新革命”，他说这个新的革命就是“思想革命”。读罢，让人感触良多。

之所以让人感叹，是因为思想原来这么“容易”。至少在90年前，学界对这场革命就有这么准确的结论，并且找准了问题的症结。本来，历史是愈近愈看不清其面目的，武昌起义刚刚过去十多年，胡适就做出了这样的判断。

然而，看看今天的学界现状，又让人感叹思想来之不易。100年过去了，我们对辛亥革命还存在着种种荒诞的解读。有人认为慈禧是改革派，把孙中山说成是“搅屎棍”；有人否定革命的进步意义，说如果不是革命坏事，中国早就实现宪政了；更有学者振振有词地为袁世凯开脱，说他称帝的下一个目标，就是为了实现君主立宪。做出这种“理论建树”的，往往还是那些身上挂着光灿灿招牌、能够领到“重大课题”经费的所谓学界精英！

说思想可贵，或许是由于国人普遍不把思想当回事。几千年来，中国包括知识分子在内，都没有认真思考问题的传统。所谓“天下兴亡，匹夫有责”，落实到具体行动，往往还是绝对忠君，绝对服从，绝对地当好奴才。庆幸的是，几千年里绝大多数士人都没有思想，否则就难保自己的身家性命了。有那么几个被写进了中国思想史的人，不外乎是沿着封建主子既定的思路，围绕儒家理论做出进一步诠释，极力将其深化。

长此以往，中国人的思想能力也就僵化了，丧失了，大家好像从没有想过正确总结这次历史转折对于民族究竟有多大必要，也没有想过思想能管啥用。耙地插禾，砌砖盖楼，或者看守机器，然后挤车回家，思想于我何干？少数有思想或者被怀疑有思想的人惨遭迫害，连身家性命都搭进去了。所以，天下人都深信不疑地信奉一个被圣化了的大脑，认为只需一个大脑引领我们，就能够所向披靡。

作为社会个体，可以不假思索地随大流度日，甚至一个群体也可以不用思考什么，但整个民族如果失去了思想能力，那将是一种最可怕的事情。

当年为了推翻帝制，中华民族付出了巨大的代价；而社会转型失利造成军阀混战，外寇乘势而入，战火延绵几十年不息，灾难更为惨重，数以千万计的生灵死于非命。其症结在哪里？胡适说，辛亥革命之所以没有达到目的，是因为人民的精神尚未根本改变。唯有思想革命，才是真正的革命——这种话语，你用什么能够掂量出它的斤两？

不妨再列举一例。自宋代至民国，出生在中国的数以亿计的妇女都没有逃脱缠脚的摧残，这种罪恶的习俗源自扭曲的理念，而那种以丑怪为美的全民性理念却被理学牢牢地捆绑着，直到五四运动之后，妇女的双脚才被普遍解放出来。这是一种丑恶的思想在起作用，它何其漫长。

解除这种肉体被思想缠裹的有形摧残，竟如此艰难；而思想被思想缠裹，要解除那种无形的摧残更是难上加难。

如果简单地理解，思想的确不能填饱肚子，思想也不能换来票子，但思想是管大事情的，是管人生道路的，不但社会需要思想，生活也需要思想。有了正确的思想，社会才可能避免重蹈历史的覆辙，我们才能明白自己为什么活着，怎样才能正确地活着。但是，思想不是非此即彼，也不是像机械旋转那样，要么顺时针要么逆时针运转就可以得来。

正因为思想来之不易，其力量才不可估量。

我们现在倡导的核心价值观和正能量，就是大家长期探索和思考的结果。

说到此，不知是否还有人会问：思想多少钱一斤？

《杂文月刊（原创版）》2016 年 7 期

眼　界

五味子

人在认识上，具有很大的局限性。

古时有个笑话，说两个穷弟兄上山砍柴，弟弟突发奇想，对哥哥说："哥呀，你说要是皇帝上山砍柴的话，用的一定是金斧头吧。"哥哥一笑，对弟弟说："你真傻，皇帝怎么可能上山砍柴！"弟弟又说："那你说皇帝现在在干啥？"哥哥说："皇帝呀，一定坐在家里吃烤红薯呢。"

无独有偶。现代也有笑话。当年我插队到山村，农民们好奇地问："你们从哪里来？"我们戏谑地说："从毛主席隔壁来。"他们听了惊讶地问："那毛主席是不是天天都吃粘面（陕西话，"粘"，读 ran，是陕西的一种不带汤水的面，吃起来扎实、耐饥、解馋）？——这里要解释一下，当年农村尤其是山村太穷苦，村民天天玉米糁（陕西人读 zhen）稀饭度日，好点儿的稀饭里还能煮点儿红薯干萝卜片。只有在过事儿（如娶妻、生日、年节）时，才能偶尔吃一顿面条。当地农民把能天天吃粘面当成最好的日子。

人或囿于自己的视野、知识、见识、经验，对事物认识的局限性便不可避免。我们觉得"蚂蚁缘槐夸大国"中的蚂蚁可笑，其实，就我们人类的眼界，在一定意义上，也很难说我们不像那个蚂蚁。我们最早不是认为天圆地方吗？不是认为地球是宇宙的中心吗？不是有地心之说吗？即使在科技空前发展、人们的认识比以往任何时候都更加深化、眼界比以往任何时候都更加开阔的今天，也仍然难免因目光短浅而犯错误。正如一个科学家所比拟的：如果画一个圆，圆圈里是自己所学到的知识，则懂得的知识越多，圆圈就越大；但如果圆圈外是未知的东西，则圆圈越大，你会觉得未知的东西也就越多。对内，我们对我们所居住的地球、对人类自身的了解至今还很不够；对外，我们还没能走出银河系，更遑论浩瀚的宇宙。有时我甚至觉得，换一个场景的话，人类很可能就像大槐树穴中的蚂蚁，自认为"大槐安国"就很不错，一切似乎很有秩序地运转，便把自己的习惯当作规律，而不知道在一个更大的层面上，比如在人的眼中，它们的一切都显得幼稚而且可笑。人烧一把火、浇一盆水、用皮鞋一踩，带给蚂蚁国的都是灭顶的“自然”灾难。

但人毕竟是有智慧的。在久远的以前就有智者对此有了一定的认识。这些认识成果通过文字保留给了后人。像我们现在常说的“鼠目寸光”“井底之蛙”“夏虫不可以语冰”“朝菌不知晦朔，蟪蛄不知春秋”都是这样的意思，看起来是在说鼠、蛙、夏虫、朝菌、蟪蛄，但实则影射的正是人。我还听到一则现代童话，可以为此说做注解。说是有人养了一群鸡，定时给它们喂食、喂水。鸡群中有一只特别聪明的鸡，逐渐摸出了规律，每天早上 8 点就等在喂食的地方，下午 3 点就候在喂水的地方，而不像其他鸡那样充满盲目性。但是这个鸡群中的智者依然是短见的，因为它的认识只局限在一个小的层面，对大层面则一无所知。结果在某一天早上的 8 点，主人不但没来喂食，反而捉住所有的鸡拿去杀掉了。这则童话也是看似说鸡，实则喻人。

故而说，人类大概只能在自己所处的历史条件下认识事物，任何人都不可能超越自己所处的历史阶段。所以，人必须学会谦卑。所谓前知五百年，后知五百年，都是吹牛皮说大话。更要慎言自己发现和掌握了宇宙规律。否则只会留下笑柄。

《杂文月刊》2016 年第 7 期

腹中生有应声虫

朱国平

宋代陈正敏《遁斋闲览》里有则故事：淮西士人杨勔得了一种怪病，每当说话时，腹内即有回应，且回应的声音随着病情的加重而逐渐增大。老杨四方求医，无果。一日，偶遇一道士，道士说：你腹中生有应声虫，若长久不治，还要传染家人。道士叫他回家后捧读《神农本草经》，每读一味药名，腹内若有回应，继续再读，直读到无回应之药，即可以此药作处方，连服三日，便可痊愈。老杨回家后立即照办，当读到"雷丸"时，腹内无回应之声，即从药店购回此药，遵嘱服用，从此说话腹内再无回应。

这种每有话出必有回应的怪病，是自己对自己的回应。后世另有得此病者，所回应的，已经不是自己，应声虫依然在肚子里藏着，但回应的却是自己之外的某种声音。在《红楼梦》里，那个极会说话的宝二奶奶薛宝钗，便是一位八面玲珑的应声虫。且不说那句塑造其形象的经典名句"老太太喜欢的我都喜欢"，就说贾宝玉对丫鬟金钏调情，被假寐着的王夫人听到了，怒不可遏，打了金钏一个耳刮子，结果金钏羞愤难当，跳井自尽。一个鲜活的生命意外消失，王夫人不免有点儿内疚，闲谈中和宝钗说起这档子事儿，宝钗笑道："姨娘是慈善人，固然是这么想。据我看来，她并不是赌气投井，多半她下去住着，或是在井边儿玩，失了脚掉下去的。她在上头拘束惯了，这一出去自然要到各处去玩玩逛逛儿，岂有这样大气的理？纵然有这样大气，也不过是个糊涂人，也不为可惜。"薛宝钗所说，其实正是王夫人内心所想。这等及时的回应，听起来何等让人舒畅，王夫人心中那点儿内疚，立马烟消云散。

警察抓嫖，在执行公务的过程中，一不留神，被控制者突然暴死，舆论哗然，质疑之声一片。当事警方借助权威媒体，及时给出了死者嫖娼的种种"确凿"的证据，便有许多人在第一时间张扬起道德的大旗，对嫖娼者口诛笔伐，论证其罪有应得，死而活该。另有些人则大谈警察的工作是多么辛苦，要求设身处地，多为警察着想。还有一些声名显赫的网络潮人，在死者家属对当事警方进行起诉之后，撰文疾呼：当谣言裹挟了真相，以后警察还怎敢理直气壮地执法？如此招致的警察不作为，岂不导致社会秩序的更加无序？一片应和声此伏彼起，恰似腹中虫儿鸣。人命关天，人既已死，首先要弄清死亡的真实原因，才是第一要义，扯出许多枝枝蔓蔓的闲话，即或正确无疑，但哪里会是自己的思考，应声而已。料想执法过当的当事警察，本来心中还有点儿王夫人一样的内疚，此番话一听，大概也就坦然释然了。如此，又怎能杜绝此类“猝死”事件继续发生？

现在依然能见到这种怪病的一些病灶，虽看起来零零落落，但如果不予重视，不加以控制，导致此怪病再度流行，亦未可知。好在我们也有“雷丸”可服，这个“雷丸”，就是陈寅恪先生早在20世纪20年代末便大声疾呼的“独立之思想，自由之精神”。如能坚持服用此“药”，肚子里的那条应声虫就会被排出体外，而充盈人们耳际的，便会是发乎心、践于行的自己的声音。

《杂文月刊（原创版）》2016年第7期

你别不高兴

叶延滨

不高兴？不就是因为你没有个好爸爸。别说不高兴是因为挣钱少，是因为工作不如意，是因为别人说你是乡下人……不高兴自己没有个好爸爸，说不出口，就说自己起点低，被人瞧不起。没有理由不高兴，因为你没有想清楚你其实有个好爸爸。那个“富二代”，进名校，穿名牌，出国镀金如逛街，不用发愁就有个好差事等着他。你要为这个生气，气死活人不偿命。换个角度想一下，富爸爸在他儿子身上下的功夫，一定比不上穷爸爸对你下的功夫多。富爸爸有钱，上名校给钱，出国给钱，买名牌给钱，养个儿子不就是多刷几回卡嘛！上名校花钱也不如他打一晚麻将花得多。出国镀金也不如他买条藏獒花得多。

有钱的爹养个儿子不费劲。你爸爸可不一样，你爸爸穷。你上个中学，他累弯一根脊梁骨。你读个大学，他熬白一头黑发。他支出他的血汗，让你不再躬腰驼背像他那样累。他支出他的力气和年华，让你和那阔人家的孩子能在一个城市里数星星。富爹给儿子的，只是两个指头捏的那张卡。穷爸爸给你的，是他胸腔子里扑扑跳的那颗心！

从现在起，多想想你那不信命给你改了个活法的爸爸。趁早在能关心他的时候，关心关心他，给他打个电话，给他发个短信，给他许春节回家的诺言！当你开始这样做起来，你没有时间不高兴，因为贫困的生活，也被情感的太阳照耀，变得生动而温暖！

不高兴，不高兴是因为没有爱情。你是情场新手，你被“高富帅”这三个字吓着了。那些从整容师刀口下睁开的双眼皮，看都不看你一眼。没人看你也就是找你麻烦的人还不多。趁着没有排着队找你约会，为明天的成功多干几小时的正经事。趁着没有人腻着你黏着你查你的岗磨你的脾气，你开心地在时光里冲浪享受自由支配自己的日子。趁着不要为婚礼敲计算器，不在半夜起来热牛奶，你好好享受无忧无虑一觉睡到大天亮的宽心日子。趁着还没有一个关不上话匣子的丈母娘和一个扯你心肝的熊孩子共谋将你变成一只陀螺，你想成功还真要抓紧眼前的日子！成功是什么？

不高兴，不高兴是因为没有房子。不高兴，不高兴是有钱买车偏偏摇不上号。不高兴……不高兴的事情多着呢。

不高兴是你自己的事，不快乐是你自己的感受。因为没有就不高兴不快活，你真的不值当。我也没有时间哄你高兴，因为在这个世界上，你没有的东西一定比你有的多。富人过得不一定比穷人快活。当官的不一定比百姓过得舒心。人往高处走，走得越高知道得就越多，也越容易觉得自己得到的少，更难高兴一回啊！

要变得高兴也很简单，你要把这个世界看得简单一些，也就会高兴起来。你要珍爱的只是两位：一个是大地，一个是你妈妈。你从妈妈肚子里出来，站到大地上，最后回到大地里，所以说，大地与母亲是同义词。

你要感恩的也只是两位：一个是老天，一个是老爹。老爹不求回报地把你引到这个世界，老天每天都免费给你新的一天，外加一个全新的太阳。

新的一天又将来到，快乐地过一天，不高兴也要熬一天，你傻呀，千万别皱着眉头跟自己较劲！

《扬子晚报》2016 年 7 月 13 日

寻找失落的井盖

陈一彬

6月29日凌晨1时许，一男子骑电动车回家，不料在江滨南路晋江池店池峰路口遭遇无盖窨井，男子摔伤，造成鼻骨骨折、额头大面积磨破。记者走访发现，事发路段几百米距离，近30个窨井盖缺失。当天上午，晋江市政部门紧急召开会议，当天下午已将事发路段的缺失井盖补齐。下午，晋江市市政园林局相关负责人到医院看望受伤男子，表示将对伤者的伤情“负责到底”。相关负责人还表示，接下去将加强该路段巡查，查缺补漏，消除安全隐患。

如果将一个现代都市比作一部复杂的大机器，那么一个个井盖就好比是一颗颗小小的螺丝钉。螺丝钉虽小，却是使机器联结稳固、运转自如的重要部件。螺丝钉牢固结实，机器才稳妥可靠。同样，井盖坚若磐石，城市才稳妥安全。在可靠的基础上，如果能将螺丝钉做得无迹可寻，才最能体现一部机器的功力。同样，做到稳妥可靠的基础上，如果还能将井盖与道路做得浑然一体、无迹可寻，才最能体现一个城市的文明。

可惜在现在，坦白说，这样的要求太高。我们的井盖“血统”很多，通信的、电力的、市政的、上下水的，是个门类齐全的大家族。我们的井盖很有个性，你挖你的路，我开我的道，形式多样、各不相让，让许多道路就像缀满补丁的百衲衣。我们的井盖很忙，隔三岔五就要“走丢”几个，然后成为全城媒体争相寻找的失踪者。

井盖君，在许多国产影视剧里竟扮演过重要角色。在电视剧《魔幻手机》里，主人公陆小千家门口的胡同里就有这么一个井盖。凡是有这个胡同的镜头，这个井盖就丢一回。主人公、主人公的亲戚、主人公的仇家以及仅仅是路过的群众演员，来一个就掉一个，来一次就掉一次。费这么多笔墨、用这么多镜头，编剧不厌其烦、观众毫无怨言、剧集顺利过审，可见井盖“走丢”多么常见，可见大伙儿对井盖“走丢”的怨念有多深！

井盖君——他还是挺多新闻的“幕后工作者”。去年7月21日，河北邯郸市突遭暴雨，路面一片汪洋。李光周老人发现道路中间的一个污水井盖缺失造成水流旋涡，他把椅子放在齐膝深的积水中，蹲在椅子上为过往行人“护航”3小时，被网友誉为“最帅井盖爷”。如此温暖人心的新闻不是孤例，一到暴雨季节，国内不同城市就会涌现出一批相似事迹的“最美女孩儿”“最美大妈”。所有温暖的行动，都有一个十分显而易见的事实——在每一个“最美女孩”“最帅大爷”后面，其实都有一个走丢了的井盖。

试想，你要制造一部机器，却一直搞不定一个螺丝钉，这是多么可笑的事情。如此，还谈何对机器推陈出新、升级换代？在21世纪的今天，一个城市对小小的井盖问题，都无法妥善解决，这是多么讽刺的事情！

寻找失落的井盖，其实，是在寻找一个城市失落的脸面。

《杂文选刊》2016年第8期

与子书

王丽娟

雨还在下！

心绪如同雨中四处翻飞不安分的暴动分子，湿漉漫卷，一夜了。

昨天几乎一宿未眠，曦曦电话说白天练手球扭伤了脚，有些肿，立时要考立定跳远和 50 米短跑，有些碍事。大学生了，孩子毕竟是孩子。男孩儿的基因总是冒失些，刮伤擦伤倒也寻常，但唠叨是唠叨了，听进去听不进去另说，放下电话放不下的担忧又来了。

外面的雨还在下。

晨起推开阳台窗，细碎绵延的雨声接连传来，初夏润湿的清凉令晚间的少眠有了些许缓解。不必每天早晨雷打不动 5 点半起床准备儿子早餐已有一年时间，但固执像贞节的生物钟却再也不听使唤般地醒着，翻来覆去倒腾手机闹钟，即使关机也只是徒然。

天已经亮啦，天一小区几家老人豢养的公鸡还在此起彼伏地叫着，阴湿的氛围似乎阻碍了夜盲的它们白天的降临。空气中氤氲着一股药香味，这是谁家早起就在煎制中药？！这种文火慢熬出的苦甜味道我是熟悉的。

很早就有朋友提醒，孩子离开身边起码会令当父母的有半年甚至一年的不适，尤其当妈的，就像遇到了断崖，那种生生的撕裂，虽然也知晓这是孩子路途中必付的代价，但突然被宣布下岗的女工，那种欲哭无泪，不是每个人都能体会的，再一次的断奶之痛感觉是双向的，就如人生的坍塌。我躲在中药味道里足足有 3 个月之久。3 个月里带着病例、医保卡奔走在中医院、家、单位之间，3 天一次从不间断，菏泽有名的中医反反复复给我下的诊语就是阴虚、苔腻、脉弦……除嘱饮食调养外，就是开出大包大包的药材准许拿回家中慢慢煎熬。每天早晚懒懒地窝在沙发上等待厨房里苦甜的药香渐渐弥漫房间的每一角落，清晨起床迷迷糊糊醒来到儿子房间转一转，夜晚降临，10 点一到便使劲儿盯着手机屏幕，企望上海的号码贴心闪现。

有时，喝着喝着煎熬的药汁，泪就下来了，我想，如果能把那一滴滴泪，化验一下，准有中药、盐和水的成分，但这样的泪应该是普世的，天下的母亲都有的吧，这还能叫单纯的眼泪么？

坚持了十几年的健身停了，知道好友们一直希望我能重回热情四射的拉丁课堂；坚持了两年的古筝也停了，我的流失令筝师莫名惊诧……所有的坚持瞬间失去了意义，每天、每天，听不到早出晚归“妈妈我走了”“妈妈我回来了”低哑又略带稚气的招呼声，我还能再等待什么？我还能再期盼什么？

母爱，是最执着的牵挂或者犯贱么？

写到这里，眼泪又不争气地扑簌簌掉落……

曾写过一篇《我爱的小小少年》，不过是2009年的事，已觉很久远。初一下学期，13岁的少年刚刚开始长身体，一米六多的个头儿，瘦弱的身条，纳言的性格，以400名的成绩排名进入牡丹区二十一中，每每被老师、同学忽略的存在。抱歉，曦曦，你是一个自7岁直至16岁期间沉甸甸的家门钥匙从不离细弱脖颈的孩子，爸妈没能把你照顾成你所羡慕的范本，你只能学着一切由自己来。但，孩子，让妈妈感到欣慰的是，你身上流淌的血液却异乎寻常地坚韧和充满无限地可塑。

曦曦，你风一般地开长始于哪一天？妈妈已经记不得了，脚一年两三个号码地加长、只长身高不长肉地陡然蹿升至一米八几只用了两年时间，令毫无准备的妈妈狼狈不堪，腿又抽筋了、鞋又挤脚了、裤子又短了……老公在一旁兴高采烈的提醒听起来都带有了责怪的意味，去哪里搜罗适合你的一套套不断更替的行头成了爸妈间最主要的交流话题。因身高、身形变化过快又有包容一切的校服裹身，这个年龄段孩子的服装产销如同鸡肋般是被商家和服装设计者们所忽略的。

最近一个吐槽初中校服的段子很博眼球：这两年胖了许多，所有的衣服通通穿不下了。今天整理衣物突然翻出初中校服，试了一下竟然意外的合身。感叹初中校领导的良苦用心……

不过反过来想想，给见风长的年龄段设计服装绝对是出力讨不来好的。

男孩子总是晚熟些，感受到曦曦性格开始成熟是在什么时候？源于中考结束后我们3人的香港自由行吗？

按爸妈的设想，你英语好，对香港这所城市感兴趣，同事里又有几位哥哥、姐姐在香港上大学引你心羡，索性我们就趁高中前夕到香港几所大学去转转，也坚定一下你报考香港学校的决心。你显得很高兴，因准备中考一家人已经很久没有一起出去过。只是人生第二次坐飞机，你竟然可以镇静异常地顾及妈妈的餐饮，你看到很多乘客由于空调开得冷都跟空姐要毯子，也会问妈妈需不需要。我跟老公使了使眼色：长大了。

第一站是群山环抱开放的香港中文大学，第二站新界依山面海迷宫般的香港科技大学，第三站大隐隐于市古朴又惊世的香港大学，第四站红磡闹中取静以座座暗红色名人楼为主体的香港理工大学……迪士尼没有去，中环、旺角、尖沙咀、维多利亚公园被一带而过，曦曦，你说，到香港你只想看看香港学校的样子。这是你人生第一场跟爸妈一起、四天三夜的亚洲名校集中徒步游。你一路尽兴奔走，处处皆风景，爸妈突然发现你跟眼前的山水风物、校园环境是那么和谐，一种龙归大海的舒适畅快从你稚嫩的体内开始四处飞溅，令人感动又欣慰。

我一直认为正是这次自由行走让我彻底了解了曦曦隐而未发的潜质，也正是这次行走让一个十五六岁的少年对自己的未来有了超出同龄的从容和坚定。

但最终，高考填报志愿，你却放弃了香港，怎么劝都不听，铁了心就是不报。爸妈知道是香港占中事件的持续发酵让你做出了这样的决定，你说你想在国内读大学，以后的事情以后再说，爸妈理解你。你选择了拥有德国文化背景的同济大学，你说你高考前就已经对德语开始感兴趣，想学机械制造，因为未来的中国一定会是制造业大国。曦曦，这是你为自己 18 岁的人生做出的第一个选择，爸妈能说什么？爸妈心疼你也支持你。虽然香港求学不了了之，但妈妈相信 2012 年的香港之行带给你心灵和视野的震撼一定渗透了你的血脉和骨髓。

突然想起曦曦你是不愿爸妈跟人提起你曾经的这一求学心结的，包括跟你的高中班主任，对不起，妈妈在这里还是忍不住提了。

妈妈也同样知道还有一个节结儿，曦曦你也不愿爸妈在人前常提：去年高考你所在考点令人惊恐的乱象。但是曦曦，2016——今年的高考在即，一微信公众平台发布的“菏泽五万余人参加高考，全市 9 个考区 34 个考点”消息，还是引发了妈妈的万千感慨，因为消息里提到今年考点少了菏泽双河中学。那正是你去年参加高考所在的考点！妈妈忍不住即时在消息下面留了言：

去年……考点周遭嘈杂的氛围简直要把家长们的心脏吓跳出来，骂街声、施工声、学校误放课操声、恶意叫嚣声……不绝于耳，好多孩子出了考场就哭啦……至今想想都心有余悸，好歹儿子心脏足够强大硬撑了下来……

我跟你通话提及此事，曦曦你的反应却是兴奋中略带遗憾：真的吗？我还想去回访一下呢，呵呵，没想到竟成了那里的最后一届考生。淡然的语气仿佛谈论与己无关之事。

曦曦，你的回访之语却意外勾起了妈妈到双河中学附近走一遭的坚持。

5 月 30 日中午下班后我专门绕道双河路，没错，离临河路十字路口仅一步之遥的那所隐于临街商铺之间的学校正是双河中学。坐北朝南，校门斜对面是一所医院，北院墙外即是售卖鲜活家禽的临河路农贸市场，一大型服装市场与之隔街相望，坐落在如此热闹的地段，在双河中学就读的几千名学生平日的学习环境可想而知，人家大隐的香港大学也不敢选择如此隐法。

这里显然不适合作为学校驻地，当然更不适合设置高考考点。

双河中学校园很小，只有两座设施不全的教学楼，午餐时间，我很轻易就抵达了去年儿子考场所在的2号楼，也就是跟临河路农贸市场仅一墙之隔的那栋楼。凭印象考场是在2楼，拾阶而上，正对着楼梯，一扇被抹得脏兮兮还能看出银粉底色、铁锈斑斑且顶天立地的大铁门映入眼帘，铁门靠上的部位嵌有“语文组”黄底红字的牌子，醒目的一把铁锁从外面把门牢牢锁死。

这铁门后面究竟活跃着怎样的一群人类灵魂工程师？不得而知。

就是这里，去年陪儿子看考场时来过，“语文组”斜对面、靠楼梯的西一教室。来到标注着“高一·四班”的教室门前，没看到里面有学生，一时的好奇让我轻手轻脚地走了进去。去年是隔着门玻璃兴奋地看了下教室内貌，不真切，凭记忆我摸索到靠北墙的第二个座位，从这里的窗户望出去，看不到校园墙外市场的任何东西，但集市嘈杂的声音还是能够传进耳朵。

我索性在座位上坐下来，一墙之隔的就是遭2015年数千高考考生们诟病的临河路农贸市场。去年的这个时节，或者准确说比这个时节再晚几天，曦曦就是坐在这个位置上，排除一切喧嚣和浮躁，完成了他一生唯一一次刻骨铭心的高考。

放眼看去，一个个狭小课桌上竖排的满是教材和各样工具书，不禁叹了口气，哪所学校的中学生都不容易。坐着很感局促，起身想离开，唉，这是什么？在挪动凳子时，发现下面的桌洞竟然模模糊糊露出一些歪七扭八的字迹，还有一些粗陋的画图，须仔细辨认才能看出点儿道道：“永言不弃”“good good study”“好累”“I miss you”（旁边配张笑脸）“你是笨蛋”“东方不败”（还配有英语 the east is unbeaten）“我不屑一顾”“累觉不爱”……

这就是“90后”“00年”们的桌洞涂鸦吧？这些零零散散的字句究竟凝聚了多少个、多少种飞扬的青春绪语，谁又能分得清？豆蔻年华的他们原本应该有更加舒适、安静的学习氛围来释放过剩的青春荷尔蒙，却被禁锢在这样一个本不该安置学校的地方强遣愁怀，他们毕竟也属于芳华逐梦的一群。

穿行在窄狭的农贸市场人群中，依稀又感受到去年扑面的燥热，摊贩依旧、鸡鸭鹅叫依旧、破败依旧。东西走向的市场很小，路面坑洼不平。在这里摆摊开店的几乎都是附近原郊区的农民，一张张沧桑的脸满写的都是质朴，一双双黑粗裂纹的手诉说的都是勤劳。擦肩而过的顾客行色匆匆，也不过是些家住附近买菜图省事的普通市民。在一个看着眼熟的大姐菜摊前停住，菜摊旁还有几只被困在铁笼里的鸡、几条在气泡翻滚的水里游动的鱼，买了几根黄瓜和几个西红柿，很新鲜，价格也比超市便宜许多，大姐很是热情，黑黢黢的面容配着一根粗蓬的短辫，一笑牙龈全露了出来。

在农贸市场活跃着的就是这样一群普通民众。

时至今日，一年前，曾在校园一墙之外的这里发生的荒唐闹剧究竟还有几人记得？

第一天上午考试进行到一半，墙外农贸市场突然传来两个中年妇女不明原因的对骂声，后来家长报警她们才被双河派出所带走。接着又传来楼房施工刺耳的冲击钻声，家长又报警，有人去劝阻。下午考试进行到下半段，有不止一个疑似失学高中生往考场恶意喊话：穿白衬衣的给我出来、时间到了该收卷了五四三二一……民警去时他们已经跑掉，同时施工者继续开工又被报警导致他们最终进了拘留所……

一天下来家长们简直被吓疯啦。晚上开始四处打热线电话。

但无论如何，总得继续考下去，还有两场，不可能一切推倒重来。

强忍揪心的胆战观察曦曦的反应，午饭、晚饭吃得都不多，只说有些疲惫没胃口。我是藏不住事儿的人，曦曦看出我的紧张，反过来安慰：没事儿，只要你们不紧张，我就不怎么会受影响……

时至今日，在那艰难的一天里，曦曦你说过的少之又少的这两句话妈妈都不会忘：没事儿，只要你们不紧张！

曦曦，我们懂你，也相信你！

第二天情况看似大有好转，联合执法开始：封路、闭市、巡逻、家长自愿团拉条幅在农贸市场东头的校园墙外搬马扎母鸡护仔儿般死死蹲守。但就在家长们感到可以稍微松口气的时候，综合卷考到一半，考场里却突然响起了课间操的声音，持续好几分钟……后来有人出来解释说是误播！

这也算理由吗？听很多家长说：平时只要孩子在家学习，连蚊子哼哼都嫌声大，连走路重一点儿都怕把蚂蚁踩死，在这样一处噪音起伏不止的考点考试，孩子脆弱的神经该要承受多么巨大的考验？有着如此不堪的周边环境倒也罢了，但谁又该为如此糟糕透顶的学校管理负责？

菜农摊贩指望着开门做生意吃饭、女人打麻将钱输得窝囊要骂街、辍学高中学生感到失落要找回心理平衡、包工头要赶工程进度必须要施工、临河路农贸市场不归双河派出所管辖、双河中学课间操误播原因不明……

所有的肇事者都是无辜的，所有的状况都只能指向一个结果：2015 年双河中学高考考点上演的这出闹剧，最终要由考点数千考生来集体埋单、打包。唯其如此，不然又能怎样？

郁闷、失落、倦怠、思念等一连串的情绪，在曦曦高考结束后慢慢开始侵蚀我，我在步步退缩。9 月开学前忙忙碌碌地准备临去的行装还不怎么觉得，尽量让行李箱、手机、电脑、被褥……的添置占满所有的时间表。

历经高考一劫，曦曦你表面看起来好像保存得近乎完好无损，但新的一段人生即将展开，你的内心也一定会波澜起伏？！妈妈如何能放得下你？

可是，自同济校门口片刻伫立，看着你高高瘦瘦的身子背着重重的双肩包又提着一兜日常用具消失在校园那一刻起，妈妈的心便开始了坠落：

从此，曦曦真的不再需要妈妈接送上下学了。

是啊，人应该要知道，母子只是一段陪伴，也是有时间期限的，这不是残酷，这是事实，当期限到了，孩子会离开你，你也会把苍凉的背影留给孩子，彼此的温慰只能是心里的一段追忆，其他的，你留不住。

在曦曦离开后长达数月的时间里，生活变得了无生趣，重心完全失去后的巨大落差，让我的精神濒于崩溃的边缘。也曾竭尽所能翻转那种笼罩全身的抑郁，但除了对曦曦的思念别的什么也不想碰，不想说话、不想做事、不想见人。在药香的陪伴下，日子一天天捱，肉体、精神一天天下滑。

太疼的创面，你只能等它结痂；入髓的忧伤，有哪味中药能调理？更多的残酷的世事，也许不是我胆怯，但确实让人不敢去想、去凝视。

看着我糟糕的状态，老公也是无奈，就只能尽量减少忙碌应酬早早下班回家陪着我吃饭、吃药、聊儿子……

所有一切的终结，命定于 2015 年那场 30 年不遇的罕见大雪。

这场雪降得特别早、特别大、特别地突如其来。11 月 23 日晚间，纷纷扬扬的雪片开始羽絮般降落，扯天盖地像在霍霍燃烧般猛烈，令人猝不及防。

原本四季分明的菏泽，冬季现在已很少见到的像模像样的降雪，即便有也是姗姗来迟。阳历 11 月份能看到雪本就很不寻常，竟然还能下得如此酣畅淋漓，着实令人振奋。听到雪粒一阵疾似一阵地敲窗，大地早已经被持续不息的落雪白茫茫覆盖。在昏暗的雪线光影里，我闭上眼睛，双手合十举向夜空，身体即刻被凌凌的雪片裹挟，群群雪花蜂逐一般绕过手指：尖尖的刺儿弯了，脆脆的骨架散了。待木木的两手伸开，翻滚舞动的雪花瞬间跌满掌心，又瞬间融化成温暖的雪水、水……

在暗夜的雪光里我突然有了一种莫名的感动和领悟，这雪是水汽凝华来的，它有着和水一样的 DNA，它的前身可不就是水吗？无论雪花如何缥缈无迹、来去无踪，它终究是另一种形式的 H2O。这就如同孩子与父母的聚合与分离，挣扎只是徒劳，该来的来，该走的也一定会走，不管你愿不愿意，你追不上，也追不回。

冬天的菏泽，雪很白，夜很幽深，是雪为夜放大，有犬吠声自远处幽幽传来，听起来像是兴奋，在诉说着一个不一样的夜。

第二天清晨，雪还在下，路面积雪厚度已足有小腿肚儿深。早早出门去上班，车被牢牢封在车库门内无法启动，也乐得听着雪地靴踩着松软初雪的咯吱声徒步前行。雪地、雪花、雪松、雪人，一路风景，谁说不是一树一菩提，一花一世界呢？

我站在路边稍稍喘了口气，掏出手机给儿子发了则短信：

看到昨晚妈妈给你发的 QQ 图片了吗？大雪封路，妈妈第 3 次赴沪看你的计划暂缓……

曦曦，我知道，有些路，注定要你一个人走。

《山东文学（下半月）》2016 年第 8 期

回到地坛

夏　磊

一

在地质大学读书那会儿，最喜欢的事就是骑着自行车满京城地乱转悠。北京的去处很多，对我来说最有吸引力的还是那些不要门票的地方，当时地坛开办了地坛书市，于是每个星期天我都会在那个园子里待上半天。那时的地坛公园其实很冷清，高高的柏树和一丛丛杂草把园子弄得有点儿凄凉，我时常在灰白的水泥凳子上一坐就是很久。我总在脑子里想着从前皇帝来祭地时的情景，他们当时就在我眼前这地方走过，闭上眼睛我仿佛正置身其中，当然他们不知道许多年以后有个年轻人会在这个地方那么悠长地想着他们，有一点儿好奇，有一点儿羡慕，还有一点儿惆怅。

我有时候也会情不自禁地在心里祷告，为我的那个有着肥沃的土地而当时却并不富裕的家乡。我知道这可能没什么作用，但如果所有的人都这么诚心祝福，那会不会就能凝聚起一种力量呢，毕竟土地是我们共同的和唯一的家园，我们在大地之上做的任何事情都是人神共知的，即便感动不了天地，能够感动人也是值得的。

后来我毕业到了江西，这才知道，我当时在地坛胡思乱想的时候，已故作家史铁生先生就坐在离我不远的地方,他几乎每天都在那儿慢慢地移动着他的轮椅，用他的目光记录着地坛里的许多人，思考着我们永远都想不透的一些事。或许有一天我正好在他面前走过，他看出了我的那点儿没有缘由的惆怅了吗；又或许我在一个天气不错的午后，也看到过一个人摇着轮椅若有所思地经过。这样一想，地坛就不只是僻静了，它显然还带给了我无限的亲切。

那么今天，时隔 20 多年的这次重来，地坛还是昔日的光景吗？它带给我的还是当时的遐想吗？是的，地坛还在那儿，而且它一待就是近500年，从明嘉靖开始就有15位皇帝连续祭拜了381年，在它这里站过然后又匆匆离去的人太多了，他们生活在这片土地之上，又都怀着不同的梦想，他们来这里有的是为天下祈福，有的就是为了自己的一亩三分地能够有个好点儿的收成。读史铁生的《我与地坛》时我总会想起我在地坛的那一点点时光，以及后来这么多年走过的路。应该说没有人能够哪怕有一刻离开土地，而我从事的地质工作则不但需要时时刻刻走在大地上，而且还要心心念念地聆听着大地的声音。我愿意和大地一直保持着这份亲近，这似乎是一种本能。大地是一切，它几乎是万能的，而人在大地行走最终还是要回归大地的。土地滋养了无数生灵，万物最后又以不变的质量重归大地，这是一个多么巨大的轮回啊！人在这个世上走的时间越长，走的路越多，其实离土地就越近。正如史铁生说的，“死是一件不必急于求成的事，死是一个必然会降临的节日”。那么像我这样跟大地那么贴近，生命的一部分早就融入了自然之中，生命当然也就永远不会陨落，它会以一块矿石或一棵树的形式留在这个世界上，而那棵树也会因此而容易活，那块矿石也该有着不一样的属性吧。走过那么多山山水水，也留下了许许多多的足迹，人生已经很是不枉了。那么今天又回到地坛，我想完全可以把它当作是对大地的一个回访并且捎带着一份感激。

史铁生说清楚了一件事，那就是活下去的理由。他发现了太阳每天都是夕阳也都是旭日，人拄着拐杖向夕阳走去，然后有一个孩子就会从山的那一边走来。史铁生在地坛获得了涅槃和重生，那么我呢，我那么健康地活在这个世上，故乡南京给了我年少时最好的滋养，那是一片种什么都会活下来并且长得很茂盛的地方，而后江西的红土地以及许多的山山岭岭又让我活得和土石一样质地良好，所以我想要捋清楚的就是活给谁看和要感激谁的问题了。我们好像已经习惯了感谢上苍，可是当有一天黑夜来临，无论是心慌意乱还是心静如水，我们能够感知的真正能够帮我们的不是头上三尺的神灵，却还是一直踏在脚下的土地。即便有一天老去了，也只有在地上才能找到你我曾经来过的痕迹。

那么，感谢大地最好的办法就是要好好活着，而最好的祭祀是要告诉大地和神明：“我们还在好好地活着。”所以这次在地坛，在我想明白了这么些以后，我想留步于此并且让思绪在这方天地之间多缱绻一会儿。

二

六月的京城没有雾霾，因为这是祭地的时节吧，所以天空也常常是清清朗朗的。这时候“有芒的麦子要快收，有芒的稻子要快种”。南方进梅雨季节了，而芒种正是北方这一年中最好的时节，再往后几天就要到夏至了，太阳带着它的光照和生机向南移动，阴盛阳衰随即开始，而地属阴，祭祀土地最好的时间就是夏至这天。从《周礼》的记载算来，“夏至祀地于泽中方丘”已经有4000多年了。

这几天日照时间最长，我早早地就来到了地坛。天蓝如洗，草绿如茵。高大的牌坊后面还是那条似乎永远都没有尽头的路。斋宫、神马殿还有钟楼这些宫殿还是没有开放，却丝毫不减皇家威严。远远近近传来各种音乐声，许多上了年纪的人正在晨练。方泽坛依然无比恢宏地昭示着“天圆地方”和“天青地黄”，然而此刻却空无一人，仿佛是特意为今天的阳光留下的。如今的方泽坛经过修缮比以前更显庄严，越往坛里走，院墙和门楼这些建筑物的高度越小，而当走到坛中间时回头一看，豁然开朗，感觉像是从很远的地方走来，脚下的方坛一下子被衬托得高大和宽阔，一种庄严不禁从心底慢慢升起。

站在方泽坛时我想，这不大的一块祭坛它所要传递和辐射的福祉绝不是通过鼓乐声音来实现的，一定有一种介质可以把我们心里想的东西输送到很远很远的地方，并且这样的感应并不会因为距离远而衰减。于是我又想到，就在方泽坛的西南边的黄河岸边还有一个更古老的祭坛“后土祠”，正是它们从时间上把古代和今天、在空间上把北方和中原那么自然地维系在了一起。

山西万荣的后土祠供奉着我们民族最古老的后土圣母，那里的祭祀要上溯到四五千年前。那儿有轩辕黄帝“扫地为坛祭后土”的地方。汉文帝于公元前163年在此地建造了后土庙，这应该是最早的一座正规的土地祭坛了。而那时也正是“文景之治”的开始时期，这大概不能说是历史的巧合，一个起始于农耕文明的人群对土地的感恩是天然的，他们设立了祭坛，然而所有的祭祀还是为了在大地上活着的那一群生灵。明代以后政治中心北移，后土祠逐渐成了民间的祭拜土地的场所，它显然已经是为每一个具体的生命祈福了。而如果每一个生命都享受了福祉，天下不就成了苍生福地、太平盛世了吗！只是不知到底有多少君王悟得了这个道理，又有多少是为百姓的一日三餐祈福而不仅仅是为了自己的江山呢。

那真是一个很好的年代，是一个最适合平民生活的年代。汉文帝即位第二年年底接连发生了日食和月食，刘恒马上想到这一定是自己的德行出了问题，他希望各级官员要多想皇帝做得不到的地方，而且要把想法告诉他。在随后的正月，刘恒说：“农，天下之本，其开籍田，朕亲率耕，以给宗庙粢盛。”他觉得一定要自己亲自耕作打出粮食并且用来祭祀才对得起土地和黎民。他说到做到，这一做就是十年。十年后他又说了一段话：“农，天下之本，务莫大焉。”几乎同样的一句话在十年后说出来，他已经知道了要把辛勤种田的和从事经商的人区分开来，没有什么比农业更为重要，应该免去土地的租税，“轻徭薄赋”就是说的这件事。

这是一个尊重土地并进而尊重农耕的皇帝，他虔诚到自己亲自为了祭祀的粮食去下地干活，用现今的话来说叫作接地气。或许大地对人的回报就是在人和它亲近的过程中教会了人如何做事。汉文帝在去世前留下了一份遗诏，其中有这样几句，“死者天地之理，物之自然者，奚可甚哀！”“且朕既不德，无以佐百姓”“非旦夕临者，禁勿得擅哭”“霸陵山川因其故，勿有所改”这是一个感人至深的遗诏，它亲切得仿佛就是家里的长者离世前的叮嘱。他说了，生死是一种自然规律，没有必要为此而悲哀。自己没有为大家做很多事情，而得到的荣誉却很大，所以，大家就不再需要把事情都放下来，更不需要耽误了耕种节气来为自己哀伤，特别是别中断了祭祀。葬礼只能进行 3 天，一切礼节从简。百姓婚丧嫁娶都不要有所顾忌，吃肉喝酒都可以。即便是自己的墓地霸陵那个地方的山山水水也要保持原貌，不要改变。这样的话语换在今天都是难能可贵的，一个皇帝把自己当作一个普通的生灵生活在世上，穿着粗布衣服，亲自耕作，他感恩天地，并且知道死是自然规律而无须大惊小怪。难怪司马迁在《孝文本纪》最后写道：“汉兴。至孝文四十有余载，德至盛也。”

后来汉武帝刘彻延续了文帝的衣钵，文治武功，国土面积达到了 1040 万平方公里，奠定了华夏版图。他在公元前 113 年到山西后土祠祭土，写下了流传至今的《秋风辞》：“秋风起兮白云飞，草木黄落兮雁南归。”后世学者大多认为这是汉武帝感时伤怀的“悲秋”之作，其实字里行间无处不流露着对于生命的礼赞以及对岁月的留恋。文帝到武帝的大约 100 年间，正是“以德化民”、民族“休养生息”的时间，生命从来没有像那时显得那么珍贵。那天，刘彻泛舟汾河，萧瑟秋风里还有兰花和菊花可以赏心悦目，然而秋色虽好佳人难忘，“少壮几时兮奈老何”。一个盛世帝王怎能不留恋自己的江山，怎能不叹息生命苦短呢！或许刘彻是不该选在秋天来祭地的吧。

是啊！西望长安，目力所及只是一片地坛的柏林，然而大地的连绵不绝却完全让我们可以想见，并且它还会养育我们直到永远。我们依稀还能看到刘恒刘彻的背影，也许他们从来就没有走远，他们缔造的那个盛世在大地上被复制了好几次，因为有了他们，我们感谢养育我们的土地，我们有理由在记住曾经的苦难的同时记住大地所给予我们的一切。

懂得感恩土地，生命才有尊严。“年年柳色，霸陵伤别。”站在阳光下的地坛使我不禁想起了李白这两句词。

三

一个人漫无目的地在园子里走走停停，时近中午，园子里的人少了许多，忽然一下重归肃穆，我想，一阵喧嚣之后还是应该把安静还给地坛，我们可以用一些欢快的形式来表达对于生活的热爱和对于大地的感激，而大地在承载了这一切之后或许也需要得到休养。

因为音乐声和人声小了，我听到了鸽子的哨音，还听到了高高的银杏树上的蝉鸣以及草丛里不知名的虫子的叫声，有的短促有的悠扬。我找了一张椅子坐下，却没有办法完成自拍，边上椅子上的老阿姨示意老先生帮帮我，然后我们一直聊到他们说要回去做饭。

这个上午我听到了很多好听的声音，比如舞曲、鸽哨、蝉鸣，还有两位老人的亲切的京腔，安静下来以后我忽然想当年地坛祭祀的时候他们唱着怎样的歌曲呢。也许已经没人知道更无法重现了，我们已经不习惯用这样一种方式来表达敬意了，地坛这些年仅仅是在正月里模仿表演几场祭祀以娱乐大众，它又能承载多少东西呢。

从江西来京的时候坐的是高铁，华北平原满眼都是金色的麦田，它们那么快地在我眼前舒舒卷卷，我第一次觉得麦收时节的大地是如此壮丽。然而在这些麦田中间却竖立着同样满眼的钢筋水泥构件，它们让我想起在医院看到过的插在人身上的许多管子，所不同的是插在人身上的管子是输液，而插在大地上的管子无一例外是抽取。大地会有被抽干的那一天吗？到那时人们想到要感恩土地，去哪儿才能找到一方净土呢？

据说明清两代的皇帝来地坛祭祀，每次要拜 70 多下，要磕 200 多个头。康熙皇帝在位 61 年，亲自到地坛祭拜了 26 次，后来是身体的缘故才让亲王或皇子代替。暂且不说这些帝王在执政的时候对百姓对土地是不是那样爱惜，至少在祭拜的时候他们是用心的甚至是感人的。乾隆时期，中国的国土面积一度达到顶峰的 1380 万平方公里。可以说，中国历史上的盛世最明显的标志就是对土地的坚守。

我们现在常常炫耀我们已经能够预知风雨雷电，能够准备精确的预案，可是我们失去了对自然和神明的敬畏，我们的心里好像能够装得下整个世界，可我们的双手却留不住一丝光阴，还有什么理由去嘲笑我们的先人并把祭祀当成迷信呢。也有人怀疑过我们民族的信仰，的确，在对于生命的终极认识上我们一直没能达成大体上的统一，那么即便是本着实用主义原则，我们也都明白，大地是我们的最后归宿，生命还会在大地上进行另外一种组合和存在。秦兆阳在《大地》里有两句诗："最应该感激的最易忘记，谁诚心亲吻过亲爱的土地。"面对土地人们只晓得吮吸乳汁，却已经失去了仿佛在母亲怀抱里的那许多的天真和快乐。这其实是一件很遗憾的事。

说到快乐，不禁让我想起了古老的《诗经》。《诗经·大田》里有这样两段。"有渰萋萋，兴云祁祁。雨我公田，遂及我私。彼有不获稚，此有不敛穧。彼有遗秉，此有滞穗，伊寡妇之利。曾孙来止，以其妇子。馌彼南亩，田畯至喜。来方禋祀，以其骍黑，与其黍稷。以享以祀，以介景福。"这是一首周王祭祀的诗，从语气来看，这就是自称曾孙的周王在祭祀时所吟唱的。大概的意思是：春末夏初的时候，周王和大家一起准备好了工具，带着丰收的喜悦兴高采烈地来到田里收割。天上下着淅淅沥沥的小雨，雨水滋润了大家的田地。收成很好，人们收割的时候却有意遗漏一些谷穗在田里，好让那些家里没男人的孤寡女人来拾捡。周王带着夫人和孩子，把饭送到田间，他是为了祭祀而来，他献上了牲畜和谷物这些祭品，祈求五谷丰登和更大的福祉。

我被这首诗深深地感动着，因为人们对土地那么热爱，因为一个君王亲自下田收割，因为人们那么虔诚地感恩和祭祀，还因为大家没有忘记那些没有劳力的人家，也让他们有尊严地享受土地上的果实。正如我前面所说的，这首祈地诗的最动人之处就是告诉了神明，我们都还在好好地活着，好好地爱着。

微信里有个小故事叫《墙上的咖啡》，说的是洛杉矶有间咖啡厅，顾客喝一杯咖啡却都付两杯的钱，其中一杯则写在纸条上，被贴在墙上，穷人进来只需揭下一张纸条就可以喝上一杯热腾腾的咖啡。这个故事被分享了无数次，然而我想，墙上的咖啡固然热乎，可我们的先民在3000年前故意遗漏在田里的谷穗所传递的温暖才真的是永远都不会消散的，才是最值得点赞的啊。

《汉书》里说："一夫不耕或受之饥，一女不织或受之寒。"如今我们已经远离了那个年代，但我们仍旧生活在先民曾经生活过的土地之上。敬天敬地，也应该敬敬身边每天都在耕织的他和她。那么，且耕且织且珍惜，或许是我们每天都应该记取的。正像我在这个6月里回到地坛，虽然我不懂得古人如何祭祀土地，但我愿意在心里建立起对于土地的崇拜，我愿意在正午的阳光下，站在他们站过的方方正正的祭坛上诚心地致敬和怀想。

《散文》2016年第8期

忽然想到——孔子之问

陈四益

一

永厚先生寄来一图，题曰《泰山钉子户》。似是“读孔”心得，因为那故事出自《礼记·檀弓》。其中一句话，是耳熟能详的——“苛政猛于虎也”。但是，他好像并非想要“揭批”什么古代的“苛政”。

他想说什么？猜不着。但他说：“你懂的。”勉力为之，还得先把故事援引如下：孔子过泰山侧，有妇人哭于墓者而哀。夫子式而听之。使子路问之，曰：“子之哭也，一似重有忧者。”而曰：“然。昔者，吾舅死于虎，吾夫又死焉，今吾子又死焉。”夫子曰：“何为不去也？”曰：“无苛政。”夫子曰：“小子识之：苛政猛于虎也。”

这段话没有什么难懂，不必译为白话，略有几处稍作注解，或可省去读者翻查辞典：“式”，车前的扶手板。“式而听之”，是说扶着车前扶手板，专注地听着。“舅”，昔时女子称丈夫之父母为“舅姑”，丈夫称妻子父母也为舅姑。此处妇人口中的“舅”，是自己的公公——丈夫的父亲。“识之”，就是“记着”。

一家数口，公公被虎咬死了，丈夫被虎咬死了，现在儿子又被虎咬死了，自然哭得伤心。孔子问得也实在：一个一个死去，“为什么不逃离此地呢？”答曰：“无苛政。”看来，苛政是比猛虎更让人恐惧的了。

一直以来，老师这样讲，学生这样听，没有发生什么疑义。但是，永厚先生的一幅画，却让我顿起疑云。

二

疑问之一：泰山之侧难道只有妇人这一家吗？显然不是。泰山的老虎专拣这妇人的家人吃吗？当然也不会。还有其他人住在此地吗？不知道，《檀弓》里没有说。

如果只剩这一家，别家都逃离了，那么逃离的别家，是不以为“苛政猛于虎”，还是以为“虎猛于苛政”呢？

《礼记集说》的解释以为：老虎杀人，出于仓促，一下就死了，不像苛政，虽未至死，却让你有朝夕恐惧愁思之苦，所以缓死不如速死。用现在的话说，就是与其慢慢被折磨死，不如让老虎咬死来得爽快。

这样的解读，从心理学的角度看，似乎有此可能。譬如柳宗元《捕蛇者说》中那个捕蛇者，因王命以捕剧毒蛇抵偿岁赋，随时都有送命的危险。为了每年捉到两条毒蛇，“吾祖死于是，吾父死于是，今吾嗣为之十二年，几死者数矣”！爷爷死了，爹爹死了，自己也多次差点儿死了，但问他是否愿意免去捕蛇的差事，恢复每年交纳赋税的生活？得到的回应是：“大泣，汪然出涕。”原因是捕蛇虽危险，但“一岁之犯死者二焉，其余则熙熙而乐，岂若吾乡邻之旦旦有是哉”！

这样看来，人同此心，心同此理，捕蛇者与泰山妇，都觉得长痛不如短痛。

三

但是，疑问之二又来了：如果都以为长痛不如短痛，何以这泰山之旁，其他住户又都搬走了呢？他们何以不求短痛，而选择了忍受长痛？这就有了中国人的另一种说法了，那就是“好死不如赖活着”。“短痛”固然不错，但若命都没了，长短又有什么意义？若想活着，就只有选择忍受，痛得长，可活得也长。

孔子虽然告诫弟子“苛政猛于虎”，却没有提出去苛政的办法。既然世间没有无苛政的乐土，那么，虽然避苛政的人不免死于虎，但顺苛政的人却不免苦于生。生与死的两难抉择，就这样一直苦恼了中国人几千年。孔夫子的教诲，并不能解决中国人的苦恼——这不，永厚先生又提了。

四

回到永厚先生的画上来。他画了一所小房子，那个留在泰山的妇人躲在房子里。猎虎的弓箭闲置——使用过这些武器的人都已死去。妇人无力抵抗，只求“偏安”一隅。但是，她能逃过厄运吗？图上，她的房子整个儿地被虎罩着。虎视眈眈，令人恐惧。

据说，人应当生而有之的权利之一，是免于恐惧的权利。但这是洋人近代的观念，或许属于西方意识形态，孔子在课堂上是不讲的。孔子只是让弟子们记住：“苛政猛于虎也。”

记住了又怎样呢？千年而下，历朝历代，这个“子”，那个“子”；这个理论，那个学说，数不胜数，哪个拿出了办法？所以，逃离的依旧逃离，等虎吃的依旧在等虎吃。两种死法，代有传人——套一句周信芳《徐策跑城》的词儿：“只争来早与来迟。”

五

永厚先生爱开玩笑。分明是千年而下未能解开的“棋局”，他却不咸不淡地来了句：“放着自由迁居的权利不用，偏要国家为他花掉几千年的安全保护费，你说这老人家倔不倔。”“老人家”留守泰山侧，也是事出无奈。老虎在外头罩着，她住的是自己的祖宅，过着恐惧的生活，朝廷何尝为她花过一分钱的“保护费”？当然，那些逃离的人们，也不会分发一分钱的拆迁费——谁让他们自己要“漂”到外头！

“漂”出去的是否就到了“乐土”？看来也不曾。如果真有那样的“乐土”，那妇人恐怕也就早颠巴颠巴去了。

何以见得？战国时的李悝算过账：一个5口之家，种上100亩地（别听了100亩地就以为那是个地主。那时地广人稀，生产力低下），每亩岁收一石半，刨去十一税，刨去吃穿日用，已是所余无几，加之赋敛无算，若遇病、死、丧葬，是很难活得下去的。有诗为证：“硕鼠硕鼠，无食我黍！三岁贯女，莫我肯顾。逝将去女，适彼乐土。乐土乐土，爰得我所。”没有老虎的地方有大老鼠，一样祸害得百姓活不下去，所以又要再逃离。

这样看来，那个死守泰山的妇人不算倔，倒是看得很透，既然到处都一样，又何必搬来搬去白费劲儿，好像一搬迁能得多少大便宜似的。

六

孔子时代，泰山妇人得以留在小屋里，只是那时这荒山野岭，人烟稀少。既非膏腴之地，也没人想要占有，何况家中无有男丁，劳役赋税也没什么想头，所以由她自生自灭。这才有了孔子过泰山侧的那一问，让我们今天还知道有这么一个妇人。

如若随着经济的发展，时代变迁，那小屋所在之处竟而成了宝地，又被什么“款”或什么“爷”相中、征用，贴一布告，限时拆迁，被拆者可能连拆迁款是多少也不知道，因为中间有太多转手侵吞的机会在。如果再有个“妇人”想坚持，说不定哪天会来一帮棒子队，先打你一顿，再拆了你房，看你还敢不敢执拗。如要诉诸法律，那一大套程序又岂是一个山野妇人闹得明白的？

看到过一张所谓“钉子户”的照片：周围都是一片工地，土方工程已经把这“钉子户”周遭挖成深坑，这“钉子户”的房屋矗在一个高高的土墩上面，上下都很艰难。我想，那开发商的意思是：哼，你不搬，我看你怎么住下去！这户人家连泰山妇人那样苟且偷安也得不到了。

所以，即便有孔子再过泰山或别的什么山侧，只怕再遇不到那样执拗的妇人了。

《同舟共进》2016 年第 8 期

谈“4”色变

斯涵涵

6月30日，重庆市南岸区居民谭某到海棠溪派出所户籍窗口为其刚出世的孙子办理了新生儿入户手续。7月1日，谭某再次来到海棠溪派出所户籍窗口，强烈要求民警更改其孙子的身份证号码，原因是，其孙子的身份证号码最后一位数字是“4”——“不吉利”。

谭某因孙子的身份证号码末尾数是“4”，便强烈要求更改身份证号码，甚至要求将孙子的户口死亡注销，简直是荒谬至极！

如果说“4”不吉利，“死亡注销”岂不是更不吉利？如果孩子生在4月或带“4”的日子里，难不成要孩子“回娘肚重造”？

值得注意的是，已为奶奶辈的谭某年岁偏大，讲究迷信尚容易理解，但其子也打来电话称，不改掉“4”就要投诉民警，可见“4”在一些人心目中有多避讳。

拒绝“4”是对某个数字的故意放大，是人们盲目“迷信”心理的反映……事实上，身份证号码采用的是18位数字编码方式，具有唯一性，是由电脑按照一定的程序自动生成的，并无特别含义，一旦生成便不能再更改。倘若人人都像这位老妇一样过于偏执，随意更改，于公而言，势必造成登记秩序的紊乱，于私而言，是舍本逐末。

然而，在日常生活中，我们常常见到，带“8”和“6”的车牌售价高企、吉日结婚的人扎堆；在一些地区和人们心中，“1”和“4”还不怎么愿意联系在一起，一些地方还故意省略了“14”这个号码；有些母亲为了抢在某个黄道吉日，还不惜剖腹产……仔细想起来，有多少类似心理及行为广泛存在，我们却习以为常？我们在嘲笑老妇的愚昧时，是否俭省，迷信离我们有多远？

《杂文选刊》2016年第8期

鸽子，鹿和麻雀

李国文

先说伦敦的鸽子，其实不仅仅是伦敦，像罗马、威尼斯，还有其他一些欧洲城市的广场上，都有一大群不甚畏人的鸽子，飞来飞去，啄食人们扔给它们的面包饼干。

这些广场上的鸽子，那种愿意与人厮伴的亲切，咕咕地叫唤着，追逐着食物，坦然而友好地在那儿吃着、跳着、飞翔着，有的落在童车上，与婴儿玩耍着，好像更多了一层人情味。这些飞翔的生灵，给都市人一种舒悦、一种轻松，或者说，一种在城市里已经不大找得到的天然乐趣了。

如果说，伦敦的鸽子居然没有被人逮住，炖来吃了，对我们国人来讲，简直是不可理解的。那么，日本奈良那里，还有京都，还有一些地方，经常看到那些自由放养的鹿，东一群西一伙地在公园里、马路上、街道民宅附近，随便游逛，成为消闲一族。那种给城市所带来的静幽的情调，安详和平的气氛，那种在中国最古老的诗歌总集《诗经》里曾经有过的，也就是《小雅》中“呦呦鹿鸣，食野之苹”的境界，不就如在眼前吗?

这些鹿群，根本不存在一丝恐惧之心地溜达着、游逛着，快活而又自在。汽车给它们让路，行人绝不骚扰。于是，这些信步漫游的鹿，有的还窜到店铺里，登堂入室，毫不在乎主人是不是欢迎。老板娘赶不走它们，又不好太惊动或者伤害它们，只好用力地顶住它们的角，将它们请出店堂外边去。那是很有意思的一个场面，就好像打发一个顽童和小无赖似的。

在我国，鹿与人相处得这样融洽无间，也只有在东北长白山里的鹿场能看到。倘在其他什么地方，这种最警觉，也是最胆小的动物，哪怕有一点儿动静，就奔跑得无影无踪了。因为对于国人来讲，浑身是宝的鹿，从角上的茸，到它的血、它的胎、它的鞭、它的皮，无一不是和大把人民币联系在一起的。一头鹿等于一大笔钱，他会放过？所以，奈良古城里那些满街乱逛的鹿，要是落在我们某些心毒手狠的人手里，肯定血流遍地，横加杀戮，又会制造出若干暴发户来。

其实，所有动物之中，除了猫、狗以及家畜家禽外，与人类最亲近的，莫过于叽叽喳喳的麻雀了，墙头屋檐，草丛树梢，啁啁啾啾，跳跳蹦蹦，几乎一年四季都陪伴着人类。南方农家，梁上偶有燕子筑巢，但到了秋凉，就举家南迁了。这些候鸟，终不如小麻雀堪称得上是人类之友。

然而，我国曾经兴起一个“全民打麻雀”的运动，上了年纪的人，大概是不会忘记的。现在回想起来，全国上下，一齐围打这种对人类了无伤害的小鸟，实在是匪夷所思的。后来，据说给麻雀平了反，它吃虫子多，吃粮食少，功大于过，不算“四害”了，于是，这运动也和别的运动有差不多的结局，不了了之。

任何规矩，都只对那些循规蹈矩的人起作用，任何教育，也只是对能够接受教育者有效，而对那些由于像“打麻雀”这样的运动，耳濡目染，动不动手痒，动不动心狠，动不动恶从胆边生的人，是无法理喻的。冰冻三尺，非一日之寒，如果能重新唤回他们那颗已被遗忘的爱心，也许他们就不会举起枪来，对准玉渊潭里那美丽的白天鹅了。

什么时候能在我们的城市里，也有这种鸽子和鹿，与人们和平相处的天然境界呢？

《杂文选刊》2016 年第 9 期

悼铁志

王春瑜

朱铁志不幸辞世已一周多了，我一直心神不宁。他的音容笑貌，在我的脑海里闪现。他的离世实在令我心痛。

光阴如白驹过隙，我认识铁志已逾 30 年，堪称老友了。我认识他，是他的领导、杂文大家牧惠（本名林文山）介绍的。1977 年，我在广州的《学术研究》上发表了一篇论文，责编就是从《红旗》下放到广东的林文山，时任《学术研究》主编。（后来他又回到了《红旗》，担任文教部主任。）那时，京中文坛常有聚会，或北京及外地报刊约稿、签名留念；或文友约请，旨在聊天。常客有丁聪及夫人沈竣，还有方成、范用、牧惠、高莽、邵燕祥、陈四益等，座中也有两位青年作家：一位是《人民日报》编辑、散文家伍立杨，一位便是《求是》编辑、牧惠的徒弟朱铁志。席上，老头儿们谈笑风生，但铁志、立杨甚少发言，不是他们胆小，而是谦逊，尊重前辈吧。事实上，包括我在内的老头儿们，都很欣赏铁志和立杨的人品、学识、才华，我与这二位，更成了莫逆之交。

铁志性格开朗，语言幽默。大约是 1997 年冬，那时我家住方庄，杂文泰斗、人民出版社社长曾彦修也住方庄。经商之余也写杂文的杨学武，在方庄一家饭店请杂文家吃饭。曾老、邵燕祥兄、陈四益、不才等均在座。看着满桌丰盛的菜肴，曾老不禁感慨："这都是民脂民膏啊！"铁志立刻说："曾老，是'杨脂杨膏'，今天是杨学武请客。"举座大笑。后来，我迁到市中心定居，与铁志的来往也就频繁起来。

铁志是吉林通化人，他考取北京大学哲学系时，是吉林省的文科状元。有次他来我家聊天，我说："你们东北人真是侃大山的天才，富有幽默感，有个段子说——'过年了，俺给你整副对联。上联是，为你痴，为你狂，为你哐哐撞大墙。下联是，为你哭，为你笑，为你整夜睡不着。横批是，关系杠杠的。'"他听后大笑，说："真棒！"并说，现在有的农村基层干部很腐败，东北也不例外。一些农村女青年找大队党支部书记申请入党，居然还被要挟以色情交易，铁志说：“真是太不像话了！”

鲁迅先生曾有诗句，谓“一阔脸就变”。铁志以他的才干，赢得单位领导的赏识，当上《求是》副总编辑、机关党委书记，但铁志对友人一如既往。在杂文界，我是他的前辈，比他大24岁。20世纪80年代，我替广东人民出版社主编了一套《南腔北调杂文丛书》，内收何满子、牧惠、朱正、邵燕祥、何西来、阎纲等诸位先生的作品，其中也有铁志的一本，他是唯一的青年作者。我请漫画大师丁聪老爷子给每位作者画了一幅漫画像，他把铁志画成十分俊俏的小青年，铁志看后忍俊不禁。

这套书的每本书名只有3个字，如何满子的叫《本命年》，牧惠的叫《沙滩羊》（按：《求是》杂志的前身叫《红旗》，一直在沙滩大院办公。在沙滩上放羊，怎么放？根本无草。书名是我起的，不无调侃牧惠之意），铁志自起书名《克隆魂》，颇有深意。曾彦修老人很欣赏铁志的才华、人品，认为他是杂文界的俊彦，把自己珍藏的一书架杂文集全部送给了他。只是万万没想到，铁志仅得中寿，但愿在天国里，他能向曾老嘘寒问暖，讨教杂文。

铁志一直很感谢我帮他出了这本杂文。前几年，我又推荐他担任百年老店、出版重镇商务印书馆出版的“四方风杂文文丛”的主编。“四方风”见于甲骨文，铁志花了很大工夫，认真查阅史料，写了前言，并事先寄给我审阅。老实说，作为听过殷商史、甲骨文权威胡厚宣教授甲骨学课程，端史学饭碗的我，如来写这篇前言，也未必能超过此文。

铁志一直称我为老师，他不喝酒，友人送他茅台酒，他送过我两瓶；他知道我喜写毛笔字，偶尔也画国画，便把他收藏的青州红丝砚送给我。睹物思人，铁志，你魂归何处？问苍天，天无语……

2016年7月4日于牛屋

《同舟共进》2016年第9期

谁掏空了你的身体

白剑峰

最近，一首《感觉身体被掏空》的“神曲”在网上走红，专辑封面用的是“葛优躺”造型，演唱者用幽默调侃的口吻，描述了一个年轻“加班族”的痛苦生活：“感觉身体被掏空，我累得像只狗，我才不累，不累。十八天没有卸妆，月抛戴了两年半。作息紊乱，我却越来越胖……”

一句“感觉身体被掏空”，戳中了社会痛点，引发网友的共鸣。网络时代，生活节奏越来越快，每个人都驾驶着一辆“欲望号街车”，竞相追逐，无法慢下来，更无法停下来。很多人透支健康，身心俱疲，“40岁前拿命换钱，40岁后拿钱换命”。据有关调查，我国仅有11.2%的居民能够保持健康的行为和生活方式，很多居民有吸烟酗酒、经常熬夜、久坐不动、长期缺乏体育锻炼、营养失衡、药物依赖等不良的生活习惯，成为诱发慢性病甚至猝死的主要危险因素。

也许有人说，现代社会竞争激烈，每个人都“压力山大”，不拼怎能赢？尤其是年轻人，事业刚起步，还要养家糊口、买车买房。所以，明知身体被掏空，也要拼命往前冲。其实，这是一种错误的想法。人生是一场马拉松，不是百米冲刺。如果拿着百米冲刺的劲头跑马拉松，用力过猛，很快就会筋疲力尽，最终一败涂地。所以，人生路漫漫，最好悠着点。除了名和利，还有很多美好的东西。不要因为匆匆赶路，而忘了欣赏沿途风景。古人云：“文武之道，一张一弛。”身体就像一张弓，只拉不松，必然折断。一个人如果总是腾不出时间来休息，迟早会腾出时间来生病。因此，再怎么追求事业，都不能赔掉健康。没有健康，一切泡汤。

其实，健康如同氧气。有氧气的时候，谁也不觉珍贵；一旦离开氧气，立刻无法呼吸。知名企业家李开复曾有个外号叫“铁人”，后因长期透支身体而患上淋巴癌。一场大病，让他对生命有了新的理解和感悟。此前，他一直笃信“付出总有回报”“世界因我而不同”。出差时，他吩咐秘书尽量选夜间航班，下了飞机就可以立即洽谈公事。他承诺所有员工，收到邮件10分钟内一定回信，大半夜也一样。他床头的笔记本电脑从不关机，电子邮件送达的声音一响，他立刻从床上弹起来。他的饮食也不健康，总是贪图膏粱厚味，到餐厅点肉如数家珍，把蔬菜当药不爱吃。这场大病，让他彻底醒悟：为什么要做这样的“铁人”？在人生的竞技场上，一定需要用这样的方式来参赛吗？成功的定义因人而异，没有一定的标准，不需要和别人竞赛，你竞赛的对象是自己。

近年来，英年早逝的悲剧屡屡发生，向漠视健康者敲响了警钟。几年前，复旦大学青年教师于娟因患乳腺癌，年仅33岁就离开了人世。她曾经试图用3年半的时间同时搞定一个挪威硕士、一个复旦博士学位，最终没有完成目标，恼怒得要死。她曾经想两三年当上副教授，于是玩命搞课题发文章。患病之后，才知道“长期熬夜等于慢性自杀的说法并不夸张”。她在博客里写道：“我想我之所以患上癌症，肯定是很多因素共同作用累积的结果，但是健康真的很重要，在生死临界点的时候，你会发现，任何的加班，给自己太多的压力，买房买车的需求，这些都是浮云，如果有时间，好好陪陪你的孩子，把买车的钱给父母买双鞋子，不要拼命去换什么大房子，和相爱的人在一起，蜗居也温暖。”如此沉痛的领悟，难道还不足以唤醒那些“拼命三郎”？何必等到付出生命的代价，才懂得健康的意义。

习近平总书记在全国卫生与健康大会上强调，要倡导健康文明的生活方式。谁能掏空你的身体？归根到底是自己，因为每个人是自己健康的第一责任人，“我的健康我做主”。健康既是一种权利，也是一种责任。中医养生讲究“天人相应”，大自然需要休养生息，人也需要顺应自然规律。只有远离健康危险因素，养成健康的生活方式，才能避免身体被掏空。如果早早把“健康本钱”输光了，除了一声叹息，还会有“诗和远方”吗？

《人民日报》2016年9月2日

酒鬼和赌徒、逃亡者及其他

赵 雨

一位资深酒精中毒者的别样人生

作为一名嗜酒成瘾、资深酒精中毒者，我大舅对在各种酒面前毫无抵抗力没有感到一丝愧疚，有人问他："你为什么一天到晚喝不够？"他给了一个看似答非所问，实则值得细思的答案："因为生活把我毁了。"

大舅出生时，外公还未退居二线，身为村办会计的他，曾多年荣膺"全村第一把算盘"并长时间无人取代。精于计算的他，有一回在家族聚会时，在同辈兄弟及子侄的强烈要求下，当场演示过神乎其技的拨算盘能力。一颗颗黑黝黝的珠子在他手中犹如翻飞的天花，全场充满"噼噼啪啪"的动人声响，最后得出的合计数字之精准让多名在纸上划拉公式的族人目瞪口呆。当时大舅还在外婆的肚子里昏昏欲睡，对满场的喝彩声充耳不闻，以为不过是哗众取宠的雕虫小技，他唯一的使命是等待人生中第一口酒的降临，这比算盘更契合一名未来酒鬼的身份。

据说外婆当年也以善饮闻名，待字闺中时，太爷就开了一爿酒坊。"韩老大烧酒坊"几个金匾枣泥大黑字至今在老一辈人心中具有举足轻重的地位，店里五口大酒缸，白光光的蒸馏器，白天黑夜地散发着浓郁的酒香，飘扬四溢。外婆一身短衣打扮，扎着两条辫子，端着酒盅迎送宾客。有人买了酒愿意先喝一通的，墙边摆着大长桌，无须拘礼，坐下便是。"韩小英，拿酒来，陪阿叔们干几碗。"外婆抱起酒坛，拍掉封泥，放下海碗，各个满上，搬来长凳坐下，举碗便敬，酒从嘴角漏下，滴在桌面，不以为意。时间向晚，煤油灯下，诸人把盏言欢，不知今夕何夕。

这一场景后来在大舅脑海中挥之不去，他依靠想象不断丰富其间细节，以为那才是自己应该出生的年代。他有幸遗传了外婆的基因，只是时机不对，再也无法做个豪迈的酒客，品尝醉里挑灯看剑的滋味。他那理想主义情怀在酒精的长期浸泡下，最终朝着为人所不齿的方向发展，登峰造极之际，甚至殃及池鱼，外公不止一次对外婆说：“看你生的好儿子！”说的就是这基因问题。

没人知道大舅生平饮下的第一口酒源于何时，有同龄好友指证：“有一年严大国偷了家里一瓶杨梅烧，和我们3人躲在祠堂背后的弄堂里，全部喝掉。”这应该是他9岁那年。“他喝了大半瓶，小半瓶让我们分掉了。”好友补充道。九岁的大舅喝完酒，抹抹嘴角，脸不红心不跳，一种奇异的亢奋的情绪在体内滋生，“感觉就像撑开翅膀飞到了半空。”他后来如此形容这第一次喝酒的经历。

在他漫长喝酒生涯的前半段，酒精确实给他带来过无与伦比的生理、心理的双重享受，他曾断言，酒是人类最伟大的发明，没有之一。这水质的玩意儿，入了口、过了喉、进了肚，怎会产生宠辱偕忘、万事皆空、万物一体的效应？而不喝酒的他敏感内向，从小表现出与周遭人事格格不入的态度，这使他最终沾染上神经官能的各种毛病，此为后话。他身上没有一丝孩子该有的天真活泼，长期沉着脸、蹙着眉，最与他形影不离的是隔壁李木匠打的一把小凳子，屋门口的那棵大榕树是他常待的地点，路过的人总能看到他双手托着下巴，望向远方出神。有好事者问他：“大国你小小年纪在想些啥？”他看了那人一眼，歪了歪嘴，一语不发，嘴碎的人于是在背地里说：“严家生了个傻儿子。”9岁那年的偷酒事件为他打开了一道崭新的大门，此后数年，他隔三岔五如法炮制，所以在他成年时，人们看到的早已是位拥有资深饮酒史的男子。外公经常闻到他身上散发出的淡淡酒气，不喝酒的他没往儿子喝酒那方面想，顶多问一句：“你每天在哪里玩，怎么有一股烂橘子的味道？”

成年后的大舅，终于得以告别偷偷摸摸的嗜酒生涯，在他18岁生日那天名正言顺地提了一瓶烧酒进家门。奶奶炒了寿面，准备了几碟小菜。外公看到酒没说什么，陪儿子喝了几杯，不料大舅刹不住闸，一气将一整瓶全部倒入肚子。外公没意识到问题的严重性，反倒说：“好小子，酒量不错，有你娘当年的样子。”外婆已多年不碰酒，太爷的酒坊也早已成了传说中的东西，她看得出儿子绝非第一次喝酒，饭后便把他叫到跟前说：“酒这东西不可多喝，多喝会上瘾，一个酒鬼，娘是不喜欢的。”大舅剔着牙，再次回想“韩老大烧酒坊”当年的盛况，虚幻中他能闻到酒坊内飘逸的酒香。

喝过酒的大舅完全换了个人，活跃好动，体内那个敏感内向的小男孩儿消失得无影无踪。酒精在他血液里奔突跳跃，把全身烧得热烘烘的，他觉得自己一会儿是驰骋沙场的英勇骑兵，一会儿是横扫千军万马的英雄将领。他跳到寰宇之外，俯瞰劳碌的芸芸众生，甚至有那么一刻，坐上了菩提座，变为慈悲为怀的释迦牟尼佛。

他爱酒，爱喝过酒的自己，但他没发现酒正在把他的生活往深渊推。利用酒精打乱生活原有的轨迹，生活必然会对他反戈一击，这个道理他要到很多年后才懂。

一名赌徒无路可退必将选择流亡他乡

小舅和大舅是截然不同的两个人，小舅从小的哭声就比一般孩子的响！9个月会叫爹娘，3岁会欺负5岁的娃，5岁为了整条大街当之无愧的孩子王。大舅呆，小舅霸道蛮横，喜欢孩子们围着他转的感觉，极度痴迷指使他人，深谙万物为己所用之道，对比他大8岁的大哥指手画脚。“大国，”他从不喊大哥，“今天割的草去喂兔，娘说的。”

他只念了3年小学，粗通文墨，尤擅各种赌戏，赌博是他身体的组成部分，是族人用来定义他的标签。人们为了寻找他热衷此道的根源，无独有偶也往长辈身上探本溯源，人们惊异地发现，韩老大就是个活生生的例子，这位当年名震一时的烧酒坊老板，还有一个独特的身份就是赌鬼，经常与人打赌，最大的一次是和一个地主下注，赌资便是自家的烧酒坊。

那场赌局早已成为老一辈人口中讳莫如深的秘密，说：赌场设在烧酒坊最里一进屋，屋内点燃两支巨型蜡烛，窗扉洞开，风声鹤唳。韩老大和地主摇色子，一局定输赢，韩老大摇出的是“地魁”，地主摇出的是“天煞”，韩老大当场就将烧酒坊的房契和地契拱手交出。

但这一传说被外婆矢口否认，她说烧酒坊当年因经营不善而关门歇业，跟赌博没一点儿关系，她爹是个本分的生意人。小舅可不这么认为，他宁愿相信传说是真的，那场赌局令他血脉贲张，韩老大是他心目中的英雄，在对先人的认同追缅这一点上，他和大舅的心是相通的。他虽无缘躬亲这样一场神秘的赌局，身上却具备韩老大的不少优点，比如勤劳肯干、敢拼敢闯、胆魄大。他长大后干过许多营生，如敲铜字铜牌、切割铝合金、安装防盗门、给工办厂跑业务，还开过早餐店，做生煎包子。人们说：“这娃脑筋活络，准能赚大钱。”后头照例跟一句：“如果不赌博的话。”

小舅人生中的第一场赌局降临何时同样无从考证，他将赌博看作成年人的游戏，通过游戏，既能娱乐身心，又能得到平常需靠劳动才能获得的收益，世上还有比这更上算的事吗？那时村里赌风正劲，设有各大赌博点，门外专人把守，推一把牌九几千上下，麻将一局花好几百。小舅还没进去，全身每个细胞就被调动了起来，一到里面，听到熟悉的吆喝声，身陷紧张刺激的气氛中，浑身止不住地阵阵颤抖，精神抖擞，外界的一切都抛之脑后，一生的基业仿佛就在此一搏。

开始小舅着实大赢过几把，手头富裕，风头之健村里一时无二，于是早餐店不开了，什么事都不做了，哪有时间？专心赌他的博，不分早晚。后来赢的次数不那么多了，不过当局者迷，不清楚输的数目多大而已。后来在一天晚上，他赶完一场赌局，突然准确无误地意识到这些日子以来赢的钱似乎不剩多少了。这让他无比恼怒，像吞了一只苍蝇那么难受，回到家，从衣柜下翻出一笔存款，用报纸包着，这是分家的时候外公让他娶媳妇的钱，然后去赌了个通宵。第二天从赌场出来，迎着晨起的太阳，他感到太阳穴有一根筋“突突突”跳得猛烈，手心的汗、背脊的汗、胸口的汗……那个被汗水浸透的早晨，汗水淋漓的他感到昏昏沉沉。

他自然又输了个精光。

他仿佛被下了魔咒，好手气自此消失无踪，逢赌必输，输了便借。开始还是有不少人愿意借钱给他，到了还款的期限，手头窘迫，还不出钱。他不知道自己怎么了，赌博就像一个深渊，散发出强大的磁场，将他往里面拉。他已不能抽身而出，否则就成了天底下最大的笑话。

外公终于获悉了他赌博的情况，对他说：“到此为止，你还有多少外债，爹帮你还，但你不能再赌了，再赌爹就不管你了。”小舅列了个明细表，密密麻麻写了 20 多个名字，外公挨家挨户去还债，债主很客气：“老爷子，这钱怎么让你还？”

小舅没有履行诺言，还光债后，老债主换了新债主，重新写上明细表。这新债主可不那么客气了，有不少是放高利贷的，他们上门找外公，外公气得摇头晃脑：“你们有本事自己问他要。”债主说：“他人呢？”外公跺着脚说：“我怎么知道？我怎么知道？”

一位资深酒精中毒者的别样人生

大舅一生没干过什么像样的工作，他觉得干什么都没意义，除了增加他那天生爱自由的心灵的负担。

何以解忧？唯有杜康！

他的酒瘾与日俱增，床头放着酒瓶，早晨睁眼第一件事就是灌它几口，否则没有下床的动力。他有一个绿色军用水壶，时刻不离身，人们知道里面装的全是酒，走到一处，累了，坐下，拧开壶盖，“咕咚咕咚”喝一气，有了力气，继续走。他要走去哪里呢？不喝的时候，爱去无人之地，幽静；喝多的时候爱往人堆里凑，满嘴跑火车，人们有时爱拿他取笑，有时烦他，不爱搭理他。

他带着酒劲，夜间去太白山上跑，迎着山风、披着星月，脚底虎虎生威，几乎跑遍了大小山涧、乱葬岗、深水潭，和看不见的山神说话，和坟墓里的死人划拳，他觉得山上的景致比任何地方都漂亮，堪比天堂（他梦到过天堂），人间不过是一堆乱七八糟的东西罢了。有一回，刚下半山腰，他就醉倒在地，不想再走了，在露水中躺了一夜，不知今夕何夕。

外公见他不成器，找族长派给他一份营生：看管祠堂。这祠堂系家祠，大舅的职责是：每天早晚两次打开八扇朱红阔门，通风；扫地、清尘，擦桌椅，给祖宗灵位上香、添油。灵位在离地五米的神龛里，要爬着楼梯上去，只有这儿有些麻烦，但不过 5 分钟光景。一年冬夏两次，祭祖，事先要安排妥当，不能让祠堂显出一副破败相。

关于祠堂有个传说，当年我们的祖先走南闯北，挣下万贯家产，死后将金银财宝埋在祠堂地下，但没人把它当真。

大舅喜欢这份活，祠堂内有一种别处所没有的安宁氛围，香烛燃烧时散发出的气味萦绕在木格神龛间，闻着神清气爽，阳光从木门外射入，在泥地上形成一圈光斑，一切恍若酒鬼的梦境。他搬了把小矮凳，坐在祠堂门口，面对老樟树的浓荫，一缕微风缓缓吹来，吹在脸上，他浑身像通了电一样，打了个激灵，他觉得这样的生活其实也很好，不知为何，他突然决定把酒给戒了。

他没有任何戒酒知识，低估了这件事的严峻性，头几天，大张旗鼓地把家中所能找到的酒瓶都收起来，丢进柴房，柴房一半空间都闪烁出酒瓶惑目的光芒。他相信自己是个有意志力的人，却忽略了有些事只是关乎生理，长期以来，酒精和他的血液早已达成和平共处的原则，酒精的缺席使血液变得犹如暴雨倾盆的海面，开始沸腾。中枢神经对他身体各部位的控制也仰赖于酒精的共同参与，一旦失衡，控制基体功能大减。一礼拜后，他发现双手开始微微颤抖，脸部肌肉也随即跳动，冷汗不时从额头渗出，喉咙想念酒的滋润，身体想念酒的流通。终于意志力尽失，跑进柴房，找到那只绿色军用水壶，将里面不知何时积存的残余剩酒一饮而尽。

他明显感觉到焦虑，没有酒精的身体犹如干涸的河床，整天有气无力。神经官能出现了状况，眼前无来由地产生幻象，耳边出现幻听，看到隔壁小太公穿着土布衣，让他去喂后院的兔子。小太公死了九年了！各种声音在耳边私语，谈的都是老皇历的事。这些在灌下一口、两口、三口酒后烟消云散，他又变成了正常的人，谈吐清晰、精力旺盛。

一天夜里，他毫无节制地喝下两斤烧酒后，将酒杯、酒瓶悉数打翻在地，捂住脸，流起了泪，然后拔腿出了门。他去了位于村西老街当年的祖屋，老街已荒废多年，祖屋只剩了地基和一堵倾颓的墙壁，他记不得曾听谁说过，这里就是当年“韩老大烧酒坊”的旧址。想象力借助酒精再次被插上翅膀，他又一次回忆起烧酒坊当年推杯交盏的盛况，往昔和现实杂糅在他眼前，他分不清哪个才是自己真实所在的空间，隐约中看到那块枣泥大黑字招牌，外婆站在门口让他进屋来和公公、太公们喝两杯，他哭了。

一名赌徒无路可退必将选择流亡他乡

而小舅此时正奔赴在逃亡的途中。

他无法不逃，否则将被讨债人踏破门槛，甚至有生命之忧。

他的出逃正值盛夏，第一场台风呼啸而来，东海上空成型的 12 级大风刮过山丘、刮过田野，阴沉沉的天空遍布碎云朵朵。他蹑手蹑脚地锁上家门，顶着强劲的风力，跑过场院的青石板、跑过水稻青青的田埂路，跑过黑灯瞎火的白石庙、跑过读了 3 年书的白石小学，借道爬上太白山，艰难地行走在通往外省的“布阵岭”上。布阵岭两旁随处可见古老的荒坟残碑，鬼火点缀其间，幽幽地盯着他奔跑的踪迹。雨下来了、雷下来了、闪电下来了，他弯着背脊，将自己定格为一帧耐人寻味的画面。一个闪电霹下，天空被划拉开一道口子，在离开“布阵岭”前，他站在山头，最后望了一眼村庄，扭头离开。

其　他

小舅逃离后的第 3 天，外公病了，这位当年的“第一把算盘”一夜之间变得老态龙钟。他躺在床上二话不说，盯着天花板，有时一盯就是一下午。外婆端粥给他喝，他勉强啜几口，对外婆说：“别把我病了的事说出去，免得人来看，笑话。”他要面子，儿子做的事让他觉得没脸见外人。等好了点儿，能下地了，他拄着一根拐杖，贴着墙壁，走到老屋的南墙下乘风凉。这里每到夏天就会汇聚邻里上了年纪的长辈，他们嗑着瓜子聊天，外公在老人堆中垂着手，弓着背，不知听谁说了句：“眼看又到祭祖的日子了。”

一年中，祠堂最热闹的日子就是祭祖，一到傍晚，祠堂屋檐下就挂起 12 只大红灯笼，红色的烛光映得 12 扇朱色阅门油光发亮。族人进祠堂，男左女右，依次给祖宗行跪拜礼。正堂中央摆起一桌饭菜，请先人用过后，族人上桌。男人们都喝酒、女人们忙前忙后端菜，孩子们嬉笑打闹，直到 9 点、10 点才散去，彼时星月盈空、银河如练，夏虫鸣叫如更漏。

这一晚，大舅看着祠堂里热闹的灯光人影，念头飞转如梭。连着几晚喝得醉醺醺的他又在家里灌下一斤烧酒，面对如绸夜色，忽觉屋空人稀。他在酒精的作用下，想起这些年的经历，不觉有隔世之感。

12点左右，屋外夜深人静，他从柴房操起一把锄头，来到祠堂门前，环顾四周，潜身入内。正堂还萦绕着挥之不去的蜡烛和酒菜混杂交错的气味，他从南墙起，翻挖地上的黑泥，每一锄下去都带着千钧之力，黑泥像腐尸一般被他开肠破肚。那晚，场院里的人隐约听到一种如耕种农田般的声音，多数人将它当作酒后的幻听，不加理会，直到鸡啼破晓，祠堂那边传来一阵歇斯底里的哭声。大家披衣起床，赶去一看，只见祠堂12扇朱色阔门洞开，地上的黑泥被挖得千疮百孔。大堂正中，席地坐着一身泥土的大舅，身边靠着一把锄头，哭得像个没有挖到宝贝的孩子。高高的阁楼上，祖宗牌位前的长明灯欢快地燃烧着，不知什么年月的画像上，祖宗大人一脸严肃，静静地看着下面的子孙。

其　他

有一件很少有人知道的事，小舅在出逃前一晚，去找过大舅。这么些年他们兄弟很少有交集，迥异的性格注定他们无法像别家兄弟般互通往来。小舅上门时，大舅正在喝酒，他让小舅坐，两人都没有讲话，大舅兀自喝，喝到八分醉时，小舅说了句：“我来是为告诉你个事，我要走了。”

大舅说：“我知道，你不这么做也没别的办法。”

小舅说：“你以后自己也少喝点，酒这东西不好，我们兄弟没机会坐下来好好聊聊，我们都把日子过烂了。”

大舅说：“我知道。”

到后来小舅起身，要走了，来到门口，大舅喊住了他，回身到里屋，拿来一包东西，交到他手上。

小舅展开一看，是一小沓钱。

大舅说：“这些你拿着，路上用。”

小舅拿着钱，他知道大舅没有固定的经济收入，这些积蓄或许就是他的所有。他没有推辞，因为这些钱对即将逃亡的他非常重要，他捏了捏钱，转身离开。

他们没有再见过面，小舅到现在也还没有回来。

《青春文学》2016 年第 10 期

“黄金座位”是家长心理焦虑的副产品

磊 磊

新学期开始，记者对成都市部分小学进行了走访，发现大多数小学一年级班主任都遇到同一个问题：班里孩子的家长，悄悄找到老师，或直接或委婉地要求坐个“好座位”。调查显示，30 位班主任中，有 25 位表示：每班都有对座位有特殊要求的家长，且孩子年龄越小，家长要求越多。大多数家长们心中的“黄金”座位都是：“中间、靠前，第一排除外。”（《城都商报》9 月 1 日）

孩子的座位问题，看似是个简单问题，却一直没有找到最优解，年年都会把这份现饭炒一遍。从媒体走访的情况来看，30 位班主任中就有 25 位表示，家长对孩子的座位有特殊要求，可见这种现象具有普遍性。教室中间的二三排，成了家长心中的“黄金座位”，煞费苦心夺宝的更是不在少数。不止成都市部分小学存在这种现实，就全国范围而言亦是如此。

家长营造出来的“黄金座位”，不但看黑板视线最佳，方便和老师交流，也不会因坐得太远而影响学习进度。最为关键的是，小学生缺乏自律性，注意力不集中。在老师的眼皮子底下，各种小动作就会无所遁形。说白了，就是在家长眼中，中间位置会受到老师更多关注，也更有利于孩子提高学习成绩。

为此，家长以各种五花八门的理由，向老师申请安排黄金座位。比如孩子视力不佳，行为习惯不好，容易受到影响，等等，甚至拿出各种证据证明孩子对于黄金座位的实际需要。另一方面，“金三银四黄金位”的观念根植久矣，部分家长不惜走后门、托关系、花重金，也要为孩子夺取“宝座”，貌似坐上宝座就真的可以让孩子成为学霸。

从实际出发，一间教室三四十个座位，居中的几个黄金位置可谓“僧多粥少”，任何学生长期占据对其他学生都不公平。虽然有些学校实行定期轮换制度，组团式座位摆放方式，以最大限度地实现教育公平，却依旧有不少家长前赴后继设法“买断”黄金座位的独享权。孩子的座位问题，俨然变成各种社会关系之间的角力。这反映出，部分家长对孩子学业抱有急功近利的心态，同时又欠缺一定的教育常识。

客观地说，所谓的“黄金座位”更像是家长心理焦虑的副产品，也是一种错误的心理暗示，实际上不复存在。成绩的优劣主要取决于孩子的学习态度和自律性，与座位的分布并无绝对关联。过分地热衷于“黄金座位”，必然会造成教育资源的失衡，也会对孩子的心理形成不良影响。如果硬要把“黄金座位”与学霸养成紧密结合在一起，岂不是贻笑大方？只能说，执意为之的家长，对教育资源的公平分配仍然缺乏信心，对孩子的学习充满非理性的焦虑不安。

学校不是名利场，家长不应该打着为孩子着想的名义，以各种潜规则腐蚀这片净土。教育发展至今，学校一般都会依据学生的实际情况，以及家长反映的具体问题，合理安排学生的座位，科学配置教育资源。适当照顾确实有需求的学生亦无可厚非，家长不妨将心比心。千万不要追求所谓的“黄金座位”，而奢求望子成龙、望女成凤。与其耗费那些心思，不如把自己打造成“黄金父母”，多花时间陪伴孩子，指导孩子。

“语言学”总是跟不上“学语言”

刘巽达

泳坛女将傅园慧用一句“我已经使出了洪荒之力”来表示“已经尽力”的意思，这种真实、新意、趣味的表达方式引起了广泛共鸣，竟成名言。其实很多“80后”和“90后”都喜欢“别样的表达”，他们擅用“网络时尚语言”，喜欢创造新词新句表情达意，因为他们本身就是在网络环境中长大的。当下，网络语言之泉已然汹涌澎湃，但对“源头”的研究似乎尚未形成气候。

多年前，华东师大中文系一名硕士生的学位论文《网络会话中“呵呵”的功能研究》，曾经在网上引发热议。热议双方聚焦“小题大做”——一方认为对一个无关痛痒的虚词的研究不足以写成学位论文；另一方则认为，网络语言的变异情况是社会语言学研究的热点之一，很多语言从非网络语体中进入网络语言社区之后，在语法语义语用上都会发生不同程度的变异，其中构词能力较强、意义较为丰富的，多会成为风靡一时的网络流行语，如“被XX”“XX控”等。对网络语言的研究，“对汉语日常口语语篇研究以及网络状态下自然语篇变异研究的推进有极大的借鉴意义”。其实，“网上热议”只是业外人士的“少见多怪”，用“吸引眼球”的题目做“以小见大”的论文，这是通例。谁说一个“呵呵”不能写成大论文？深挖下去，奇妙无穷。对业内人士而言，类似论文比比皆是，在这篇论文列出的参考文献中，就有诸如《语气词“哈”的情态意义和功能》《“好不好”附加句的话语情态研究》以及《助词“呵”的语法演变》等类似论文。人们的“大惊小怪”，说到底不是因为“能不能成为论文”，而是它锁定了“网络语言”，可见这方面的研究多么稀缺。

好在终有几位具有前瞻意识的学者首当其冲。复旦大学中文系教授申小龙就是传统语言学界中最早研究网络语言的学者之一，早在1997年，他就把网络语言放到课堂上来讲了。在他看来，网络语言是青年人通过互联网表达思维方式和态度的产物，“尽管有些研究语音、语法、文字训诂的‘老专家’可能看不上，但不能不承认的是，网络语言是当代汉语的一个重要源头”。而华东师范大学社会语言学教授李明洁亦是对“流行语”早有关注和研究，并敏锐发现网络语言背后的深层社会动因和影响，其指导的研究生毕业论文《技术条件下的网络会话结构研究———以网络聊天室为例》，系最早出现的关于网络语言研究的学位论文。

申小龙是研究语法的“正统”文化语言学家，但他从没有“门户之见”，反而认为，“作为语言学家，对网络语言首先要抱有宽容、理解的态度，其次我们要学习和研究它的表达方式，因为如果你不学习，就会落后于现在的时代，你说的话就没有人愿意听”。这是非常清醒的认识。而李明洁更是认识到语言社会学的重要意义，认为其研究涉及语言学、社会学、传播学等多种学科，具有很大的研究空间。但目下的状况尚差强人意，申小龙说，“现在一些传统语言学家对研究网络语言还是存在偏见，但其实我们研究网络语言就是在研究语言和社会的关系，如果将来有更多学者能够关心社会语言学，我相信语言学会对社会有更大的功用”。

“语言学”跟不上“学语言”的情况比较普遍，一些语言学家，习惯于语言的“规范研究”和“死态研究”，不习惯语言的“非规范研究”和“活态研究”。但语言这滩活水需要敏感的眼睛和心灵去感受和关注，因为从某种意义上说，它是社会的风向标。古时盛行民间采风，以此观民俗知民意，而民谣就是采风的重点。有名的“乐府诗”，便是源于专门管理乐舞演唱教习的机构。这个机构的职责是采集民间歌谣或文人的诗来配乐，以备朝廷祭祀或宴会时演奏之用。它搜集整理的诗歌，后世就叫“乐府诗”，或简称“乐府”，它是继《诗经》《楚辞》而起的一种新诗体。可见当时的“庙堂”深谙“江湖”才是取之不竭用之不尽的源泉。古代的“乐府”都深知民谣的价值，何况现今的学府？网络语言不正是某种意义的“当今民谣”吗？学府的语言学研究假如不能与“语言活态”紧密结合，岂不是某种失职？

研究网络语言，并不是因为它的完美无缺，而是它的包罗万象。网络语言所具有的表达功能和交际功能，在一定程度上反映出人们生活方式的转变；新媒体和网络环境，已然重塑了人们的生活方式。但是专家也提醒人们要警惕网络语言，避免为追求时髦而妨碍真实想法的表达，“如果一直重复使用一个词，就会限制自己的思维，也会使这个词变得格式化，没有了独特性”。网络语言的利弊得失究竟有哪些，对其深入剖析，或许可以生产大量的论文。以高屋建瓴的视角看，如果在信息时代，不熟悉和研究网络语言，不论学者或是领导者，都会面临“扫盲”的任务。语言是思想的外壳，当一种语言不能读解时，其内含的思想也就无从了解了。所以，“关注网络语言”，岂止于语言学家？

鲁迅对当代文学的警示意义

玄　武

根据在《跨语际对话：文艺评论国际论坛——世界性与民族魂：当代文艺视域中的鲁迅传统》上的发言整理。

我理解的鲁迅

中国有一个很坏的传统，就是漠视活着的人，却把死人无限抬高。古代壮士死了，人们把他弄到庙里塑泥像供起来，最不济也是个城隍爷，意思是“你牛你生前我们帮不了你，你死了我们也不学你，给你磕头你保佑我们吧”。

当代我们经历过的事，看到过的事，也可举一二为例证。比如海子，他生前连自己诗集都出版不了，死后成了神。比如王小波——一个自由写作者，他生前作品《黄金时代》寄给山西的《黄河》杂志也没有发表出来。王小波现在也成了神。他是自由作家，最怪异的现象是很多体制内作家尤其把他当神。

在对鲁迅先生的研讨和学习活动中，我本人反对神化鲁迅。我愿意尽力把他还原成一个活生生的真实的人，有很多小毛病：有坏脾气，有小心思，有小欲望，比如他可能对美好的女士如萧红有点儿小想法。我乐意找到他的人性而不是神性，唯有如此才更能感知他的伟大。

鲁迅的厉害之处，在于他笔下塑造的人物至今仍活灵活现地围绕着我们。每回故乡，我都会想起闰土。白话文至今，难能有作家笔力如此之深，在一个散文作品中写出近百年缭绕于中国的灵魂。还有唠唠叨叨的祥林嫂、非常牛的赵家人、假洋鬼子，甚至，还有孤独的魏连殳。这些人都活在我们身边，他们可能，还要活在我们子女们的身边。

就文本而言，鲁迅最大的贡献是文体意识。他的《野草》，放在今天仍然具有先锋意义。

就语言而言，他作品语言的陌生化处理，从20世纪至今的作家中是最到位的。我没有见过哪一位作家能超越他这一点。

我们纪念研究鲁迅，并不是要一味地抬高他，什么都说他好。比如他作品中，也有我极不喜欢甚至认为是败笔的东西。具体如《故事新编》，除了《铸剑》一则之外，我认为其他篇章都比较平庸。就小说艺术而言，我认为故事新编还赶不上施蛰存的一些作品。

当代文学与鲁迅的差距

当代文学与世界文学的差距

鲁迅是一位世界性的作家。将他的作品放在今天严重影响中国当代文学的世界文学诸大家作品中，毫不逊色，特点鲜明。那么我们当代文学，与世界文学的差距何在呢?

就我个人看来，1980年以来，中国文学一直跟在西方文学屁股后面学技巧，技术差距之大，犹如总理所称，我们圆珠笔的钢珠一直需要进口一样。但是技术不是最重要的，技术是人发明和操作的，关键在于人。但是就文学而言，我们学着学着，却把文学最核心的内容丢失了，丢失了人的东西和文学的民间性。

我看到我时代大多的写作者、包括目前假定为优秀的写作者的茫然。他们被囚在中国现实的复杂性与西方人文价值之间的晦暗地带，前后皆失去参照，惶惶如同丧家之犬。既找不到中国文化中有力的东西来支撑自己的作品，也始终只能远望西方的价值观而无法靠近。如此，很多人的作品呈现出一种怪异扭曲的状态。我想，连他们自己时常想到时都会感到绝望。非但如此，他们连生活都变得茫然，因为已经失去一个相对清晰的生活理念，一切随物质和欲念而改变。

当代文学与鲁迅的差距

鲁迅的文学语言中，有很多来自文言的营养。他曾经师从章太炎。我们比较同时期作家的话，会发现胡适作品几乎无法看第二遍，而鲁迅耐得起反复咀嚼。

和鲁迅相比，当代作家中，已经极少有能从古籍中吸取所需要的营养的作家了。

另外是文学视野的差距。和鲁迅相比，当代作家极少能有直接从外国作品不经翻译而吸取营养的作家。

我们的笔触，已经不能抵达鲁迅曾经抵达的领域。不管是因为文学生态恶劣，还是因为写作者个人的逃避和自我保护。

我本人写散文和诗。每一人从事何种文体写作，与他对文学的价值判断有关。我个人的文学价值判断，还是在散文与非虚构方面。具体到鲁迅先生，我更看重他的散文作品和其他作品中散文的养分。

一种严重的无力感笼罩着中国当代文学。为什么会如此无力？笔下力量何在呢？

我个人对当代文学可能具有的价值，是极为悲观的。然而同时，我们面临的是中国现实无与伦比的复杂性和魔幻性。这种复杂性鲁迅先生没有遇到过，欧洲18世纪、19世纪的现实主义文学大师也没有遇到过，巴尔扎克、狄更斯、雨果他们，也没有留下像中国当代这样严峻的复杂性的作品。

而就本时代知识人的处境来看，中国历史各个时期，都极少有当代知识人这样处境尴尬的情况：对社会活动的影响力微乎其微，整体知识人的精神状态萎靡到不可思议地步。

还有技术的魔幻变化。有一天看到一个歌手说的话。他说："这些年太可怕了，中国过10年顶别人活好几辈子。时间就像跑步机，速度巨快，连站的时间都没有，更别说想沉淀下什么。"

他的话可能也道破了文学。那么当代文学几十年里，我们沉淀了什么？

最后提一个伪命题：假如鲁迅生活在当下，他会如何？

或者换句话说，当下的文学生态和政治生态，能否产生鲁迅那样的大师？

在恶劣的环境下，文学可以归零。比如1949年至1979年的30年时间里，能以西方文学标准衡量的中国作品，几乎为零。

那么，1989年到现在，以后的文学史又会受到怎样的评价？我觉得很恐怖。这是太过沉重的话题。

我们纪念和研讨鲁迅，很可能因为我们无法赶得上百年前他的作品，而类似鲁迅这样的人再不能出现。那么，我们身边有没有类似鲁迅的作为和写作行为呢，我们能不能对那些活着的人，抱以足够的敬意？

在我有限的视野里，在散文界还是有一些有风骨、求真求实的好作家的。我敬重他们。

说房子

贾平凹

人活在世上需要房子，人死了也需要房子，乡下的要做棺、拱墓，城里的有骨灰盒。其实，人是从泥土里来的，最后又化为泥土，任何形式的房子，生前死后，装什么呢?

有一个字——“囚”，是人被四周围住了。房子是囚人的，人寻房子，自己把自己囚起来，这有点儿像是投案自首。

为了房子，人间闹了多少悲剧：因没房女朋友告吹了。三代同室，以帘相隔，夫妻不能早睡，睡下不敢发声。单位里，一年盖楼，三年分楼，好同事成了乌眼鸡似的，与分房不公的领导鱼死网破。

人为什么都要自个儿寻囚呢？没有可以关了门、掩了窗，与相好谈恋爱的房子，那么到树林子去，在山坡上，在洁净鹅卵石的河滩，上有明月，近有清风，水波不兴，野花幽香，这么好的环境只有放肆了爱才不被辜负。可是，没有个房子，哪里都是你的，哪里又岂能是你的？雁过长空无痕，春梦醒来没影，这个世界什么都不属于你，就是这房子里的空间归你。砰地推开，砰地关上，可以在里边四脚拉叉地躺着抽烟，可以伏在沙发上喘息；沏一壶茶品品清寂，没有书记和警察，呵斥老婆和孩子。和尚没有家，也还有个庙。

人多多少少都会有点儿房子的，是一室的或者两室三室的——人什么都不怕，人是怕人，所以用房子隔开，家是一人或数人被房子囚起来的。

有了房子，如鸟停在了枝头，即使四处漂泊，即使心还去流浪，那口锅有地方，床有地方，心里吃了秤锤般的实在。因此不论是乡下还是闹市，没有人走错过家门，最要看重的是他家的钥匙。

书上写着的是：“家是避风港，家是安乐窝。”有房子当然不能算家，有妻子儿女却没有房，也不算有家。家是在广大的空间里把自己囚住的一根桩。有趣的是，越是贪恋，越是经营，心灵的空间越小，其对社会的逃避性越大。家真是船能避风的吗，有窝就有安与乐吗？人生是烦恼的人生，没做官的有想做做不上的烦恼，做了官有不想做、不做又不行的烦恼。有牙往往没有锅盔（一种硬饼），有了锅盔又往往没了牙齿。所以，房间如何布置，家庭如何经营都不重要，睡草铺如果能起鼾声，绝对比睡在席梦思沙发床上辗转不眠为好。用不着热羡和嫉妒他人的千般好，用不着哀叹和怨恨自己的万般苦，也用不着耻笑和贱看别人不如自己，生命的快活并不在于穷与富、贵与贱。

世上的事，认真不对，不认真更不对，执着不对，一切视作空也不对，平平常常，自自然然，如上山拜佛，见了佛像就磕头，磕了头，佛像还是佛像，你还是你——生活之累就该少下来了。

不懂的天气预报

未 羊

若问："雾霾天是好天气还是坏天气？"你如答"坏天气"，我要恭喜你——答错了！

请看权威部门的标准答案，从 2014 年 12 月 23 日至 2015 年 2 月 19 日，在 58 天时间里，长沙的空气质量状况是：8 天优良，10 天轻度污染，40 天中度或重度污染，天空灰蒙蒙的，似梦境似仙境又似幻境。我的手机订了天气预报业务，长沙气象台 50 天的天气预报发布，只有 2 天"有霾"，其余全是"天气晴好""轻风吟诗""冬日太阳分外可爱，让人身心愉快"等"好天气"。而湖南气象台在电视节目中的天气预报更加让人高兴："气温攀升有利出行""天气晴朗，风景迷人""今年将过一个暖洋洋的春节"……

这样的天气预报真的让人看不懂！它与看不懂的字（如一些医生的字）、看不懂的广告、看不懂的电影一样，让人云里雾里，不知东西。

尽管我不识"天象"，但常识告诉我，雾霾天是"坏天气"。

雾霾是雾和霾的组合体，雾里含有细颗粒、流感病毒、结核杆菌等对人体的有害物质，霾中的灰尘、二氧化硫、PM2.5 等有毒的"可吸入颗粒"比雾更多，其中有大量直径小于 10 微米的气溶胶粒子，能直接进入并黏附在人体呼吸道和肺泡中，引起急性鼻炎、支气管炎、肺气肿等疾病，还会阻碍血液循环，导致高血压、冠心病等，诱发心绞痛、心肌梗死，甚至影响人的生育能力，是真正的"心肺之患""健康杀手"，长期处于雾霾环境中会诱发癌症。

雾霾还是"马路杀手"，对公路、航空、航海均有重要影响。雾霾严重时，公路上看不清红绿灯、机场上看不清跑道，极易诱发重大事故。

有个笑不出来的笑话，唐僧要悟空留在一个雾霾频发且幸福指数很高的城市，悟空说："师父，我要去西天！"唐僧答："徒儿不知，留在此地是去西天最快的方式。"

气象部门说雾霾天“分外可爱”，不知是从“去西天最快”的角度说的，还是保密需要？还是怕影响稳定？还是其他什么原因？

可能气象部门会说，难道冬天太阳不可爱吗？冬阳的确可爱，问题在于，任何事物都有两重性，同样的天气也有两重性，无论晴天雨天，都有利有弊，正所谓“做天难做二月天，蚕要暖和参要寒，种菜哥哥要落雨，采桑娘子要晴干”。而天气预报把“利”的一面无限放大，把“弊”的一面隐去了，对受众产生了误导，致使成千上万、甚至数百万数千万的人在雾霾中行走、晨练、打球、聊天、晒太阳，在不知不觉中深受其害。这种预报说轻了是渎职，说重一点儿是“害人”，是极大的“犯罪”。

“凡事预则立，不预则废。”天气预报的意义与作用在于“灾害预报”：有雨，带把伞；有寒流，加件衣服；有台风，少出行；有冰雹，在塑料大棚上加层稻草；夜里有沙尘暴，睡觉前关好门窗；有龙卷风、雷电时，轮船、车辆、飞机要规避风险，防患于未然。相反，倒是“好天气”报与不报，都没有大的意义。

而有的天气预报，可以不报的天天报、放大了报、不厌其烦地报，应当报的却不报，要报也是羞羞答答，遮遮掩掩，让人看不清楚想不明白，难识庐山真面目，其缘由恐怕不是水平问题，而是思想问题。

“八月十五云遮月，正月十五雪打灯”，天气变化有规律可循，民间谚语大都比较准。我没学过天气预报业务，近年来与雾霾相处多了，“在水识鱼性，在山知鸟音”，对雾霾情况我也能预报一二：在“天不刮风天不下雨天上有太阳”的静稳气候条件下，只需三天，我们这个城市必有雾霾聚集，若预报“有霾”，保证八九不离十。我还会请大家注意防范，尽量少出门，出门要戴口罩，以降低雾霾对人体的伤害。

细细想来，气象部门报喜不报忧，也有难言之隐，如果没有“报喜得喜，报忧得忧”的思维定式、思想作风以及行为习惯等大环境，他们也不会睁眼说瞎话。在“领导非常重视”“治霾大见成效”的新形势下，预报雾霾天“风景迷人”“有利出行”也可以理解。报得多了，习惯了，成为新常态了，也就见怪不怪了！原因吗？你懂的。

网购盛典会有你我的一本书吗

苏　墨

几天来，相信大家都在忙着往“购物车”里添置东西，备战一年一度的网购盛典“双 11”；各个商家、物流公司也都严阵以待；新老媒体更不能错过这个大事件；冯小刚还导演了一场阵容强大的晚会——这是一个时代的“节日”。

翻看最新的一本时尚杂志，让我惊讶的是，卷首语的题目是《不吃饭会饿瘦的，不读书呢？》，全文竟无关购物。作为一个读书版的编辑，我很惭愧，因为我的“双 11”购物清单里，吃穿玩乐都有，独独没有书。

购物与读书并非悖论。比如说，张爱玲，她就好穿戴，书也没少读。都说腹有诗书气自华，书卷气自然是一种温润之美，不过这种美怕不是一两本书读得出来的。而涂脂抹粉，穿衣戴帽，却能让人瞬间变样。

我的一个朋友，好读书不好打扮，过去不上商店也从不网购，一年到头为了应对气温变化买一两次衣服，更别说护肤了。从乔伊夫到王小波，从司马迁到张嘉佳，真是啥书都看了，与人相亲却回回失败。一天不知道受了什么刺激，吃穿用都换成了名牌货，没过多久，就找到如意郎君嫁了。她和我说，没个好模样，谁会在意你读过多少书呢?

记得“双11”刚兴起时，我还在上学。那一年，我只买了二十多本书，各种拼单，省了一大笔钱，兴奋了很久。同学们也各自买了很多书。以至于几天后，快递小哥抱怨，一天给我们一个学校的学生送了八车书，累得腿都要折了。

如今再见面，女生们的话题依旧是买买买，但大多是化妆品、包包鞋子、奶粉尿不湿之类的，谁还会关心谁在读什么书呢？“有那时间，好好捯饬下自己多好，毕竟这是个看脸的时代”。

而那个朋友还是常常读书。敷面膜的时候，依旧手不释卷。我觉得她很美，不仅是漂亮。

有人说，没空读书。我尝试过在网上找件打底衫，竟花了一整晚，有这个时间，读上几十页书绰绰有余吧。

在高压力高工作强度的时代里，我们为了什么如此拼命？必然有伟大的理想，但为了更好地生活，温饱后，我们穿得好些有什么不对？可是，如果只有外在的追求，终究是空虚的。总有一天，你的爱马仕包包可能盛不下你内心没有方向的欲望，你的阿玛尼外套可能温暖不了你冷漠的心灵。读书，是最廉价的高贵，而这份高贵却又是再多的钱也难以企及的。

同样，阅读带给人的美丽与光芒，也不是买补药、买名牌、买化妆品所能替代的，即使科技昌明，打针动刀，也整不出“书卷气”。除了买买买，读书也会让人变美，而且我们完全可以同时选择外表光鲜，内心丰富。

读书和购物，原本就并行不悖。只是物质的诱惑太多太大，才一时间让我们眼花缭乱，我们的精力都在这上面耗费殆尽。我们不读书，因为那不能在短时间里让我们看起来高人一等；我们不读书，因为我们步履匆匆没时间去享受其中的乐趣。我们更需要“看起来很美”，而非真的内心充实、灵魂安妥。

据预测，“双 11”期间全行业处理的邮件、快件业务量将超过 7.6 亿件。这里面会有你我的一本书吗？

在美女身体上取食能吃出什么味道?

何　龙

沈阳一虾馆前日以摆“人体盛宴”来作为开业仪式——在身穿比基尼的美女模特身上摆满了小龙虾供食客品尝。

从现场照片上看到，这个美女模特身上，包括敏感部位都被摆着小龙虾。食客在这个特殊身体容器上取龙虾咬食，吃得满脸“色”香味俱全。

“人体盛宴”当然不是中国人发明的。在日本，这种“盛宴”叫“女体盛”，就是用少女裸露的身躯做容器装盛大寿司的宴席。

“女体盛”是由日本“艺伎”来担任的，而这种艺伎必须是处女，因为日本男人认为只有处女才具备内在的纯情与外在的洁净，最能激发食客的食欲。除此之外，日本人对这种“艺伎”的容貌、皮肤、体毛、身材，甚至血型都有严格的要求。

日本人的文明我们没怎么去学，但日本人的色情文化有人却神速“拿来”。

2009 年 7 月 28 日，扬州一家餐饮企业就推出为期三天的“人体盛”招徕食客。他们以“时薪”五千元聘来的一位俄罗斯名模，让她身穿比基尼泳装躺在餐厅沙发上，身体上放置生鱼片、寿司、水果等各种食物供食客观赏。但这次“人体盛”只是摆设，模特身上的食品是不允许吃的。

2013 年 9 月，有人在网上贴出一位名为“莫露露”的人体月饼视频。在人体月饼拍摄中，莫露露穿的几乎是一点式“服装”，身上摆着月饼，与男子口对口咬食月饼，引起周围男人的惊呼。视频的最后，突然出现自称莫露露父母的人，对“女儿”大声斥责……

从茹毛饮血到使用碗筷刀叉，这是人类走向文明的标志之一。发明碗筷刀叉是避免食物直接与人体接触，因为人体中可能带有各种病菌。哪怕是使用碗筷刀叉，文明人还要实行分餐制，防止餐具中病菌互相传染。

所谓的“人体盛宴”可以说是一种“返祖”现象。尽管一些女性的胴体凹凸有致，但比起专业的餐具显然更不适合放置食物。尤其在中国，那些摆放食物的人体没有像日本那样经过严格的筛选和消毒，愿意当容器的女人通常经历更多的风尘，其卫生的安全性大可怀疑。

但对炒作者和“食色”者谈卫生安全也许是迂腐可笑的。“人体盛宴”是商家的炒作手段，他们正是冲着“食色”者为了色性而不顾一切的动物性而来的。

“人体盛宴”的逆文明性，更在于它是对女性尊严的剥夺，同时也是富人对穷人尊严的剥夺。那些为了金钱而出卖身体的女子尽管收入比较丰厚，但必须把自己退化为容器，不但要躺在那里一动不动数小时，还要经受一般都比较富有的食客的侮辱。据悉一些食客喜欢在女体的敏感部位取食，顺便触碰磨蹭这些部位。

实际上，“人体盛宴”之类的都是中国商家的炒作噱头。与“挖掘机里做爱被反锁”“‘90后’女孩儿用身体换旅游”“用国产手机不能乘飞机”之类的炒作一样，虽然能吸引眼球，但都是下三烂的炒作行为。真正有德行有品位的消费者，是不会愿意使用品位低下的厂家商家的出品的。那些从女性胴体上取食的食客，他们吃出怎样的味道，就会现出怎样的自身“味道”——他们的品位都会在“裸女餐盘”前定格……

尊重尤在细微处

钱　渊

每天上下班进入地铁自动扶梯口，总会看到一条硬邦邦的提示语："您已进入地铁视频监控区域。"令人很不舒服，好像我一下子就成了坏人似的。

现在大型公共活动区域，包括学校、医院、商场、饭店、海陆空等各大交通枢纽，甚至居民小区、菜市场、街道巷尾，都有视频监控系统，发达国家也都这么做。但我们能不能做得更人性化一点儿呢？

据说日本的地铁车站里也有这样的设置，不过人家的提示语是这样写的："这里有探头，请您保持微笑。"所要表达的意思差不多，但至少还对你表示了一种友好和善意。

现在地铁里多的是低头族，他们一门心思玩他的手机而心无旁骛，真担心他们长期这样下去会不会有一天不会抬头了？媒体人曹可凡把这叫作"成人自闭族"，他发现 10 个人中有 8 个都在低头玩手机，还有两人在打电话。据说现在饭桌上也如此。老人在饭桌上与年轻人讲话，他们却有一声无一声地应付，都低头忙着玩手机，手机比爹娘还亲。

但在英国，地铁里是不提供手机信号的。据说有一家英国电讯网站做过一份民意调查：在受访的 1094 名伦敦人中，76% 的人反对地铁内覆盖手机信号，其中 14% 的人直言，他们不想在地铁里听到别人嚷嚷着打手机的声音。因此伦敦地铁里最大的特点就是安静，大多数人不是拿着书报在阅读，就是插着耳机在静静地聆听，有的干脆闭目养神，连交谈声都很少听到。

英国地铁里没有手机信号，这是一种耐人寻味的选择。

不等真凶落网正义也能重彰

邓海建

现年31岁的女子钱仁风，在监狱中度过了13年的青春。2015年12月21日下午，云南省高级人民法院纠正该院于13年前对“巧家县幼儿园投毒案”做出的有罪判决，撤销了以“投放危险物质罪”对钱仁风做出的无期徒刑裁定，改判无罪。钱仁风被当庭释放，重获自由。（《京华时报》12月22日）

青春散了，母亲走了。13年韶华弹指间星移斗转，“巧家幼儿园投毒案”尽管真凶未现，被钉在“凶手”位置上的钱仁风终获自由。正义虽然迟到了，但对于一个13年间为清白而不屈申诉的公民来说，迟到的正义越显弥足珍贵。堂皇的律条，有时可能不如冤情被翻案更让人如释重负，尽管这是一幕人生悲剧，但，“在每一起司法个案中感受到公平正义”的价值旨归，终究有了具体而细微的深沉表达。

冤狱13年，这是人性的磨难。钱仁风说，喊冤入狱这么多年，一直没有放弃自己，她不仅坚持申诉，同时还获得了减刑，因为她在狱中学会了调节自己的心情，以平常心面对任何变故。话虽轻松，却并不简单，但凡有过“算了算了”的一闪念，13年后的人生新天，可能还不会到来。民众难免会想：抛开那些“逆境成才”类的个案不说，一个普通公民，若在冤狱中磨灭了耐心与秉性，喊冤的分贝低了一些，破釜沉舟的决心小了一些，甚至逆来顺受地接受了宿命论洗脑，数十年过去，没有“亡者归来”、不见“真凶落网”，那些已然蒙尘的卷宗，又有多少会被翻出来用放大镜甄别呢？

还有那些程序正义上的疏漏甚至涉嫌构陷：比如，云南省高院的再审判决中称，本案的现有证据不能形成一个完整的证据链，原判认定钱仁风犯投放危险物质罪的事实不清、证据不足——毒物鉴定存在明显疏漏，投放毒鼠强非唯一结论，公安相关笔录存在违规，重要物证不具备排他性，钱仁风侦查阶段有罪供述存疑，公安代签有罪供述笔录……当这些问题纠缠在一起，生死大案的定论是如何裁决出的？又比如，钱仁风出狱后坦承："我不认罪，他们就让我跪在地上，跪了七八个小时。他们还脱下黑皮鞋打我的脸，皮鞋的跟有点儿高。我坚持不承认，警方又将我的双手反铐。当时的心情就感觉很黑暗很绝望，没希望……"

就像舆论场一致点赞的，若说钱仁风的坚韧是风，检察院的给力则是火。这漫山遍野的燎原之势，是司法制度闪现的正义之光。喊冤也好，申诉也罢，若没有 2013 年 7 月的转机，若没有云南省检察院复查近两年并提出再审建议，纵使六月飞雪，怕也难以逆转事态走向。作为公诉机关的地方检察院，敢于推翻（起码是怀疑）冤假错案的来龙去脉，在"法官终身责任"等约束冤假错案的制度设计尚未出台的背景下，着实不止令人心生暖意。

罪与罚，善与恶，终究逃不过历史的眼。英国法学家丁尼生有句广为传诵的名言，"与其责骂罪恶，不如伸张正义"。沉冤得雪、真相大白，司法的良善与谦抑，才能以看得见的方式，捍卫民众对它的热望与信仰。不等真凶落网，正义也得重彰——愿钱仁风之幸与不幸，成为推进司法变革的厚重力量。

树上奇葩，为谁而扎

侯　江

过几天就是元旦了，过节时张灯结彩图个喜庆热闹，倒也不为过。但是，铺张造假，就让人们看不过眼了。

据媒体报道，12 月 24 日，入冬的辽宁沈阳树木无叶，而在沈阳重点街道青年大街上，工作人员正在忙碌着给“冬眠”的树木安装升级版枫叶。翠绿的、金黄的叶子远远看去十分醒目。有在此经过的市民吐槽，说此举不但会破坏树木，还会误导小孩子。

冬天就该有冬天的景致，且有一些风景的美，只有在冬天才能体会。沈阳作为“一朝发祥地，两代帝王都”的名城，寒梅、雾凇与白雪相伴，是多么难得的画面。这个时候，街道两旁枯枝上翠绿金黄的塑料树叶必然是不和谐的。春绿秋黄，本是自然界的规律，难道凭长官意志就能真让枯木逢春？有网友评论：这份折腾，不仅玷污了大自然的美，更浪费了纳税人的钱。当然，公众不得不进一步猜想，这类看着匪夷所思的事，居然还能办成，原因恐怕不是为人民服务之心，私利或者是政绩的驱使恐怕令人更可信吧。话说回来，猜想终归只是猜想，比较靠谱的建议是，把置办、安装塑料叶子的钱留下，开春多买几棵真树栽下，不好吗？

树上的假热闹，古已有之。《资治通鉴》里有记载：“诸蕃请入丰都市交易，帝许之。先命整饰店肆，檐宇如一，盛设帷帐，珍货充积，人物华盛，卖菜者亦藉以龙须席。胡客或过酒食店，悉令邀延就坐，醉饱而散，不取其直，绐之曰：‘中国丰饶，酒食例不取直。’胡客皆惊叹。其黠者颇觉之，见以缯帛缠树，曰：‘中国亦有贫者，衣不盖形，何如以此物与之，缠树何为？’市人惭不能答。”这就是隋炀帝杨广于洛阳用丝绸裹树的典故，当然，最后的效果只能是予人笑柄。众所周知，隋炀帝不是聪明的皇帝，所以才导致自己最后失去了江山王朝。但他的荒唐行径是可以让后人引以为鉴的。此时非常适合再看看唐朝诗人杜牧对隋炀帝的评价：“秦人不暇自哀，而后人哀之；后人哀之而不鉴之，亦使后人而复哀后人也。”这话说得太到位了，不知沈阳决定让枯树人工逢春的相关领导读罢有何感受?

当然，沈阳此举，倒也并不是创举。因为早就有一些地方的相关部门在树上做过文章了。早在2011年的6月，合肥芜湖路法梧全部穿上了金领红绸的“旗袍”。相关领导称，是为了打造全省首条“红色主题街”。“为了不给梧桐树造成伤害，我们还特别选择了透气性较好的绸缎。”而为法梧“穿旗袍”的时候，大多选择用胶水和订书钉来固定“红旗袍”。此举共花费了4000多米长的红绸缎。此等行为，真不知会不会气得隋炀帝从九泉之下爬出来争版权?

时至今日，云南某地给荒山涂绿漆、南京在高铁车站附近种塑料树、某地让小学生披着装化肥用的白塑料袋趴在领导路过的山坡上，公众对这些面子工程的抨击言犹在耳，沈阳又出现假叶子上树的奇闻。这种别出心裁打造出来的祥瑞美景，不正体现出弄虚作假、自欺欺人的荒唐吗?此时，特别希望更多“相关领导”能学习一下杜牧老先生有关对隋炀帝“哀之与鉴之”的真知灼见，再不要让“后人而复哀后人也”的情形持续下去了。

中国最缺什么

易中天

你问当下中国缺什么，我看最缺底线。这很可怕。一个人，没了底线，就什么都敢干。一个社会，没了底线，就什么都会发生。比方说，腐败变质的食品，也敢卖；还没咽气的病人，也敢埋；自己喝得五迷三道，那车也敢开；明明里面住着人，那房也敢拆。还有“共和国脊梁”这样的桂冠，也敢戴，全不管那奖多么野鸡，多么山寨。

于是冲突迭起，于是舆论哗然。不是“当惊世界殊”，是“世界当惊殊”——怎么会有这种事？怎么会这样？

奇怪并不奇怪，不奇怪才怪，因为突破的都是底线，比如“法律尊严”，比如“恻隐之心”，比如“敬畏之心”，比如“己所不欲，勿施于人”，比如“杀人偿命，借债还钱”。这些原本都是常识，却被丢到九霄云外。被严令禁止的“毒奶粉”，自然会重现江湖。

可见，底线是最重要的。没有了底线，企业就会弄虚作假，学者就会指鹿为马，裁判就会大吹黑哨，官员就会贪赃枉法，警察就会刑讯逼供，法院就会草菅人命。从这个角度说，底线就是生命线。

人类为什么要有底线？为了生存。人，是社会的存在物。任何人，都不能一个人活在这世界上。所以，只有让别人生存，自己才能生存；让别人活得好，自己才活得好。希望所有的人都活得好，甚至为了别人的生存放弃自己的利益，这是“境界”。至少不妨碍别人的生存，不侵犯别人的利益，不破坏社会的环境，这是“底线”。其中，通过立法程序明文规定下来的，是“法律底线”；在社会生活中约定俗成，大家都共同遵守的，是“道德底线”；各行各业必须坚守的原则，比如商家不卖假货，会计不做假账，医生不开假药，是“行业底线”和“职业底线”。境界不一定人人都有或要有，底线却不能旦夕缺失。因为底线是基础，是根本，是不能再退的最后一道防线。基础不牢，地动山摇；防线失守，全盘崩溃。

中国人从来就有底线。做生意，明码实价，童叟无欺；做学问，言之有据，持之有故；做官，不夺民财，不伤无辜；做人，不卖朋友，不丧天良。正是靠着底线的坚守，中华民族虽历尽苦难，中华文明却得以延续。

要想守住底线，必须不唱高调。因为那些“道德高标”，比如“毫不利己，专门利人”，并非所有人都能做到，甚至是大多数人做不到的。做不到，又必须做，就只好作假。道德作假一开头，其他的造假就挡不住。假烟、假酒、假合同、假学历，就都来了。当下中国缺底线，这是重要原因。或者说，重要原因之一。

所以，我对未来中国的希望，就是八个字——守住底线，不唱高调。

不读红楼又何妨

李国文

读书，目的无非有二：一曰求知，一曰消遣。这两者，界限也不是非常泾渭分明的。求知的阅读，未必得不到消遣的效果，同样的道理，消遣的阅读，也应该能够获得求知上的满足。至于文学作品的阅读，消遣，通常都是第一位的，求知，则是次而又次的事情了。我认为，凡读《红楼梦》的人，99.9% 都是为了消遣，求知者，顶多也就只有 0.1% 的样子。别小看这 0.1%，感觉很少，其实以中国读书人口来计算，那可不是小数目。因此，中国的红学家才特别特别多，而且多到可怕的程度。

红学家一多，就容易生事。最近有些红学家表现出一种焦躁的情绪，就是因为有人做了调查，居然有对《红楼梦》死活读不下去的读者，便很不开心了，这当然大可不必。于是，唠唠叨叨，犯了祥林嫂的毛病，这怎么可能呢？这怎么得了呢？这怎么应该呢？这怎么能如此对待中国文学的瑰宝呢？这怎么，这怎么地说了许许多多。

其实，对一本书死活读不下去，是一种谁都会碰上的阅读现象：有的人喜欢读节奏明快的文学作品，有的人喜欢读耐咀嚼、耐品味，余韵悠长的文学作品；有的人喜欢文学作品中“孤舟蓑笠翁，独钓寒江雪”的实实在在，有的人喜欢读完一部作品后，所享受的“曲终人不见，江上数峰青”那空灵邈远、绕梁三日的感觉。有的人喜欢《水浒传》中砍砍杀杀，血飞肉溅的情景，不一定喜欢《红楼梦》中的卿卿我我，尔侬我侬；同样，喜欢《红楼梦》里那种缠绵精致，妩媚婉约，肯定受不了《水浒传》里的大块吃肉，大碗喝酒。萝卜青菜，各有所爱，这是最起码的真理。所以，不读红楼又何妨。

为求知，阅读的选择面可能较小，给你哪本就得读哪本，譬如教科书。而消遣，那就等于进入了大展手脚的广阔天地。尤其到图书馆，若能进入书库，根据自己的兴趣、爱好、习惯、脾胃，愿意挑哪本就读哪本，那是何等快乐？然后选中 3

本 5 本，背回家去，或坐或躺，读得下去就读，读累了放下，那种选择的自由，恐怕就是读书消遣的最高境界了。

这时候，你就觉得中国古代的线装书，是多么了不起了。薄、轻、软，直排，可卷可折的文言文书籍，最适宜懒人卧读了。我是懒人之一，我特别愿意临睡之前翻翻书，厚书一般都不在选择之内，撑一会儿胳膊就酸了，白话文总要掀页，动作频繁，也蛮麻烦，文言文最好，看着看着，就入梦乡。王云五的万有文库，有一部 16 分册的《石头记》，附有插图和多家评点，独不收自作多情的脂砚斋，堪称一绝。此书除了字体稍小一点儿外，我认为应该是最好的《红楼梦》版本，我就是从那部书一本一本读这部不朽之作的。鲁迅在《病中杂记》里，赞美了线装书的优越性，因为西装革履的精装书，只能正襟危坐地阅读。一部书，太厚、太大、太重，是有一点儿巨无霸拒人千里之外的气势。我记得有一部法国作家马赛尔・普鲁斯特的名篇巨著《追忆似水年华》，那是一部我死活读不下去的书籍。20 世纪 80 年代，此书相当风行，大有不读此书，焉谈文学之势。那书很厚，200 多万字，超过《红楼梦》数倍，比一块砖头要重。我读过，读不下去，书重是一个问题，节奏慢、枝蔓多，是影响阅读速度的障碍。屡次放下，屡次拿起，一直读到 90 年代，也未能啃完。后因我的视力衰退，终于只好放弃。早先之读，说真的，有点儿虚荣心，还有点儿怕落伍；后来，上了点儿年岁，觉得这点儿虚荣心很屁，怕落伍就更屁，索性就白丁吧！应该承认，除个别才子外，大多数人的年岁增加与阅读量是成反比的。从小学五六年级开始阅读，到初中高中的广泛阅读，到大学四年，到初涉社会，30 出头左右，便是目的性比较明确的阅读了。在这期间，随着年龄的增加，阅读数量大，投入阅读的时间也多。四十不惑以后，再往五十、六十奔，随着年事日高，视力衰减，阅读的冲击波也不再强烈。最初我读节本《好兵帅克》，没把我笑死，后来全译本出版了，再读时只是偶有莞尔之感。因而阅读兴趣、阅读数量、阅读时间，一年不如一年，若要认真阅读一本书，肯定是选之又选，少之又少。还是年轻人厉害，二三十岁，正是阅读旺期。假如有工夫到社交网站的征友栏，或到某些城市的相亲大会看看，很多女孩子都把"爱好文学"列为自己的一项很拿得出手的征婚条件，这说明，她们和同龄的男孩子，是这个时代阅读的主力。这些人当中，除了大多数会为黛死钗婚的结局流泪者外，难免也会有一些对《红楼梦》死活读不下去的。

也许因为我对《追忆似水年华》读不下去，还有一部福克纳的《喧哗与骚动》，我能理解那些所以《红楼梦》读不下去的读者，他们肯定有他难以卒读的隐衷。因此，能将《红楼梦》读下去，享受那份阅读的美感，是好事。如果你不想当红学家的话，当然也不必非读五遍不可，认为这部书好，必须读五遍，不读五遍，连荣宁二府的门，也没进去，那就是矫情了。至于对《红楼梦》读不下去，享受不到这份美味大餐的读者，也不必遗憾。这天底下，好书有的是，“失之东隅，收之桑榆”，开卷有益，是一定的。死活读不下去，并非只有这部《红楼梦》，类似的命运，中国有之，外国亦有之。司马光倾毕生之力所著《资治通鉴》，篇幅庞大，300 多万字，他就说过，好多朋友慕名而来，借阅此书。事后，他发现所有这些借走阅读的人，除了一位以外，都未真正读完。我还记得曾经拥有过一本英国作家查尔斯·兰姆的《莎士比亚戏剧故事集》（*tales from shake-speare*），不是原版书，是20世纪二三十年代上海商务印书馆翻印的英文普及读物。直到“文革”开始，我怕惹事，与许多封资修的书一起卖给收破烂的了。现在回想，这本书当年在英国出现，说明像莎士比亚这样的大师，这样的名著，肯定也是因为有人死活读不下去，才有人编写这类故事梗概式的读物。伦敦的诗人济慈的故居里，在客厅的一角，放着一部比我国《永乐大典》扩大两倍，厚度是其五倍的伊丽莎白年代版《莎士比亚全集》，因为太大太重，专为这部不朽之作，定做了一座阅读台，翻阅可以，想捧读，恐怕就有资格进举重队了。或许有鉴于此，查尔斯·兰姆便改写出来这部书，填补死活不读莎翁原作的读者空白。

因此，我是不大赞成“必读书”这样一种提法的，道理很简单，那些从盘古开天辟地以来，一直到这部必读书问世之前的中国人，不也好好赖赖地活过来了嘛！所以，清代有《红楼梦》，是清代文学史的光荣，唐宋元明诸代，没有《红楼梦》，他们的文学史照样辉煌。如果我们未能在《红楼梦》这部书中，领略其美学价值，往前，唐宋元明，往后，民国当代，甚至到眼下很多人颇为鄙视的网络小说、手机小说，同样，也会寻找到阅读的愉悦，欣赏的满足，心灵的呼应，情感的充实。消遣阅读，得此四美，夫复何求？

所以，重复一遍，不读红楼也无妨的。

坏人少了，并不意味好人就多了

洪　晃

经济变坏，人是否就变好？

这话得两说着，角度不同，结果很不一样。

就假设有这么一些黑心老板，把工厂关了，欠发农民工很多工资，可是老板自己已经逃到洪都拉斯或者什么地方过好日子去了。农民工在城里找不到工作，只好回家，想想也许可以再种地。可是到了家乡，发现土地已经被开发了，没卖的也是污染的地，不可能种东西了。但是全家人等着吃饭啊，所以只好让媳妇出去给城里人当阿姨，自己的孩子哇哇哭找娘，农民工自己晚上也没人抱着睡觉了。想想出去那么多年就是为了回家过好日子，可是现在终于回来了，不仅没好日子，连媳妇也没了。越想越郁闷，每天出去想办法，方圆几十里，大家处境都差不多。这时候，如果是几十年前，有人拿着两把菜刀要跟统治阶级算账，这绝对是好人，是坏经济情况逼出来的好人；但是如果是前几年拿着小榔头在城市里面把人砸晕了然后拿钱包的榔头帮，那绝对是坏人，是罪犯，但是也是经济情况逼的。所以如果我们看社会最底层，如果有好的启发，那坏经济可以制造一批革命家；如果没有启发，那就是一群犯罪分子。

再说美国，麦道夫出事之后，很多人都在反省。我看见一篇报道，一个曾经专门给麦道夫找钱的富人取消了自己 50 岁的生日派对，说经济那么差，他也没情绪庆祝，他要再次道歉把这么多朋友的钱都给了麦道夫，但是这不是他的错，因为麦道夫是恶魔。他不知道怎么做恶魔的尽职调查，所以希望大家原谅他，还是祝他生日快乐。这充分表现，这个 50 岁的基金管理者没有变好，就像在电影《飘》里面，白瑞德对郝思嘉说的那句话，你不偷东西不是因为你认为这个行为不道德，是因为你怕坐牢。这次次贷危机的罪魁祸首是美国人信赖并追求了几十年的“美国梦”——只要你努力，你就能成功；只要你成功，你就是人上人。正如《新周刊》某期封面专题所言：有一种毒药叫成功。这种文化背景下发生经济危机，很难让人变好，但是很容易让坏人浮出水面。比如麦道夫这样的骗子，如果没有次贷危机，很可能再过几年就以一个成功人士、金融精英的名义入土了，而且说不定还有人给他立碑书传。至少这场金融危机让成功的坏人暴露出来，对那些还想继续不择手段追求成功的人算是敲了一个警钟吧。所以如果从社会上层来看，大概坏人少了几个，但是这并不意味着好人就多了。

总而言之，经济的好坏，和人的好坏没有固定的比例。人的好坏和社会的价值观、公平程度、民主程度和机会的平均程度有关。如果机会平等、制度公平，穷人就不会铤而走险闹革命。但是即使这样，我们还是推崇成功，而其衡量标准就是财富。那恐怕总会有不少人仍然要去做点儿偷鸡摸狗的事情吧。

同学聚会已经像一个信仰

白岩松

对于我们，同学聚会已经像一个信仰，而且有趣的是，分开之后，反而似乎比在大学校园时还亲还互相牵挂。聚会多了，我们得出一个结论：在岁月的催化下，我们的友情已经变成亲情，每一次聚会，都使得亲情的成分进一步发酵……

人到中年，常听到旁边的同龄人自嘲：老了。

发生在自己身上的变化则是：过去的事情一清二楚，而今天上午做了什么，怎么也想不起来了。

如果这就意味着老了的话，那自己恐怕早已老去，因为每一次同学聚会，局面都大致如此。上学的事情，每一个细节都被挖掘出来，知道的不知道的都知道了，然而聚会前后那几天怎么过的，好像都忘了，因为注意力都在聚会当中。

不知什么因素，一种时尚正在快速地扩张，那就是同学聚会。儿子与同伴们十来岁已常有聚会，母亲，70 多了，一回老家，最盼的也是老同学聚会。而我，也经历过，昨天晚上刚刚和高中同学喝完大酒，今天上午 10 点，小学同学已经在家门口守候，中午喝之前，还要趁清醒提醒自己：晚上还有初中同学的聚会，万万不可被酒冲昏了头脑，可酒杯一端，誓言烟消云散。

一个班级，是否可以常常聚会，一来要看上学时期班级的气氛和友情的密切程度；二来要有几个热心张罗的人，用他们的辛苦与热情点燃那些半推半就欲走还留的同学；第三，还需要组织者拥有取之不竭用之不尽的智慧，总能创造出一个又一个聚会的理由。

比如我的高中班级，十年一大聚，五年一中聚，有同学从外地回了老家就是一小聚。而在北京的中学同学，在日常聚会之外，还开创了每年 9 月 1 日必聚的传统，因为“开学了”。

有一次在飞机上，看杂志上一篇对导演康洪雷的访问。他和我一样，也是内蒙古人，每年，他都会回草原，和同学们在一起，不用说《士兵突击》，不用说

《激情燃烧的岁月》，大家就说过去，就是大口大口地喝酒，而且行也行不行也行，只要酒下得顺利，同学们和自己都会很释然：这小子没变，还是咱们的那个老同学。

看到这里，我热泪盈眶，只好合上杂志，再没看剩下的半本。没办法，感同身受。

大学同学不在草原，不用拼喝酒，但也没有少喝。我的一位天津同学如马三立般留下一个经典感慨：每次咱们班聚会，我都只记得前半截，后半截都是下次聚会时同学们讲给我听的。因为每次后半截，我都喝多不记事了。

其实，好多人恐怕都和他一样。

大学入学 20 年，我们组织聚会，起名“至少还有你”，用意十分明显，不管怎样世事无常，不管路途顺还是不顺，不管眼泪多于笑容又或者相反，值得欣慰的是：至少还有你。

在聚会前，我们收集了每个同学提供的校内旧照，稍加编辑，制作成一个大大的专辑。在聚会的开场，我们几十个中年男女，重新汇聚在校园内原来的教室里，老师们也都请了回来。一开始，就是老照片播放，20 年的岁月，不要说有时认不出别人，估计连自己都难以辨认，在一片“这是谁”“这是我吗”的七嘴八舌中，慢慢地，开始“老泪长流”，师生都如此。这时，看着有人带来的孩子依然快乐地在课桌间游戏，突然产生了一种巨大的错觉，这是过去，还是现在？20 年时光真的消失了吗？

同学的聚会中，常常会有笑话。比如一位男同学向一位女同学敬酒，真诚地借着酒劲说道：“上学时，我一直暗恋你，你叫什么名字来着？”满座哄堂大笑，男同学只好干杯为敬。

聚会时，同学们的惯常语是“没变没变”，大家互相陪着慢慢变老，自然觉得彼此没变。但隔一会儿走进校园，看着校园里年轻的师弟师妹们，正和自己当初上学时年龄一样，大家才哑然失笑，“没变没变”，纯属自欺欺人。

有聚会就离不开音乐，一次，我们将过去校园里最流行的歌曲与舞曲，编辑成两张 CD，长达两个半小时，聚会中的舞会，正是在这过去的旋律中行进的，而在这熟悉的旋律中，大家似乎得到安慰，不觉年华老去。

还有一次聚会，晚餐也结束了，舞会也结束了，酒醉的人也醒了，大家意犹未尽，就席地坐在外面的水泥地上，将所有现在能想起来的上学时的歌唱了一遍，直到脑海中一片空白。

2009 年就更宏大，毕业 20 年，于是组织了全年级的聚会，之前光策划会就开了近十次，最后几百人云集校园，踢球、跳舞、大联欢会。组织者尽力，同学尽情，学校尽心，成为又一段难忘的记忆。以至于一年后，很多同学又要组织庆祝大聚会——成功举办一周年的聚会。

聚会固然好，然而副作用就是，聚会之后重新回到现实中难。并且岁数越大越是如此，甚至让你产生幻想：人世间，为什么不能一直上学到永远？正是在这样的失落中，一天一天，艰难地从纯真校园岁月再回现实的混乱世界里。而同样难的，是从干干净净的同学友情中，再回到人心隔肚皮的竞争或拥有距离的环境中。不过，也没什么好抱怨的，正因此，才有了同学聚会的价值，也才使同学聚会日益时尚并大踏步向产业方向发展吧！

对于我们，同学聚会已经像一个信仰，而且有趣的是，分开之后，反而似乎比在大学校园里时还亲还互相牵挂。聚会多了，我们得出一个结论：在岁月的催化下，我们的友情已经变成亲情，每一次聚会，都使得亲情的成分进一步发酵。

也因同学在那里，聚会在那里，平日里一些日子才不那么难耐，起码都知道，不必担心岁月匆匆，过去的一切都会模糊，没关系，想不起来的，同学替我们记住。当然，更重要的是，哪怕未来不再让人期待，至少我们还共同拥有一个温暖的过去。

逝去的虎踪

萧春雷

说　虎

野生的虎，有许多神秘方面。

古人说虎立秋始啸，仲冬始交。又说老虎交合之夜必月晕，只是不知月晕导致了虎交，还是虎交造成了月晕。虎孕七月而生子。《广阳杂记》说猎人捕到一头孕虎，胞胎“如藕而三节，剖视有三子焉，方两寸许”，尾巴与身等长，眉目未具而爪牙先生。爪牙是老虎吃饭的家伙，在娘胎里就得到特殊的照顾。其爪牙也用于内讧，所以虎是孤独的，总是千里孤行。这是一切强者的宿命。只有婚姻家庭的责任能让它们克制自己的骄傲，走在一起：如果成双结对，必为异性朋友；如果三四头成群，一定是母子。

老虎就餐讲究天时，据说猎到食物时，每月上旬从头吃到尾，下旬从尾吃到头。虎以犬为酒，人们说它食犬则醉。既然是百兽之王，像人间的皇帝，虎也有避讳一说。不知谁给它取了个名字叫李耳，于是不吃耳朵。《神虎记》说：“虎食物，值耳即止，以触其讳故。”倒是没有听说对姓李的人特别关照。彭乘《墨客挥犀》还有奇谈：“虎每食一人，则耳成一缺。”他举例说汀州西山有头大虎，为暴十余年，两耳如锯。看来它对自己的耳朵并不珍惜。

虎是出色的猎人。有人说老虎搏物，只出三招，按它和武松过招的情形看，这三招是“扑、掀、剪”，三击不中则舍去，很有武林高手风范。它还有些其他本领。比如对付兔子，它在四周地上尿一圈，兔子便跑不出这圈子，只好坐以待毙。《里乘》又说虎“饥辄垂尾江边，饵鱼为食”，其云虎尾腥膻，垂于水中，就有各种大鱼来食，往往为其所钓，所以虎的食谱包括了水产。不过，让活蹦乱跳的老虎充当耐心的渔夫，真是难为它了。

虎口很可怕，兔子之类小物，入口即没。野鸡之属有羽毛，它先囫囵入嘴，然后仰起脖子喷羽，五彩斑斓的羽毛脱口而出，四散空中。按说吃人较麻烦，可是聪明的老虎能叫人自己脱衣解裤。《续子不语》记载一位熟知虎性的郑猎户的观察：老虎总是叼住人的头颈，人痛极，“手足自撑拽，势皆向下，衣裤自褪下”，沿途人们可以先后捡到鞋、袜、裤和衣服，最后是残骸。明人叶子奇《草木子》说得更神：“虎杀人，能令尸起，自解衣，方食之。”这倒并非叶子奇杜撰，民间早有传说虎能役使死尸。

泰宁的虎

我的家乡在闽西北泰宁县，历史上便是华南虎出没之地。旧志上记载了许多次虎患，例如明成化十九年（1483 年）有“饥虎伤人”；四年后，饿虎再次袭击居民，伤人逾百。清乾隆十六年（1751 年），龙安、开善等地的老虎咬伤了数百人。甚至直到 1924 年，老虎还很猖狂，民国《泰宁县志》上赫然记着：“冬，虎入城。”

年纪稍大一些的人都曾亲历或闻知许多老虎的故事。20 世纪三四十年代，开善一带，每年秋冬之际都有虎过境，当地民谚说：“老虎走熟路。”虎的出现简直可以预期。狗的反应更为异常，它们蜷缩在门洞里低低哀鸣。虎闯入村庄也是常事，甚至有和人面面相觑的。我听说一个发生在弋口的真实故事：有天晚上，一位农妇在天井前洗衣服。天很黑，壁柱上挂着松明的火把照明。她猛一抬头，发现一只老虎无声无息蹲在眼前，吓得魂飞魄散，连忙举起火把驱虎。火烧着了老虎的胡须。老虎居然跑了。

然而，今天的老虎已经非常罕见。春节时，我去了一趟梅口乡的茜元，一个大山间的村庄。我打听有谁见过老虎。村书记约四十岁，却是有二十年猎龄的老猎人。他说：“没有老虎了。我一次也没碰上过，也没听说哪个打猎的见过。有人说见到老虎的粪便啦，毛发啦，那就说不清楚了……”

如今没有了虎患。

虎患奇谈

有一种令人惊讶的理论认为，虎患并非天灾，而是人祸。这些人坚信虎能分辨好人坏人，也能体会德政虐政。沈约细心地记下了数十个白虎出现的年头，以为祥瑞。他说：“王者不暴虐，则白虎仁，不害物。”白虎是满五百岁的虎，能明白事理。《异苑》说扶南王范寻养了五六头老虎，复杂的争讼就交虎审判：老虎不吃便说明你有道理，若老虎吃了，便是该吃，也省得另外想办法惩罚。虎判很可怕。当然，我们可以安慰说，老虎当政还不是最坏的情形，至少孔子不会再发“苛政猛于虎”的议论了。

东汉的官员最迷信。南郡虎狼多暴，新任太守法雄上任，命令毁去所有陷阱机关，不得妄捕。他说：“虎狼之在山林，犹人之居住城市。上古三代，没有听说猛兽扰民。正确的做法是行仁政，泽及走兽。”他这一套，居然也生效，虎患锐减。刘昆守弘农，《后汉书》说他“为政三年，仁化大行，虎皆负子渡河”。光武帝听说了，特地召见，问他行了什么德政感动老虎渡河。刘昆轻描淡写说：“不过偶然罢了。”左右都笑他质朴木讷，不懂趁机吹嘘。光武帝说：“这才是长者之言啊！”让人书之于史册。

看来，官府腐败，老百姓要受到双重迫害，不但贪官污吏食人，还有猛兽食人。

老虎要吃人，是自然之理，有人却从中读出了社会政治系统的毛病，说人类活动招致了虎患。这种观点到清代还有回响。《阅微草堂笔记》借虎神之口说：“虎不食人，惟（唯）食禽兽。”他说天良尚存的人头顶有灵光，虎见之即避；丧尽天良的人头顶灵光全息，与禽兽无异，老虎才会吃他。纪昀在说寓言，然而他暴露了该理论的荒谬：如果虎是有智慧的，那些惨遭虎害的死难者非但不能得到人们的同情，还要被辱为禽兽。岂不等于被虎再吃了一次？

有个叫冯希乐的人，谒见长林县令，奉承道：“仁风所感，猛兽出境，昨入县界，见虎狼相尾西去。”他的运气不好，正巧有人来报：“昨夜大虫连食三人。”冯希乐脸皮很厚，说：“想必是便道掠食。”中国的情形大抵如此，没有虎患，只有便道掠食。

我与野生华南虎

20 世纪 70 年代，我还在上青读小学，曾经见过人们捕来的虎子。忘记了什么样子，只记得它倒在街边，四肢被麻绳紧紧捆住。80 年代末，我同几位朋友在双门石的大山里住了五天，抱着一支双管猎枪，早出晚归，在最后一个狩猎的清晨，我终于见到了华南虎。我曾经在《华南虎之约》中叙述过这段经历：

……大山清晨的宁静是透明的，我猫下腰，横越一道道小小的山岭，只有我的脚步踩在落叶上发出沙沙的声响。我渐渐觉得沮丧，看来又是一个一无所获的早晨，我已经快要离开灌木地带进入杂草和灌木混生地带了。就在这时，一股呼啸的风声从我身后响起。

我迅速抬起头，刚刚来得及看到一只腾飞在空中的金黄的身影，从我右侧面划过一个矫健而灿烂的弧形。在慌乱之中，我紧扣着扳机的指头猛力一勾，没有听到枪声，我知道碰上了哑弹。这时，空中的身影已经落地，金黄与黑色的条纹柔软地张弛，轻盈地颤动，它走了几步，就转到坡下茂密的杂草丛后面，看不见了。

我的老虎，在这一刹那来而复逝，仅仅四五秒的时间。

它跟在我的身后，出现在我刚刚严密搜索过的山坡，它的脚爪轻柔地踩在腐败的落叶上，不发出一点儿声息。它一定观察了我很久，然后，从我身后七八米的地方，腾空而起，落到我右前方五六米的地方。它原可以很轻松地扑在我的肩头的。我悲伤地意识到，在那一刻，我这个持枪的猎人成了它的猎物。出于一种莫名其妙的理由，它没有将我当成那个宁静而透明的早晨的早点。

我胆战心惊地下山，我的猎人的信心荡然无存。

诗中的虎

我和我的华南虎的夙约终于有了一个出乎意料的结果。这并没有切断我同它的那种神秘关联，相反，我对它产生了神圣的膜拜，为它的命运担忧。我想起另一位对老虎具有奇异幻想的阿根廷诗人博尔赫斯的《另一只老虎》的结尾：

……我仍然坚持着
在入夜的时辰里寻找
那不在我诗中的，那另一只老虎。

如今，我唯有在诗中，在遥远的梦中，一次又一次与它的身影相遇。除了诗中的虎，没有另一只老虎。这是我的诗《记忆中的虎》的两节：

……孤独的百兽之王
和我的道路有一次完美的
错过 这古老的火焰
像风弯成弧形
像血泊消失在土里

下山后我仍然震惊
一个物种的傲慢与盲目
那随森林而去的身影
悄悄返回
而我躺下像一处缺口

化虎的传说

有次我在朋友家里，对他的女儿讲老虎的故事：“有种鱼会变成虎，你听说过吗？”

小女孩儿两眼瞪圆：“我才不相信呢。”

我说：“我没瞎编，古书说的。广东附近的海里有种鲨鱼，虎头虎脑，春天，它们就爬上岸，准备变成虎。当地居民往往在海边筑一道斜坡，等到鲨鱼长出前面两脚，开始往坡上爬，便乘机打死它。如果去迟了，鲨鱼长出四只脚，完全变成老虎，就轮到它吃人了……”

如今没人相信化虎之说了，可是古人相信。他们不但相信鱼能化虎，而且相信飞禽也能化虎。裴渊《广州记》便说，东晋义熙四年（408 年），兴宁县有大鸟数十，“少焉化为虎”。不过，化虎最多的还是人。

最早的记载大约是西汉《淮南子》：牛哀病七日，化而为虎，六亲不认，将他哥哥也吃了。此后，人化虎的传说车载斗量，唐人尤多，不但有名有姓，往往还情节曲折，细节生动。例如汉宣城郡守封邵，一日忽化虎，食郡内百姓，人们只要冲着老虎喊一声“封使君”，虎就会跑开，当时民谣说：“无作封使君，生不治民死食民。”更离奇的是唐人李徵化虎的故事。《宣室志》说，李徵是皇族子，博学善文，时号名士，天宝年间登进士第，然而郁郁不得志，因疾狂走，下落不明。李徵同年登第的朋友袁御史奉使岭南，路遇虎，那虎又跳回草丛，说：“哎呀，几乎伤我故人。”袁御史听出李徵的声音，下车和他交谈。李徵说自己狂走入山谷，四肢行，体生毛，不觉而化虎。趁眼下心里还没完全糊涂，他交代故友照顾家里妻子，又不甘心埋没了满腹好文章，遂口诵旧作，由御史当场录下二十章，“文甚高，理甚远”，御史再三叹服。人类就这样莫名其妙地失去了一个文学家。

还有些人化虎就像演员进入角色，演出后又能回返人身。《齐谐记》谓晋人师道宣发疾化虎，吃人，将钗钏首饰藏于山石间。一年后重新做人，犹记得藏宝处。这人后来出仕为官，乱说话，有次道出化虎时吃人之事，不料同座正好有被吃者的父子兄弟。他们相信了，竟追究他前生的杀人罪，捉送官，饿死狱中。

虎与非虎的区别有时全在一张虎皮。虎皮就像戏服，穿上或脱下，身份大不一样。你也许不信，有些美丽女子其实是没有披上虎皮的母老虎。《河东记》云，唐人申屠澄在乡野路旁一家娶了美貌妻子，聪慧无比，生一男一女，数年后他们路过妻子娘家，家无人，却于屋角找到一张虎皮。妻子笑道："没想到这东西还在。"遂披上，化虎咆哮而去。老实说，我们认不出哪些女人原本是老虎。

论到化虎的原因，谁也不明白，文献中多数人是稀里糊涂成了老虎的。换了古人，也许担心自己有朝一日化虎。幸好你我都生活在没有奇迹的时代。

虎创造了伥

在有关老虎的奇谈中，最神秘的还是伥。

相传，像魔鬼一样，老虎对灵魂也有兴趣。它能役使死者的灵魂，变成伥鬼。我们至今还保留着一个"为虎作伥"的成语。如果为伥下个简单的定义，就是：被虎咬死的人变成的鬼，这种鬼受虎的役使，反过来助虎食人。伥是非常可恶的，像汉奸一样，引外贼屠戮自己的同胞。

伥是虎的先锋队和工程兵，以人的智力为虎前驱，打扫道路。《广异记》搜罗了许多伥鬼的故事。一则云：渝州多虎暴，人们多设机关陷阱，却毫无所获。有位猎人登树守望，终于看见"一伥鬼如七八岁小儿，无衣轻行，通身碧色，来发其机"。伥鬼破坏了捕兽机关后，继续前行。猎人溜下树，重新装好机关，再爬上树。一会儿老虎就来了，触发机关而死。又有一则说：信州刘老者养鹅，被虎偷吃三十余只，于是遍挖陷阱，却无济于事。有人说，肯定是伥鬼帮助老虎破坏了陷阱，要先对付伥鬼。伥鬼好酸，弄些梅子和杨梅在路边，伥鬼吃后双眼就不能视物。刘老者依计而行，果然获虎。

有种说法，伥鬼就像落水鬼，他们要找到一个替死鬼，才能得到解脱，所以工作特别卖力。伥鬼的形象多为一个赤体小儿，神智完全被虎控制。有时，伥鬼也能保持生前的模样。《传奇》中马拯却见到了三五十个男男女女的伥鬼，其中有僧有道，一边载歌载舞，一边随手破坏机关，标记陷阱。虎死之后，伥鬼们哭声甚哀："谁人杀我将军？"马拯痛骂他们为虎作伥，一人道：他们都不知道将军原来是虎。可见伥鬼已被虎施了障眼术，彻底洗脑。伥能说话。《续子不语》云："伥声惨而长，但夜深人静，亦能做人语。"有头老虎深夜敲人家的门，门内人问谁，伥回答："隔壁。"还好那家人起了疑心，没有开门。老虎虽然可怕，却不如这伥鬼阴险下作。

我读过的伥故事里，有两则极为特别。其一说宣州有个小孩儿被虎咬死，他托梦给父亲：我已变成伥鬼，明天引虎来村里，请在村西挖个陷阱。第二天，这陷阱捕获了老虎。可见老虎的洗脑也有不成功的。其二说，荆州某人在山中遇伥鬼，被强行披上虎皮，于是化虎，受伥指挥，咬死了许多人兽。这伥鬼甚至能役使人或虎的灵魂了。任何控制都有失控的危险。我们不能断言虎灭绝之后，虎造出的这个怪物也会灭绝。

上帝创造了人，虎创造了伥。世界多么奇妙！

闽西北虎踪

闽西北泰宁、建宁、将乐、宁化、清流数县，群山环绕，峰峦雄奇，武夷山脉极其支脉在这里耸起数十座千米以上的高峰。这一带曾经是虎患最重的地区之一，人们对虎相当了解。明末清初，宁化人李世熊列举了老虎的一些弱点：谚谓虎铜头、铁尾而纸腰，三击而毙。虎胆小，人依树而立，则不敢噬；或击铜锣则止；或手伞伸缩，亦不敢近。又，其头行直，人易躲避……

将乐，明清两代，发生过多起老虎闯进县城伤人的事。迟至1955年冬，龙栖山下的大里、小王一带，有头华南虎接连吞噬居民七人，当地驻军派出猎虎队，将其剿杀。这大约是将乐最后一次有记录的老虎为患。

20世纪最后一个夏天，我同三明一群诗友到龙栖山住了两天。近年来，虽无人目击，却屡屡在龙栖山上发现老虎的脚印和粪便。我们攀上主峰，有人从地上拾起几块干粪，声称可能是华南虎的。大家一下来了兴趣，围过去，纷纷传观。

我说：“也许是牛粪。”

有人反驳：“粪便里有毛发，肯定是肉食性动物。”

他们没有研究明白，说是要带下山去鉴定。

年底的时候，我在宁化，却听说清流县有了华南虎活动的踪迹。不几天，见到《三明日报》整版的《华南虎啸傲清流》文章，说清流某牧羊人十几只羊被咬死，又在现场发现华南虎的脚印和毛发。对凤毛麟角的重视，原先只用于传说中的动物，如今也用于活生生的动物了。找不到华南虎，找到华南虎的脚印和粪便也是好的。

华南虎啸傲清流，无疑是这位森林之王20世纪的最后一次绝响。

无虎时代

我前些年看过一个资料，说全世界的华南虎只剩下四五十只，大多数都在动物园里。而动物园的华南虎都是四五只华南虎的后代，有严重的遗传缺陷。野生华南虎，估计只剩下十二三头，列入联合国一级濒危保护动物。

21 世纪，野生华南虎的历史即将终结。

这个时刻，我们猛然意识到要失去一位多么伟大的伙伴。就算日后我们能够重造森林，然而缺少了虎啸龙吟，森林不过是一片死寂的树林。说到动物园的虎，被人类点金成铁，沦为一种猫科宠物，早已作不得数。

我知道今生今世不可能再一次与野生华南虎相遇，这个“勇敢、天真，浴血而又新奇”（博尔赫斯语）的悲剧物种在华南辽阔、破碎和失衡的森林中，像金黄的火焰一样，已经来到了命运的悬崖，孤独地生存、倒下、灭绝，最终将只残留在我们种族的记忆中。

我看到的未来，是漫长而平淡的无虎时代。

从“程序正义”起步，如何？

陈　新

程序，就是游戏规则。它具有非常重大、甚至是决定性的作用。美国学者罗尔斯用“切蛋糕者最后取蛋糕”以达到公正为例，来说明程序的重要性。

“程序正义”，即赋予程序以正当性和道德意义。“程序正义”（规则正义）高于“实体正义”（结果正义），是西方法学的一个公认理念。

在我国漫长的历史中，轻程序、重实体根深蒂固。孟子说：“大人者，言不必信，行不必果，唯义所在。”为了所谓的“义”，什么事情不能干呢？僧格林沁无视《天津条约》，诱击英国船只，一时天下称快。即使是不平等条约也是国家信誉所系，怎么能说推翻就推翻呢？冯玉祥以武力相威胁，逼逊帝溥仪出宫，也是举国欢庆，多少具有现代意识的知识者一起欢呼。《清帝逊位优待》是双方实力、博弈、妥协的结果，要修改也得坐下来商量，怎么能“以强暴行之”呢？

20世纪50年代以后，轻程序、重实体更是走向极致。刘少奇1955年说“我们的法律不是为了约束自己，而是用来约束敌人，打击和消灭敌人的”“如果哪条法律束缚了我们自己的手足，就要考虑是否废除这条法律”——程序被彻底漠视，甚至整个法律体系都成为实体的工具。这种将法律狭隘工具化（不要说将程序工具化了）的指导思想，必然推演出“只问目的而不讲手段”的结论，造成了极其严重的后果。刘少奇被揪出后手举宪法自保，但既是“敌人”，就成“鱼肉”，容不得你蹦跶了。环宇之内，行刑逼供，指鹿为马，罗织构陷，冤案如山！新时期后，实现了工作重点的转移，但轻程序、重实体的倾向依然严重，经济发展中的负面缺陷已成共识。

20世纪90年代美国的“辛普森杀妻案”中，由于警察在取证过程中违反了“程序”，犯罪嫌疑人被当庭无罪释放，我国民众震惊，法律界大哗。上海、天津、江西等地的法官纷纷表示“如果我是此案法官，辛普森应被投入监狱”。但法治的理念是，宁可放走罪犯，也不能姑息公权的恣意；称重错误是偶然的，定盘星错了，就什么都称不准了。随着时间的推移，中国法律界又归于冷静。

胡适很早就信奉“用好的方法，做好的事”，驳斥“目的可以使手段变得光明正大”，多次指出中国人的“目的热而方法盲”，警示“正义的火气”，批评某些人“可以不择手段，不惜代价，用最残暴的方法，做到他们认为根本改革的目的”。张中晓 20 世纪 50 年代以戴罪之身，在“寒衣卖尽”“早餐阙如”“咯血之后”，于一些零碎纸张上写下对人类命运的思考。其中有：申不害、韩非子“残酷的功利原则是毁灭道德性的”。老派共产党员王元化历经世事沧桑，目睹风云变幻，终于发现五四运动中的负面因子：功利主义和意图伦理。卡夫卡提出“正义的恶”危险最甚。这些人类的智者虽然没有用“程序”“实体”的词汇，但意蕴“实体”至上的危险是明显的，内涵里对程序的重视、对实体至上的极其警惕，也是可以体会的，凝聚了他们多少泣血的沉痛！鲁迅忧愤深广，震撼人心，但四次说过“革命者为达到目的，可以用任何手段”意思的话，未免古旧了。以他的影响，在历史劫难中，就担下了一份责任。

“程序正义”的重要性还在于，在很多情况下，它甚至可以超越体制。美国大法官道格拉斯说：“权利法案中的大多数条款都是关于程序的规定，这并不是没有任何意义的。正是程序决定了法治与恣意的人治之间的主要区别。”美国一位军官几乎用一生的时间研究开会规则，这就是著名的《罗伯特议事规则》，促进了大至联合国大会、欧盟议会，小至合伙小店、群众组织、学校班会的民主制衡的实现。孙中山的《民权初步》乃是它的中国版，有人说它“可笑的程序”“烦琐的哲学”。孙中山却再三告诫人们：“凡欲负国民之责任者，不可不习此书。凡欲固结吾国之人心，纠合吾国之民力者，不可不熟习此书。”用意乃是促进民主的实现。

据传，胡适曾说过，一个肮脏的国家，如果人人讲规则而不讲道德，最终会变成一个有人味的正常国家；一个干净的国家，如果人人都不讲规则却大讲道德，最终会堕落成一个肮脏的国家。这也许是对程序可以超越体制，促进社会整体转型的最生动、最明确的诠释。

你只有在愚蠢的时候才是真诚的

王五四

天亮了，又是一个工作日，很多上班族都要早早起床去挤公交车，因为他们并没有收到老板的短信：昨天参与讨论南海问题辛苦了，今天放你半天假。很明显，老板眼里只有钱，而没有民族大义；你眼里只有民族大义，而没有钱。这个不难理解，毕竟在赚钱这件事上更难一些，而民族大义只需要转发一下朋友圈。没错，我是在讽刺你们这些口炮爱国者，真正关心南海问题的爱国者是不会睡觉的，更不会在乎第二天还要上班打卡这种事。自古以来，我就看不起那些嚷着“打美国我捐一年工资”的人，毕竟你的工资太低了，低到都不够很多官员吃一顿饭的。要爱国，先要提高自己的收入，不然我都替你不好意思，或许你很真诚，但是显得自己很愚蠢。

你只有在愚蠢的时候才是真诚的，这话不是我说的，是米兰·昆德拉说的，他还说过“他们只有在安全的时候才是勇敢的，在免费的时候才是慷慨的，在浅薄的时候才是动情的”，这些话很符合当下一些人的形象：对遥远的美帝说开战，金戈铁马，气吞万里如虎，却对身边的罪恶视而不见，听而不闻；慷他人之慨，没钱假大方，流氓假仗义；高谈爱国，却无人爱你，情绪激昂热泪盈眶，却不知何为爱国，典型的“国不知有民，民不知有国”。在《甲午》里，梁启超有番话是这么说的——“李中堂知有洋务而不知有国务，知有兵事而不知有民政，知有外交而不知有内治，知有朝廷而不知有国民，不知国家之为何物。不知国家与政府有若何之关系，不知政府与人民有若何之权限……”所以说，在关系尚未搞清楚之前，我是不建议谈情说爱的。

很多人期盼中美一战，坚信中美必有一战，我相信你是真诚的，但正是这种真诚说明你真的很蠢，在电影《阳光灿烂的日子里》，年幼的马小军有段内心独白：“我最大的幻想便是中苏开战，因为我坚信，我军的铁拳定会把苏美两军的战争机器砸得粉碎，一位举世瞩目的战争英雄将由此诞生，那就是我！”你犯的就是这个幼稚病，你并没有感受过战争所带来的分别、离别、永别，你热爱战争的唯一原因是没参加过战争以及你以为你不用参加这场战争。马小军对于打架说过这么一段话：“我发现了一个规律，几个人十几个人的遭遇战打得最惨，也常出人命，几十人上百人的架却往往打不起来，因为人勾来得越多就越容易勾来熟人，甚至两拨都去勾来同一拨人。”打架跟打仗不同，但有些道理是相通的，阵势越大越打不起来，参与者越多利益勾连越紧密，往往也打不起来，中国政府也已经公开声明了：“中国愿同有关直接当事国尽一切努力做出实际性的临时安排，包括在相关海域进行共同开发，实现互利共赢，共同维护南海和平稳定。”再说，那么多高官显贵的子女都在美国，还有很多人是美国人的爹，怎么可能打得起来呢？日常生活里你的脑子到底遭受了什么虐待，为什么非要在自己的朋友圈显得自己很愚蠢呢？

每次遇到国际纠纷，两国政府刚摆好阵势还没上演戏码，围观的群众就按耐不住了，每次都有那么一帮人站出来高喊那句熟悉的座右铭：“犯我强汉者，虽远必诛。”但很多人的表现把这话演绎成了“犯我强汉者，虽远必‘猪’”，过过嘴瘾而已，这话出自西汉名将陈汤给汉元帝的上书，是表明击退北匈奴郅支单于的功绩，全句为：“宜悬头槀街蛮夷邸间，以示万里。明犯强汉者，虽远必诛！”意思就是应该把砍下的头悬挂在蛮夷居住的槀街，让他们知道，敢于侵犯强大汉帝国的人，即使再远，我们也一定要杀掉他们。现在却被演绎成“你们要是敢于侵犯强大的中华人民共和国，即使再远，我们也一定要骂你们是猪”，我是不相信这些人有什么勇气的，还不如下面这些人有骨气——“我们从点滴做起，不买日系车，不买苹果手机，不吃肯德基，不买菲律宾香蕉等等敌对国家产品，支持敌人就是对国家和民族犯罪！经济制裁鬼子们从我做起，人人有责！功德无量！”当然，他们的骨气也是建立在买不起和优惠不够的基础上的，买日系车送四次保养、苹果新款手机限时八折、肯德基买一个汉堡送一盒薯条之类的活动，都会动摇他们的骨气，此外，你们怎么不去抵制互联网啊——美国人发明的。每次都用这一套，能不能用点儿心换换花样。

很多爱国青年并不能理解这些嘲讽，他们甚至感觉委屈，有些还会飙泪怒斥：你们还是中国人吗？年轻人，其实大家都在演戏，就你当真了。这种事不仅有写好的剧本，还有导演、主演，而你们算是群演，为了让你们的表演更逼真，剧组就没告诉你们真相，当然也省了盒饭钱和群演费，这还不是最让你伤心的，伤害你爱国感情的是有些人趁机在军工概念股上发了一笔财，也就是说在你自费爱国时，有人挣钱了，挣钱的不仅仅是个人，还有其他国家政府，外交部发言人陆慷说：“仅仅以 7 月份为例，不到 10 天，除柬埔寨外，就有安哥拉、利比里亚、马达加斯加、巴布亚新几内亚、塞内加尔这些国家表达了对中方南海立场的理解和支持。”看来我们的援助没有白费，而且这些援助花的钱里，也有你的一份。我的意思是，你可以爱国，但别显得自己很蠢，毕竟在国际上影响不好，你没钱没时间没机会出国丢人，但别人还是有条件出去的。

关于南海问题，北京白云观官方微博发了一条曹信义道长的话：“我们道教徒是热爱和平的，但是如果明天侵略者来犯，道教徒同样一手拿枪一手拿香，把敌人赶出家乡，保卫家国。”曹道长，这国是禁枪的你知道吗？我觉得还是用各自擅长的方式爱国比较好，你们最擅长的是看风水，去年美国负责东亚事务的助理国务卿在接受电话采访时说：“中国填海造岛不一定违反国际公约，但必然会破坏东南亚地区的风水、和谐。”那时你的同门、中国道教龙门派三十代玄裔弟子全真道士梁兴扬就严正抗议：“贫道深感忧虑，建议有关部门严格执行《对美高端玄学技术及精密风水道具出口管制条例》，附《论中国南海造岛对地球风水及太阳系和平的正面影响》。”意在提醒美国，风水这东西，我们道教都还没说话呢，你们不懂别乱说。在错综复杂的国内形势下，爱国还是要从专业角度出发，总比拿刀拿枪好，也显得自己没那么愚蠢。

凡事都要讲个逻辑，爱国也一样，我不是反对你们爱国，我是反对你们没逻辑，逻辑你们懂吗？九叶派诗人辛笛在半个世纪前写下讽刺诗《逻辑》：“对有武器的人说／放下你的武器学做良民／因为我要和平；对有思想的人说／丢掉你的思想像倒垃圾／否则我有武器……”没有无缘无故的爱，也没有无缘无故的恨，目前你们的爱和恨，都很无缘无故。

鸟儿为什么叫，作家为什么抄

左春和

近日，《河北青年报》用大篇幅揭露了河北省某市作协主席的抄袭事件，引起读者、网友热议。一本散文集中有超过 90% 的篇幅被网友找到了抄袭的出处，有抄袭李银河的《鸟儿为什么叫》，只是掐头去尾、独立成篇变成自己的。还有的抄自冯其庸、林语堂等名家的，并且抄技极为低劣，只会照原文而抄，整个段落没有变化。更令人啼笑皆非的是这位作协主席根本不承认自己的抄袭，还振振有词于辩解之中。

按照我的理解，一个地级市的作协主席肯定是作家了，并且是体制内的、享受着各种补贴、福利待遇的，甚至还是有着职称和行政级别的作家。在一个连和尚都套有行政级别的年代，地级市的作协主席一般也是处级作家，也就是与县长平级的作家。因为有作家的职称身份，又有体制的保障，一个作协主席在当地的范围内足以把人吓倒。中国有着崇拜作家的传统，每一个人从上小学受到教育起，老师都在分析课本中每一篇文章作者的“高尚情操”以及怀忧天下的利他情怀。屈原、文天祥不必再说，单就鲁迅和郭沫若在我们的心中早已塑成神一样的雕像。我们实在不曾想过作家和我们这些普通人一样也会犯错，这到底是我们曾经所受的教育在说谎，还是现在的作家出了问题。

这里所说的作家不包括曹雪芹和王小波，因为他们没有职称，没有作协的会员证，最多算是江湖之野的文学爱好者。所以，他们更没有什么作家的级别和“拔尖人才”之类的称号。这里所说的作家只限于作协体制里的会员，何况在这些体制作家的眼中也根本不会承认除了他们自己，世界上还会有什么其他类作家。即便有，也只能是业余的，现代社会是一个高度社会化分工的社会，未在专业的范围内，自然就没有了“权威”的话语。何况是体制作家操控着发表、出版、评奖机器，曹雪芹们没有作协颁发的许可证，又怎能入列。幸运的是曹雪芹早死在了作协机构的隆重产生之前，从而获得了荣耀。在中国的文化里，死者为大，作协也无奈。只是你千万别活着，活着，作品就不能露头，一露头超过了这些科班出身的正牌“作家”，那还了得。

前些年我写过呼吁解散作协的文章，并建议驱散这些被豢养多年的文人，因为他们是养鸡场里难以产蛋的鸡。既浪费公共资源，又没有有效的产出，最多释放一些文字的垃圾效应。但是今天，我听说作协主席抄袭之后，已经与作协一样变得不再“生气”。过去对于这样的畸形机构的生气是看着他们可憎，因为由国家供养，花着人民的钱，交换发稿之后又挣着读者的稿费。今天的不再愤怒，是因为看着他们可怜，因为上帝要让税吏和行淫的妇女生存，何况一个标榜驾驭文字的人。但是我不会与这样的作协主席同席，因为她至今都没有对自己的抄袭有任何负罪感，远不如阿娇承认自己曾经“很傻很天真”的可爱。

最近在课堂上给大三的学生解剖经济学案例，我试着让他们用经济学原理来理解这一抄袭行为。不料我的学生们都甚感惊讶，他们说即便抄袭，也不能抄名人的呀。名人的作品读过的读者多，最容易被人识破，显然是她低估了信息市场而忽略了风险规避。我告诉这些青春的脸庞，其实人们都高估了这位抄袭者，为什么高估了她，是因为我们犯了一种认识逻辑上的“后此谬误”。我们总认为作协会员是作家，作协主席是当然的作家，是作家中的首长。这样的作家之首肯定是这个区域最高文学水平的人，虽比不上我们中学课本里学过的高玉宝、刘白羽，但也一定是一位饱读之士。她不至于连冯其庸、李银河、林语堂也不知道吧？可是，作协主席的可怜也就在此，在我的工作经验里，每一天都在推翻着我多年形成的认知基础。体制内的作家，或作协主席不知道李银河根本算不了什么。因为人家是写政策文学的，也就是根据报纸的头版头条写抒情文章，你见过哪家正统报纸的头版头条登载和介绍过李银河呢？或许她更没有必要知道谁是冯其庸、谁是林语堂，还有搞理论的谢明顺。作为她来说，开会时能讲出人民作家赵树理、魏巍、臧克家也就已经是学富五车了，与其讲什么陈寅恪、穆旦、张郎郎，她会仰着脖子嘲笑你“太偏激”了。所以，在她的眼里，李银河、冯其庸，林语堂都是些名不见经传的无名作者，这些人的习作，我作协主席拿来一用应该是你的荣幸。你还叫什么屈？清代大学士汪由敦、于敏中的吟咏之作，还不都要署上乾隆爷的名。再说了，作协主席是有行政级别的，一个处级干部又怎能自己亲自动手写作。现在连科长、乡长都有人代笔写材料、写文章，何况一个地级市的作协掌门人。人家已经够自觉了，没有给作协办公室的人添麻烦，不就是借用了一些现成的她认为“无名小卒”的文章，你们就吵成这个样。现在的领导讲话和公文材料基本都是互相传抄的，你见过有谁追究过什么版权问题。只是邓小平早就知道此事，讲话基本不用秘书的材料，他还劝当时的省委书记们也别用。

本人愚钝，但生来好学，不耻下问。本来是利用各种机会求知，可常常使人尴尬。一次与一科技局长同席吃饭，顺便与其谈起霍金，我说他的《时间简史》让我读得很费力。此公说："我在科技局已执掌 10 年多，哪个处室、下属单位也没有这个人啊。"闻此，我忙说是我记错了。另一次与一文物局长请教关于罗哲文的问题，他想了想说："你记错了吧，过去我单位的那个电工叫罗德文，早就不干了，自己开了个五交化门店。"闻此，我哑口无言。一次与几个文化局长同机去深圳，途中要飞行 3 个小时，坐我旁边的是一位哲学系毕业的局长，就此向他请教关于阿奎那和奥古斯汀的问题，他说他那个年代不学这几个"苏联人"。我明白了，于是转移话题想与其谈谈我们的同行局长龙应台，他说："不是龙应台，是祝英台，是一个深刻的悲剧啊。"闻此，我只是点头称是。无独有偶，一次与一位大学校长同在候会室候会，因准备参加的议题是关于高校学生秩序的问题，我就顺便向他说起蔡元培。这位老兄出语惊人："什么蔡元培，我与你嫂子才是原配。"此语令我目瞪口呆。后来，一位长兄告诉我，这些小官员都不是专业出身，他们只是管理者，不要请教他们专业知识。因此，我似有所悟。但后来，我还是很敬仰专业机构的"首长"，遇到社科院长愿向其请教关于马克斯·韦伯的问题，遇到农科院长愿向其请教关于哈丁、袁隆平等人的问题。但每一次请教的机会大都会让你哭笑不得。

所以，今天我们发现一个作协主席抄袭名人的作品，已经是小巫见大巫了，也没有必要大惊小怪。网民的愤怒只能说明对作协的期待值太高，只能说这些网民缺少我这样的经历。如果有了我这些请教专业"首长"的经历，你还生得了气吗？鸟儿为什么叫？科学家们的研究表明，鸟类的叫，可分为叙鸣和啭鸣两种。叙鸣是日常生活中不分雌雄鸟都能发生的鸣，受外界环境影响所致。啭鸣，是雄鸟在繁殖季节所特有的一种鸣叫，是鸟类的一种婚期行为。用我们人的观点看，鸟儿不叫不足以体现鸟的价值，不足以引起同伴的注意。实际上我们无法知道鸟叫的真实意图，只知道，鸟的叫声会让我们注意它的存在。不管它的存在是美丽的还是丑陋的，是接受还是拒绝。起码这叫声让我们知道世界上还有这种动物，我们不能独享这个阳光和水的世界。而作家为什么抄？我想不会像鸟儿一样是一种婚期行为，而无非也想证明自己的存在。因为凭自己的天赋和能力不能发出悦耳的声音，不妨就借用别人的。这种证明不是证明作家作为人的存在，而是证明作为体制作家、作为作协主席的存在。这种存在在她看来是一种社会意义上的，与权力、地位、功名联系在一起的存在。作为人的有限性其实是一种被造理智，体制和作家的理性有限也正是我们作为人的有限。如果一味否认这种有限，或掩盖这种有限更放大这种有限。所以，对于这种有限就像对待世界的荒诞一样，只有首先正视这种荒诞才能还原这种荒诞，才能让荒诞揭下被包裹了无数油彩的盛装。因为抗争荒诞会有极大的机会成本，世界的无原则不会考虑我们内心的原则，世界又往往嘲笑忠于它的人。所以，对于作协主席的抄袭门事件，我们不妨把她看作是东方文化与体制合谋中的互娱运动。虽然这里有着牢固的权力传统，但也有更多的社会畸变和民间堕落。在一个缺少超验正义支撑的维度里，我们既无法指责作协，也无法诟病作家，我们只能学会向荒谬妥协，回归深不可测的上帝的公义。耶稣对那行淫的妇女尚能如此关爱，我们为何总抓着世俗的荒谬不放，为何总坚持我们的价值评判。我们价值系统中的许多道德义人莫不受到世俗命运的百般摧残，何况几个才华毕显的在野之士，又怎能去怨恨体制作家的抄袭。

与体制作家王兆山的“幸福鬼”比起来，这位作协主席已经进步多了，她既没有号召我们去做鬼，也未煽动我们感恩。她抄袭的作品还都是深入本体的人性关怀，没有多少朵朵葵花向阳红的热烈。只能说她有一定的鉴赏力，能够在维护人的个性张扬和大胆拿来方面有着常人不及的勇气。而这种偷又不能算窃，借此让更多的人知道了李银河、林语堂和冯其庸的文章。或许抄袭事件本身就是她精心谋划的行为艺术，在一个精神萎靡、思想干瘪的文坛投掷了一颗黑色幽默的炸弹。既让我们重新打量起作协和作家，又让我们关注这个文学的祭坛。本来作协这种机构正在被整个社会所遗忘，因为这次的提醒，使我们知道上帝的光芒没有按照我们的意愿而有分别。看来，世界上任何东西都不是多余的，也不是应该完全消失的，包括疾病、苍蝇和小偷也都将永远伴随着人心的骄傲。所以，我们还是要耐心地听鸟儿在叫，虚心地看作家在抄，值此，我们的存在也获得了别样的意义。

我不是潘金莲，谁是潘金莲？

廖　奕

一

李雪莲——生活中有这样的执拗妇女吗？一个生活在小镇上的美艳女子，名声自然不会很好。或者说，这样的女子应该不会太过看重所谓的“名声”。李雪莲的冤，根源不在于传统社会的名节观，而是如刘震云赋予的新含义：对政府和官员不信任的反抗。

进一步追问：李雪莲为什么一定要让政府相信自己，相信自己是被冤枉的？她一开始本打算杀掉负心汉，泄愤了事。可见，她绝非善茬，但终归理智战胜了情感，或者，情感战胜了情绪。从头到尾，她无法割舍对前夫秦玉河的感情。风流放荡的外表下，保持着坚贞纯情的硬核。

当私人感情事务被国家纳入审断程序后，她当然会形成对政府的绝对依赖。而新时期的法治逻辑与旧有的人治思维，却是“两层皮”“水油分离”。庞大的政府系统，诸多部门和人员的矛盾推诿，亦在鸡毛蒜皮的日常纷争中展露无遗。

因此，刘震云的小说《我不是潘金莲》，在深层用意上，主角并非李雪莲。李雪莲只不过是一条穿针的引线，一种叙述的视角。谁才是潘金莲？真正的主角其实是官员，特别是站在基层维稳第一线的政府（政法）干部。

他们，如同被撤职后摆摊卖肉的原县长史为民，无时无刻不觉得冤屈。但他们冤屈的逻辑与李雪莲这样的刁民不同，其出发点和立足点都是为了政治前途和实际利益。潜规则也好，坏作风也罢，只要有人对某人的职位有控制权，便意味着对其思想、行动乃至身家性命有了掌控力。官大一级压死人，级别不一定意味着权力，但的确代表了权威。中国官场盛行千年的旧规恶习，本质上就是通过层级化的控制，维持整个政治和社会系统的高度同步与协调。我们今天可以批评，这是一种过时的法家之治，与现代法治精神不相符云云。但客观现实是，只要此种权力权威体制一天存在，其背后的文化理念就不会根绝，如同先天的坏血病，随时潜伏在政治肌体的各个细胞的角落。

官员们的冤，让他们幸福感很低下。虽然可以发号施令，大鱼大肉，迎来送往，呼幺喝六，但他们所受的重重束缚和种种折磨，真是不堪为外人所道。

譬如王公道，这个曾经的年轻法官小伙儿，因为一个正确的判决被记行政大过——他冤不冤？那些专委、院长、县长、市长，也不过是为了上头维稳的要求，丢了乌纱，失了前程——冤不冤？李雪莲的冤，因为有法院有政府，她可以找到尽情发泄的渠道，成为混进大会堂的草根名人、上访女杰，但那些官员呢？长期浸淫于只可意会不可言传，只可领悟不可道破的体制环境，他们已然精神麻木，肉体疲乏，甚至记忆衰退，行为错乱，竟喊不出半个冤字。直到小说最后的“正文”里，史为民为了早点回家陪病友打麻将，佯装喊冤上访被公费遣送，才算诉说了苦楚的“真相”。

细观现今官场落马者，几人能有史为民的炖肉绝活？多数不过是换个马甲，继续以前的生活。一个曾经做过县长的官员，因为芝麻点小事被免，本身就不符合政治规矩。虽然群众利益无小事，但官员问责也有尺度。单方面的治官或治民，骨子里都是反法治的逆流。

二

我不知道，即将上映的电影《我不是潘金莲》会呈现出怎样的艺术效果。我只晓得，它已被延迟公映了，据说还需要技术性审查。很多朋友担心“精彩”镜头会被删掉，不好看了。我却觉得，这注定是一部无法审查的底线电影。如果做到忠实原著，哪怕只是象征性隐喻，折射当前中国社会矛盾处置的些微侧面，也算是功德无量，于国于民，利好千秋。

可惜，我要提前泼些冷水，告诉自己，这部电影必定不会如我之意，甚至可能颠覆原著的本意，成为一个反映时代发展社会进步的主流商业法治片。

这种套路或许是不得已而为之，不能苛责出品人、编剧、导演，等等，也不能将火力直指抽象宏观的电影审查制度，更不能上纲上线到指责社会多么不公黑暗。一般的观众不会去深思，一部娱乐片会承载怎样苦大仇深的法治关怀。正如刘震云在创作这部小说时，主要也是为了好看和畅销，不惜放弃了原来的书名，将“潘金莲”这样的夺目字眼换上。冯导为了好看卖座，让范冰冰饰演李雪莲，大鹏扮演王公道，也无可厚非。在大众文化当阳称尊的年代，市场反应（*票房加*

口碑）才是硬道理。

由此，让我咸吃萝卜淡操心的问题变成了：这部电影真的会很好看吗？好不好看，看完才知道。如果让一群富有市场情怀和政治敏锐性的编导来讨论，怎样用一种妥帖的方式来讲述这个新时期的法治传奇？

首先，大家会一致认为，全片应贯彻人性本善的精神，将那些烦人的阴暗面变作发人深省的悬疑点。比如，秦玉河当初为甚几近决绝，要与李雪莲一刀两断？他是不是个无可救药的负心汉？其实，不妨设计一个情节，当秦有才（秦玉河与李雪莲之子）痛诉父亲去世的噩耗时，可将秦玉河的苦衷隐情以及 20 多年的愧疚忏悔和盘托出，原来，他知道自己身患绝症，不想拖累心爱的女人，未料活了这么多年，让心爱者备受折磨。这样的剧情虽很狗血，却足以表明，从始至终，李雪莲陷入的是一个自我营造的情感悖论。于是，政治批判转为爱情论争，法治片成了爱情剧。

其次，对基层官员的丑态刻画可以活灵活现，特别是对那些基层的法官。原因无须多说。这可以极大满足广大民众对官员腐败的抨击欲。但有些关键情节必须隐去。比如，涉及高层领导人出场的部分，若要呈现，一定是正面的。毕竟，对多数百姓而言，中央是恩人，省里是亲人，到了市县，特别是乡镇，基本上都是坏人和仇人了。

再次，床戏要足，镜头要艳。此不赘述。

最后，笑点要多，幽默要够。冯氏喜剧，尤长此道。

三

想着，写着，天快黑了。窗外的秋风带着冬的苦寒，让人无由感伤。

不可否认，今日之中国，民众的生活水平、理想程度、组织能力、参与热情、法律素养都与历史上的任何盛世不相上下。但哲学家心目中的冷醒的绝望，暗夜的微光却难以真正落地生根。刘震云用虚构的案件、洗练的语言、好笑的情节编构了一个新时期的秋菊形象。但李雪莲不是潘金莲，史为民们才是，这些人的命运大抵还是摆脱不了“法盲”的结局。

对老百姓而言，芝麻小事也是顶天大事，可官员不这么认为。官员心中的头等大事，在老百姓眼里，也不过就是鸡鸣狗盗男盗女娼，狗屁不算。社会系统的信任机制不复存在，结果是毁灭性的。它意味着任何一种规则都会面临博弈均衡的前提困境。大家不能默契无碍，相互理解，总在利益期待面前各自猜疑，心怀鬼胎，最后，冷血斗争，两败俱伤。于此而言，对传统中国的政治美德吁求，从理论上讲依然大有用武之地。只不过，现实的治理总是儒表法里，阴阳不调。

多年以前，我还是个小学生，母亲在镇政府工作，充当着妇联主任这样的维稳角色。一个好像是姓刘的老妇人时常跑到家里，向母亲诉说她的冤屈。她的情绪总是激动，言语总是冗杂，对母亲的态度总是谦恭。越是这样，母亲就越觉得烦恼。女人的事总是比男人多，且难以理解。至今我仍然钦佩妇联制度的发明者，那绝对是个伟大的创造。母亲每次都会耐心听她诉苦，仔细查看她新添的伤疤，据称又是她的酒鬼丈夫打的。这个老妇人的长相绝无李雪莲或秋菊的半点成分，我很疑惑，为什么文学作品中的冤妇总是有着惊人的美貌，格外的性感？反正，这个女人让人难以正视，特别是她掀起衣服展露伤痕的时候。起初，她在倾诉时，我会佯装写作业，在一旁偷听。每次她说的事情似乎都是一个故事：丈夫在外面有相好的，对他很不好，就连子女也厌弃她，还伙同她的丈夫一起打她。母亲为解决她的问题，协调各方，四处奔忙，但一切都无济于事。这个妇女来的多了，我也习以为常，不以为念，懒得理会了。后来竟生出孩童的厌恶，因为她的到来，意味着对母亲时间的侵占，家庭空间的褫夺。在与母亲的一次谈话中，我问这个女人到底是有什么问题，为什么总是解决不了？母亲摇头，无奈地说家事难管。不知过了多久，我听到了刘某的死讯，具体死因不明。有人说她投河自杀，有人说她被家人合谋害死，为的就是不让她四处告状，惹是生非。

恋旧的矫情

叶倾城

只要佳节将近，转来转去的微信就没法看了。一定有个固定的主题——怀旧。童年的庙会，糖葫芦才一毛一根，新衣服多么火红熨帖，大家的笑脸多么真诚——顺带批评一下现代：年节还有味吗？礼物贵了人情薄了，食物都是香精……总之，一代不如一代。鲁迅先生笔下的九斤老太不死，还精神着呢。

真的如此吗？我的记忆却截然相反：改革开放后才有庙会，举家出动，挤公共汽车，车上的人能把人叠起来。新衣不合身，走起来裹七裹八，绊一跤。小时候的零食好吃吗？巧克力是人造可可脂，水果糖只是甜，北京果脯、茯苓饼等中式零食是甜上加甜。众人歌颂的大白兔奶糖——前段日子我一时无聊买了一包，确实是奶糖，现在超市里任何奶糖都是这个味道。现在食物都是香精吗？那也是更高级更接近天然滋味的香精。

我个人觉得，这种普遍的怀旧，一方面来源于：当事人怀念的并非那个岁月，而是童年的自己，是那个对世界充满惊喜、备受宠爱、享受快乐而不用对快乐负责的自己。门边红彤彤的春联多可爱，小朋友不用亲自去买，不用考虑价格，也不用爬上去贴。年夜饭真丰盛，那个在厨下又洗又切、十指被冻得红红肿肿的，也不是他。当年，他是看魔术的小孩儿，现在轮到他出演魔术了。

另一方面来源于：记忆对往事的美化。童年像初恋，隔了多少年的辛苦路来看，所有不愉快的细节都被晕掉抹掉，留下来的全是动人的、甜蜜的。它渐渐不再是一个真实的存在，而是半真半假的桃源：确实有，但不是这么回事儿。

还有一个原因——恕我刻薄——我觉得是一种“世人皆醉我独醒”的矫情：你们都喜聚不喜散吧，我偏要喜散不喜聚；你们都爱繁华热闹吧，我偏要觉得热闹到了不堪的程度。这才显得我是和你们不一样的烟火，我是卓尔不群的中二病患者。

中国人真的爱怀旧，一怀起来就没有边：当年民风淳厚，老百姓嘴里都没脏字——好歹也有那么多现代作家的小说做证，生动记录了不少民间脏话；某些时代路不拾遗、夜不闭户——难道不是因为大家都穷，家里没有现金没有值得偷的东西；以前结婚不要房不要车，看对眼推上自行车就去领证——连我都记得，我小时候自行车的价格，是普通人一年的工资，还凭票供应。我同学里，有自行车的人家，比现在有车的还少。

为什么不能够老老实实承认，现在的生活就是很不错呢？老回头看，眷恋那从未曾有的好日子，只会扭伤你的脖子，让你撞树。

介子平杂文

介子平

庆典疗法

里约奥运开幕式上，出乎意料地朗诵了一首名曰《花与恶心》的诗。

被我的阶级和衣着所囚禁，
我一身白色走在灰白的街道上。
忧郁症和商品窥视着我。
我是否该继续走下去直到觉得恶心？
我能不能赤手空拳地反抗……

此诗作者为巴西诗人卡洛斯·德鲁蒙德，选自其1945年出版的诗集《人民的玫瑰》。

这也太不当回事了。如此百年不遇的盛典，满场正能量叙事才对，霓裳羽衣，歌舞升平，美轮美奂，竭尽繁华才对。

光明与阴暗，似月球之迎面与背面，硬币之正面与反面。繁华有多膨胀，阴影随之有多大，然一根小刺，便可将之刺穿。道理简单，却要违背常识。世界充满缺陷，人生随处遗憾，毛姆说：“卑鄙与伟大、恶毒与善良、仇恨与热爱可以互不排斥地并存于同一颗心里。”同样，富裕与贫困、理智与愚昧、高雅与庸俗可以相生相伴地出现于同一个社会。繁华也罢，萧条也罢，无须摆拍的社会，方真实平易。外人不明白，你我又不是不知道。

宣传的目的，与其说是为了说服别人，不如说是自己与自己周旋，为了说服自己。愈是恐惧，愈要壮胆；愈是孤立，愈要显摆；愈是内疚，宣传愈是狂热，遇到庆典之类的机遇，愈要放大，不光炫耀，也为壮胆。大摆宴席，暴饮暴食，暂且忘却烦恼；大设庆典，狂歌狂舞，聊以缓解压力。除了畏惧，无所畏惧；除了庆典，无所庆典。但免除难受的方式，不在追求快乐，而在反省自己。

2009 年 1 月 17 日晚，英国剑桥大学举办八百年校庆，教堂钟声响起，那些曾在剑桥学习过的名人画像及该校取得的成就，被灯光投影到校园建筑上，一场灯光秀，一场校庆，低调且质朴，亲近且避俗。而具有九百年历史的牛津大学，也培养过无数影响世界的人物，却“没有更多的时间花在校庆上，学生来这里的目的，是为了得到更多的知识”。只有简而直，方能长而久。

善之本在教，一个社会需要精英；教之本在师，精英凝聚时代精神。校庆目的，在于继往开来，而非宣传造势，而非重营销轻内容的浮躁。况且比你强者，懒得注目；比你弱者，何须炫耀。此类活动，怀才抱器者不屑，海纳囊括者不齿，点到为止。

人们只是讨厌大妈，而非广场舞；只是讨厌奢侈，而非庆典。

生于 1964

男凭出生日，女靠出嫁日。有好事者分析那些生不逢时、活不逢地者时，发现 1962 至 1972 年这 10 年间出生的人很是幸运。类似话题，大概都很无聊，只因我所出生的 1964 年框定其间，遂耐性尽读。

其曰：他们躲过了 3 年自然灾害，有粮票就有吃有喝，虽然是粗茶淡饭。

倒也是。我 1971 年入小学，为一所煤矿子弟小学，5 个班的学生。而上一届为 1962 年和 1963 年出生的一拨，只有两个班。为何？忍饥挨饿，当妈的怀不上子。那真是个饿肚子时代，猪低头拱食，鸡拼命刨食，人也一样，四处奔波只为一口吃，感觉整个世界处于饥饿状态。天大地大名誉大，再大也没命大，对食品的敬畏，必自饥饿始。每个人都为自己的利益而编造谎言，孟德斯鸠说：“一切有权力的人都会滥用权力。这是千古不变的一条经验。”然这代人一旦谋位，财迷心窍者更多，贪得无厌者更夥，皆幼时阴影作祟。

其曰：他们避开了计划生育，有兄弟有姐妹，大的带小的玩，小的穿大的旧衣服。

倒也是。我为家中长子，有一弟，幼我 4 岁，一妹，幼我 7 岁。新三年，旧三年，缝缝补补又三年，老大穿，老二接着穿，颜色早已褪去，煮一锅颜料，染一遍即是。但经纬已酥，玩耍间一个拉扯，便是一道口子，纵如此，未见谁家有弃衣行为，布片还可做鞋底。

其曰：他们错开了上山下乡，在学校里学工学农学军，反潮流交白卷。

倒也是。矿工子弟的出路，女孩子插队，小伙子煤窑。为躲避下井，父亲为我设计的人生路径，是做一名木匠。学农无非拾粪拾麦穗，学工是到校办钉子厂看看，学军简单，请个军人在操场上练步而已。儿童急走追黄蝶，飞入菜花无处寻，哪有这般诗意，烈日下拾麦穗，又饥又渴，隔着衬衣脱背皮。至于树典型，表忠心，反潮流，学黄帅，也都领教过了，但白卷不敢交，家长一个巴掌会把你打翻在地。

其曰：他们上大学时，大学是公费的，家境困难的还有管吃饱的助学金；他们大学毕业时，工作是包分配的，大多是党政、事业单位，央企国企还得挑挑。

不都对。昔时物价低，10 块钱包月，但需吃粗粮。分配归分配，学生处似有生杀予夺大权。有种选择，叫别无选择，分配者少了选择，便少了自主。分配后若想调动，常常遇到必须干够几年的土政策，一进这个门，似乎就欠了人家什么。什么时候放下，什么时候自由，后来统计，多数人挪位，投奔喜好去了。未挪位者，一边埋怨自己，怨而不怒；一边安于现状，得过且过。那时的政府部门未必有企业吸引人，一则公共资源相当分散，一则大小企业充满活力，至少有十块八块的奖金，而行政部门没有。

其曰：他们恋爱时，重要的是人品本分老实，深信真正的爱情只有一次，裸婚基本盛行。

倒也是。这点与今之差别，实在太大。凄凄复凄凄，嫁娶不须啼，那时俗不出口的条件，今日已然堂而皇之的标准。其时也看背景，但多数人心存理想，革命加恋爱模式，被冠之以高尚。年轻人靠百八十元的工资白手起家，自然而然。“每一只船总要有个码头，每一只雀儿得有个巢”，现在看来，物质欲迟早会实现，精神者开始没有，后来也难补齐。

其曰：他们结婚时，房子是单位分配的，虽然有点儿旧，虽然还得论资排辈。

倒也是。福利分房年代，每盖一楼，按照打分条件，领导总在住新房。单身住单身宿舍，结婚方有资格申请住房。与单位的纠缠，牵扯了太多精力，目光渐囿于四堵墙内，心态越发地不平，人事关系越发地复杂。

其曰：他们生子时，母乳基本主流，奶粉没听说有毒。

不尽然。天生就有有奶的妈，没奶的妈，有奶便是妈，没奶也是妈。我便是靠牛乳长大的一类，哺乳期过后，再未喝过奶。至今保存着一个与我同龄的炼乳瓶子，那曾是我最初的粮仓。虽未喝过毒奶粉，却喝了狼奶。我是在很大岁数时，才知有诸如“对不起”“谢谢”这样的礼貌词，但每道一声，皆慎重，不会挂在嘴边，脱口而出。一些恶念，需时常抑制，所谓恶念，皆幼时养成的争斗惯性。

被抑制者，尚有打抱不平、拔刀相助式的英雄主义情结。

其曰：他们是尚有理想的最后一代，虽然虚幻但一直支撑着他们的信念。

倒也是。一枝秾杏，五色蔷薇，永恒遇到了短暂，这种理想一直保鲜到了20世纪80年代末。其实，有些理想大而无当，满脑子国家设计，且有民粹一面，始终相信“中国的神武景气终将到来”。然任何一种理想，无论主题如何，本身就是一股朝气。

其曰：他们读书时，国学经典已经滥觞，世界思潮大肆涌入，传承与革新集于一身。

瞎扯淡。勉强受了些学校教育，入学便是大批判式的课文，至今满脑子语录本，随口来样板戏。我读到唐诗时，已念初中。所谓世界思潮的涌入，是从听敌台，听邓丽君凤飞飞刘文正启蒙的。从此以后，迟到春雷一声响，谁都别想再遮我眼，埋我心。思想的彻烈转变，有妊娠之痛，分娩之险。这个年龄的多数人，意识仍停留在起步的高度，深信教科书所讲，习惯单一视角，无以接受新知。不是留恋那个时代，是怀念那个年代的青春。

其曰：他们刚开始工作时，那时的领导基本上识才用才，政风民风尚且淳朴。

不见得。我起初的单位，便有“文革”遗风悉数继承的领导，眼见他们将昔时的明斗，转变为暗斗，夹在中间，活难受。偶一失言而祸不及，时常成为迁怒所指，替罪羊羔。

其曰：他们与世界同步进入信息社会，电脑工具已融入生活，是中国信息时代的开拓者。

不全是。我便例外，纸墨消日，文章自娱，以语言表达对现实的热爱，手写后二次誊入电脑，少了键盘击打时的几许惬意。

凡事有幸便有不幸，因时因地而不同，任何时代皆可总结出多数人知晓、少数人了解的这么十条八条，故无所谓幸与不幸。记忆之窗开得太久，寒意便会侵袭当下时光。陈芝麻烂谷子，不提也罢。青山未改，唯鬓苍苍，那个时代的人，虽已不再年轻，却还深情地活着，如一匹忧伤的老马，俯首遍寻着秋草。世间无奈选择，终究因为年龄，壮有所用，老有所终，但愿如此。

干干净净的初衷

月光作为照明的时代，大地铺霜，干干净净。卡尔维诺云：“月光一出现于诗中，就带来一种轻盈感、浮悬感，一种静默的魅力。”那可是干干净净的诗意，干干净净的初衷。

主体意志对抗外在之物，而人的行为源于与具体场景间的关系。无人嘲笑你的梦想，只是齿冷你的实力，本雅明认为“双脚走在路上的人，才能感觉到道路所拥有的力量”。不甘平凡，却又不甚努力，惋惜落花，凄恻秋树，瘦尽残阳几度飘，细数西风归期，腊月似最后一节车皮，托着流年，遁入夜色。你还年轻吗？没几天你的同伴就有当爷爷姥爷的了。

“看不透，舍不得，输不起，放不下”——人生四苦，来了走了。王小波说“越悲怆的时候我越想嬉皮”，因大志不伸而放浪形骸的柳永也是其中一位，年老心孤，天道难闻，遂规劝子孙：“父母养其子而不教，是不爱其子也。虽教而不严，亦是不爱其子也。父母教而不学，是子不爱其身也。虽学而不勤，亦是不爱其身也。是故养子必教，教则必严；严则必勤，勤则必成。学，则庶人之子为公卿；不学，则公卿之子为庶人。”然教育本身即生活过程，而非生活准备。

“五百年来一大千”、天赋代言人的张大千，对于天赋却不以为然：“有人以为画画是很难的，又说要生来有绘画的天才，我觉得不然。我以为自己有兴趣，找到一条正路，又肯用功，自然而然就会成功的。”人各有志，兴趣不同，所谓兴趣，初衷耳。其又言：“从前的人说‘三分人事七分天’，这句话我绝端反对，我以为应当反过来，‘七分人事三分天’才对。就是说，任你天分如何好，不用功是不行的。”你说的我全知道，我说的你又不懂，那可不是因天赋，由专学。

平凡人生，皆有非凡之处。屠格涅夫说：“时间有时像鸟般飞着，有时像蛆般爬着；不过要是一个人连时间究竟过得快还是慢也不觉得，便是很幸福的了。”有这样的生活吗？男人老去，自急于挣钱开始；女人青春，从赶着嫁人结束。所谓成功，不以集体智慧创造的效率为准，而以个人不论手段的不凡为标。不甘平凡，难免躁动，负暄闭目坐，和气生肌肤，哪还有这样的悠闲？

有孩子谈理想，说将来想当个护士，想当个厨师，虽说本真，家长哪会甘心？遂循循善诱，诲人不倦，以讲理的方式不讲理。“不耕之民，易与为非，难与为善”，是件可怕之事。倒是那个年代，我父亲说过，想让我学个木匠，有门手艺，有口饭吃。初衷虽好，移宫换羽，为孩子既定目标，家长无须承担责任。有道是任何初衷，行当行，止当止，都须自我完成。

此生留遗憾，来世自安排，料仍不脱初衷，依旧是老地方的月光。

“纯粹的哲学”

——暑读恩格斯《路德维希·费尔巴哈和德国古典哲学的终结》有感

凸 凹

阅读的方式决定着阅读的深度，这是个不争的事实。自媒体的阅读，带来了信息获取的快捷与广度，但碎片式的阅读，也让人浮躁，阅读的程度不过是停留在浅尝辄止的层次。而传统的阅读，也就是纸媒体的阅读，会让人在纸面上停留，容得下思考，因而就沉潜，能读得出字面之外的意义。特别是有难度的阅读，不仅要停留，还要进入、玩味，穷究内里，整个过程是从形而下到形而上的动作，在抽象处顿悟。久而久之，阅读能力便在无形中提升，再艰涩、枯燥和深奥的文字也能读得下，也能读得明白晓畅，即便是读哲学的著作，也像读小说。

由于执着于纸面的阅读，特别是钟情于名著和经典的阅读，我养成了“深阅读”的习惯，每一阅读都要静心，都要备以纸笔，勾画、摘句、点评、眉批，朝“通透”里阅读。40 岁以后，我就基本上不读抒情和叙事类文字了（散文和小说），偏重于读诗和哲学，怕自己读得懒和滑，不能思在深处、高处、远处和“别处”。所谓“别处”，是苏珊·桑塔格的说法，大概是指超越自己的生活经验和生命体验之外的有关人类精神极限和普世价值的思考，即纯粹的“思想之美”。到了现在，我读哲学比读小说还畅快、还津津有味，作用到生理上，每读哲学，心神就清明，就不知困倦，夜深天暗，也像在白日里游赏。也不敏于四季，冬天读去不忌惮冷，酷夏读来，也不觉得热，屋里的空调被闲置了。

这个周日——2016 年 7 月 10 日，热而闷，午休在床，不仅不能入睡，而且躺也不能躺得安稳，烦躁之下，向书架上张目。不期就看到了《马克思恩格斯选集》第四卷（人民出版社 1966 年 6 月第一版），它那赭红的封面让人想到大地的颜色，心中袭进一丝清凉，便霍然起身，取而读之。

起初是仰在床头浏览，翻着翻着就有了兴味，不禁起身坐于床尾，最后竟移至书案，做庄重的阅读。吸引我的，是一篇恩格斯的论述，题为《路德维希·费尔巴哈和德国古典哲学的终结》。文论的篇幅凡 44 页，三四万字的样子，却一气读完，不曾有片刻停歇。因凝神静气、全神贯注，外界的酷暑已浑然不觉，五内清凉，饱享智慧之美，疑似天赐大福。

恩格斯的这篇长文，是读了费尔巴哈的《基督教的本质》之后，就哲学的起源、本质、地位、作用以及分类、发育所做的系统阐述。甫一开篇，就用形象的语言告诉人们，法国和德国虽然都是“哲学的故乡”，哲学革命都做了政治变革的前导，但其存在状况，却有大不同：“法国人同一切官方科学、同教会，常常也同国家进行公开的斗争，他们的著作要被拿到国外去，被拿到荷兰或英国去印刷，而他们本人则随时准备着进巴士底狱。反之，德国人是一些教授，是一些国家任命的青年导师；他们的著作是公认的教科书，而全部发展的最终体系（包括黑格尔的体系）甚至在某种程度上已经被推崇为普鲁士王国的国家哲学！”这不禁让人联想到，为什么法国的哲学多具有反体制的特征，并且激情大于理性，殊少完整的体系，也常用“宣言”的形式向外输出革命，而哲学家本人的行动人格却显得异常贫弱，譬如卢梭。而在德国，即便是马克思这样的“革命导师”——资本主义的“掘墓人”，却也能安坐于自己的书斋之中，也能自由出入皇家图书馆，从容不迫地构筑《资本论》那样的庞大的哲学体系，盖因为整个国家、整个民族具有哲学传统，在时间深处，积累了厚重的历史理性，见容于思想的自由。

恩格斯接着说：“全部的哲学，特别是近代哲学的重大的基本问题，是思维和存在的关系问题。而思维对存在、精神对自然界的关系问题，也就是哲学的最高问题，像一切宗教一样，其根源在于蒙昧时代狭隘而愚昧的观念。”这又是一个让人眼前一亮的说法，原来正是“时代的狭隘”和“愚昧的观念”催生了哲学。沿着这个思路，我们不难想到，从笛卡尔到黑格尔，从霍布斯到费尔巴哈，在这一个长期的过程中，推动哲学家前进的，绝不像人们所想象的那样，只是纯粹的思想的力量，真正推动的力量，是自然科学的发达、经济社会的发展和人类文明的进步。也就是说，那种用泛神论的观点来强调精神和物质的对立，过于相信思想本身的力量，而忽视了客观世界对哲学的作用——而且是主要的作用的观点，是唯心主义的，其把哲学神秘化的倾向，会让哲学脱离人们的生活实际和社会状况，无从致用，沦为玄学。

恩格斯正是在这样的思维逻辑上，开始了他对费尔巴哈《基督教的本质》中一系列形而上学观点的理性驳诘。他认为，宗教并不是对上帝旨意的传递，也不是按照上帝的指引所进行的道德救赎，其本质，不过是在教义基础上所建立的一种人与人之间的感情关系、心灵关系而已。因而宗教情感，也绝非是一种无差异的普遍遵从、信奉，而消泯自我体认的“绝对情感”，它也是有着毋庸置疑的物质属性、现实属性和社会属性的。在这一点上，恩格斯则采取了以子之矛攻子之盾的论辩手法，让费尔巴哈自证其谬。因为费尔巴哈自己也承认，“宫廷中的人所想的，和茅屋中人所想的是不同的”“如果你因饥饿、贫困而身体里没有营养物，那么你的头脑中、你的感觉中，以及你的心中便没有供道德可用的食物了。”由此看来，虽然我们不能再用阶级斗争的学说衡人论事了，但物质决定意识、存在决定精神的基本观点，是无论何时、无论何地、无论哪个社会阶层、也无论哪个哲学流派，都无法否定的。宗教在不同的人群之中，有着不同的现实具象——帝王拜位，商人拜金，士人拜名，农民拜土地……

基于此，便不能人为地夸大宗教对人的作用。我们考虑问题时，不能仅仅把人作为一个“纯粹的自然物”，而且要看到人是生物、文化和社会的综合产物。虽然追求幸福的欲望是人生来就有的，这也构成了一切道德产生的基础，但是追求幸福的欲望受到内在和外在的双重矫正。第一，受到人类行为的自然后果的矫正：酒醉之后，必定头疼；放荡成习，必生疾病。第二，受到人类行为的社会后果的矫正：要是我们不尊重他人追求幸福的同样的欲望，那么他人就会反抗；如果我们的自我实现，与社会的现行规则相违背，就会受到法律制度的惩处。所以，要满足和实现自己的欲望，首先要正确地估量我们行为的种种后果，也就是说，我们不能随心所欲，要学会自我节制，要懂得爱人，这或许就是宗教得以存在的基本准则。否则，再神圣的宗教，也会沦为精神鸦片，既麻痹自己，也欺哄他人。

恩格斯的论述，处处闪耀着唯物主义的理性光辉，入情入理，醍醐灌顶，关照当下，有很强的现实意义。它是一副特别的清凉剂，既可以纳凉，也可以醒心，疗治昏蒙与愚昧。

这不免让人想到，眼下，一提到马克思主义的理论，人们马上与意识形态发生联系，产生本能的逆反，这是过度政治化的矫枉过正，是历史造成的理论偏见。而事实上，一旦潜心进入文本，譬如恩格斯的这篇《路德维希·费尔巴哈和德国古典哲学的终结》，我们立刻就会发现，其论述，无不贴着人、人与人、人与社会这些基本的哲学命题有理有据地展开议论，都是在“常识”层面说话，都是唯物的、人本的观点，具有“纯粹的哲学”之美。文字之中，不仅有渊博的自然知识、丰富的历史信息、勃郁的理性逻辑，还有着醉人的智性之象和耀人的灵魂之光，让你不得不沉浸其中，真心信服！

现在是一个妄论、狂论盛行，而忽视“常识”的时代，在哲学的基本问题上的朴素论述，就显得尤为可贵。因此就十分有必要摆脱加在马恩头上诸如“导师”“旗手”的身份遮蔽，还原他们“纯粹哲学家”而且是“经典哲学家”的真实地位，在“学理”层面加以传承。正如恩格斯预言德国古典哲学将要终结而没有终结一样，作为德国古典哲学的代表人物的马克思、恩格斯，其哲学使命也不会终结。因为他们不仅“宣言”，而且还“学问”，他们“纯粹的”、巨大的思想存在，自身就有拨云见日、关怀后世的精神力量，不只属于特定的党派团体，也属于每一个普通的读者。

常识是伟大的真理

陈 新

生活否定了恩格斯的理性，“常识”不仅常常需要证明，而且怪异的法官经常说“证明无效”。

担任大清海关总税务司近50年，具有中西文化背景和高度政治智慧，在中国近代政治、经济、外交、军事、教育、邮政等诸多领域留下了厚重印迹的英国人赫德，退休后写信给他的继任者安格联，提出三点忠告，其中之一是：“常理”。6天后，他辞世；不到一个月，他长久为之服务的王朝覆灭。他为这块土地提出的最后忠告，却没有引起这块土地上的人们的重视。100多年过去了，我们不得不承认它的沉重和珍贵。

安徒生童话《皇帝的新衣》，多少年来一直在我的脑际萦绕。每每想起这个至尊至贵、长满赘肉的枯衰裸体在大街上高傲地展览，不知道该哭还是该笑。在哭笑之间，就感到这个世界真的很苍凉。安徒生用一个纯粹的童话，讲了一个更应该给成人看的故事，他的不朽，就注定了。丹麦，只要产生了这么一个作家，也足以使它自傲于世界民族之林了。皇帝的“新衣”一直在飘荡，在这个荒诞迷乱的世界上，述说一个最平凡的“常理”。

稍微有点儿褊狭地理解，“常理”就是“常识”。

恩格斯在《反杜林论》中说“二乘二等于四，三角形三内角的和等于两个直角，巴黎在法国，人不吃饭就会饿死，等等，这些不都是这种真理吗？”“不正是存在着如此确凿的以至在我们看来给予任何怀疑都无异发疯的那种真理吗？”显然，恩格斯指的是“常识”，而“常识”是不需要证明的。不幸的是，生活否定了恩格斯的理性，“常识”不仅常常需要证明，而且怪异的法官经常说“证明无效”。

何家栋在怀念李慎之先生一文中说：“顾准、李慎之对于我们有什么价值？他们讲的也许不过是常识，其社会意义远远大于它的学术贡献，其思想价值远远大于学术价值。”新加坡智者李光耀2009年对记者说“意识形态不要偏离常识”。

这些话是多么沉痛和一针见血。

历史一再地证明，认知、观念、意识、主义、理论、信仰一旦被教条化，思想的鸟笼就被编织好了，愚昧荒唐的脚本开始上演。20 世纪 50 年代黄万里反对黄河三门峡工程上马，70 个专家和工程师“诺诺”，唯其一人“谔谔”，孤身舌战七天。为了证明“黄河清，圣人出”的古代“浪漫”和苏联专家的高明，他意见被否决，定性为“反党”，打成“右派”。他的预言不幸变成现实，潼关以上黄河、渭河大淤，两岸坍塌，毁农田 80 万亩，一个县被迫迁走，丰腴的八百里秦川“翻为云梦鱼虾没”，人民受尽苦难，损失难以估算。但他仍然是“罪人”。其实，黄万里所说“并没有什么高深学问”，水清沙沉，为害甚烈，不过“常识”而已。1957 年诸多“右派”言论，林昭、彭德怀、遇罗克、张志新……他们说的，也不都是“常识”吗？

当世界驰想于更为高远的未来，而我们还在为“常识”浴血奋斗，其悲何如！历史被泥浆绊住了车轮，他们以身躯为代价，用“常识”进行清理，毕竟厥功甚伟，永垂青史。

关于“真理标准”的大讨论，打破“两个凡是”，扫除迷醉和癫狂，迎来了一个新的天地。“实践是检验真理的唯一标准”，一时响彻中华大地。其实无数先人对此有过警示。列夫·托尔斯泰曾说：“我没有一般原则，我没有崇高的哲学观点，我要的是以经验为根据的数据。”1921 年，章太炎对访华的日本作家芥川龙之介说：“不应从一个主张推演，而应由无数事实归纳。”胡适在“五四”不久就批评了观念的教条化，说“一切主义，一切学理”“不可认作天经地义的信条”“不可奉为金科玉律的宗教”“不可用作蒙蔽聪明，停止思想的绝对真理”。1930 年，他痛心地指出，这些警示的后果“一一都显现在眼前了”。20 世纪 50 年代，他在“口述自传”中，更将这个理念归纳为“实践证明是检验真理的唯一标准”，与 20 年后我们的表达几乎完全相同。窃以为，与其将它作为哲学命题，不如说它是生活逻辑——俗语不是说“事实胜于雄辩”“睁开眼睛看事实”“向事实低头”“一千打理论抵不过一个事实”吗？说到底，它仍然是个“常识”，然而这是一个多么伟大的真理，它冲破狂乱和迷失，给人民带来福祉。

社会进步是个逶迤曲折、永无止境的过程，上帝仿佛为了考验我们的耐心和毅力，设置了一个个禁锢的大门，叫人们像西绪弗斯一样永不停顿地努力，去开启一个个新的天地。这里没有“根本解决”“彻底改革”，更多的是“一点一滴的进化”“一点一滴地解放”“一点一滴的改造”“一点一滴地求进步”（胡适语）。而我们手中最重要的工具之一，窃以为就是——“实践是检验真理的唯一标准”——这个常识，这个伟大的真理！

继朱铁志后还会有高知分子自杀

梁河东

昨日早上，一个朋友发了一条信息：惊闻老友铁志不幸去世，甚感震惊……

我点开了链接，浏览了一下，一种莫名的感觉升起：没有悲悯，没有感想，有的只是孤绝的微笑。

年初，上海华东师大学者江绪林自杀，我写了一点儿感想以纪念，其中说道：江绪林先生走了，林嘉文走了，他们不是领队，也不是收尾，他们只是一个长长队伍中普通的两个队员。以后还有学界文化界的精英，如此悲伤地画上休止符。所以，在此我深深地认为，还会有许多的中华知识分子选择这样的不归路。

朱铁志死了，因为他的职务与角色，所以让人感到惊诧；因为他的才华与名气，所以让人感到惋惜，但对于众多的文化人自杀，他仅是众多人中的一员。

现在，我们要问问朱铁志为什么会死？解读的说法很多，忧郁症似乎是最好的解释，但还有另外的理由。

在我们的传统文化的基因里似乎总有一种悲绝，这种悲绝一直浸润着每一个知识分子的身体与心灵，让他们难以自拔。

最为出名的自杀者是战国末期的浪漫主义诗人屈原。在爱国上，他是一个领袖；在自杀上，他也是一个领袖。屈原已经预测到楚国终会被秦国所灭，他不能接受这样的结果，也不愿意一天天地看着楚国灭亡，于是就跳进汨罗江。他死了，他所处的朝代也死了，他心中的那个终极理想一样灭亡了。

其后，田横为了他的齐国，也率众自杀。到了南宋，也有一些文化人在崖山跳进大海。当大清朝土崩瓦解之时，也有一些文化人自杀，其中一个就是梁漱溟的父亲。用梁漱溟的话讲，他的父亲“殉清”了。

从这一点分析，自杀或许是一种传统。当一个王朝结束或时代大变革时，文化人自杀就显得较多一些。他们死的意义有几种：或是表达一种抗争，或是表达一种不满，或是表示一种纪念，或是表明一种心志，或是表明一种气节。

通观世界，文化人自杀的现象是普遍在的。著就《人间词话》的国学大师王国维，在1927年的6月，写了下“五十年，只欠一死”后，到颐和园的昆明湖自沉；参与两次世界大战并获得了诺贝尔文学奖的美国人海明威，扣动他心爱的猎枪，枪响人终；日本文学巨匠川端康成73岁时，在工作室自杀；大陆作家老舍与徐迟、台湾作家三毛与人大学者余虹都选择了自杀……这些或有成就或有名气的文化人，在某些时候都选择了不归路。

“人生本是死路一条”，可是他们总是迫不及待地走向那个不可知的世界。

理性分析，自杀的文化人毕竟是少的。他们好像没有办法解决他们内心的痛苦与焦灼，非得用自杀来解决不可。在此，我们无意指责什么，只能向他们献上敬意与尊重，愿他们解脱。

我的心理学导师曾告诉我一个研究结果：中国人的自杀与外国人的自杀最主要有两个区别：一是高知相对多，女性相对多；二是自杀率呈上升趋势。

“好死不如赖活着”也是我们的传统，但总有一些人会选择“自杀不易、活着更难”中那个更容易的——自杀。

现在，杂文家朱铁志自杀了，他的死或许没有江绪林震撼人心，但也在文化界引起了一阵子骚动。一阵子骚动之后，文化界与知识界又趋于死水般的平静。在不久的将来，还会有文化人自杀，重复与演绎着这样的故事与现实。

狗在天空中狂叫

詹文格

一

那天晚上，我在老乡家喝了点儿小酒，高一脚低一脚地往住处走。当走到拐角的地方，突然传来一阵汪汪汪的狗叫声，叫声浑厚而急切，水波一样在头顶荡漾，很久没有退去。不知是不是酒精的作用，我当时就像一根木桩，愣愣地立在路口，很久没回过神来。

夜风扑面，我感觉双眼潮湿，鼻子发酸，那一刻整个人都惊呆了。究竟是什么触碰了我的神经，是什么拨动了我的心弦？

这些年我拖着僵硬的身体，穿着隐形的铠甲在城里飞奔，如过河的兵卒，没法停顿。以为风风雨雨早已练成刀枪不入的硬汉，身心粗粝，言行与风月无关，再不会多愁善感，触景生情。可是那个夜晚我重新发现了自己，原来看似硬朗的外表，依然还有柔软的部分。

揉着湿润的双眼，我抑制着情感的起伏，那一刻差点儿就要涕泪横流。作为一个已入天命的男人，还这么容易伤感，似乎显得太过矫情，但打心眼儿里说，那天晚上我真不是矫情。当心门洞开的瞬间，有一种苏醒复活的感觉，一种更内在、更深邃的世界惊然闪现。此时，刚好有狗叫声从夜空中响箭一般传来，让我蓦然回首，想起了母亲的遥远呼唤。

对外人来说，狗的叫声与母亲的呼喊，那是风马牛不相及的事，把两者联系起来，显得颇为牵强。可世间万千之事，总有一些是无法解释的，有时真的连自己也不懂得自己，必须有一个参照系，才能自省和反观，而夜空中落石般的狗叫，砸醒了我的迷糊，让我无意中遇到了迷失多时的自己。

世间有些难以言说的事情，唯有亲历者才能理解内在关联。虽然那是很多年前的往事了，但只要闭上眼睛，我的眼前就会跳出一幅活脱脱的画面。夜色空蒙，山寨如一张苍白的剪纸，一位瘦弱的母亲站在屋后的山岭上，一声一声，急切地呼喊，她在寻找夜归的伢儿……

伢儿一天一夜没有回来了，母亲急得快要发疯。村人举着火把，敲锣鸣铳，四处搜寻，可是荒山野岭搜了几遍，伢儿不见踪影。村人苦寻一夜，已经人困马乏，就在大家准备放弃寻找的时候，一阵震耳的狗叫声从山垭后传来。原来是大黄狗在山垅中找到了受伤的伢儿，它用刺耳的狂叫，唤来了救援的亲人。

人们火速赶到现场，一看全都傻了。伢儿的右脚被捕捉野兽的铁夹紧紧咬住，犬牙交错的铁夹，把伢儿的小腿夹得皮开肉绽，血流不止。如果再晚一点儿发现，伢儿就将命丧黄泉，惨死山野……

光阴逝水，冲淡了记忆，沉淀了往事。多年以后，伢儿长大成人，他已记不清那条大黄狗的模样了，但他没法忘记大黄狗的叫声。在他成长的岁月里，无论走到哪里，脚脖子上都有一道醒目的伤疤，而且那道疤痕会时刻提醒：不要忘记那条救命的黄狗，是它给了自己第二次生命。

闲暇时，他经常抚摸脚上的伤疤，自然就会想起那条黄狗。他后悔没为大黄狗做点什么，没给救命之恩的狗丁点儿回报。好在狗不计较过往，它不像人类那样喜欢等价交换。后来只要想起大黄狗就让他伤心内疚，因为日渐苍老的大黄狗，最终没有逃脱被烹煮上桌的命运。

二

岁月是变脸的大师，当那个孩子长成了我的时候，人已经抵达了陌生的远方。此时我才明白，这个喧嚣的世界从来不缺乏声音。在这个由无数种声音构成的庞大世界里，我永远忘不了一种声音——亲人的呼唤！

在孩子的记忆里，最珍贵的声音莫过于亲人的呼唤，可如今我再也听不到母亲的呼唤了。所以这些年我面向山外，背朝故乡，心在流浪，了无牵挂。

城市是一块喧嚣之地，火光飞溅，钢铁碰撞，无论走到哪里都充斥着工业的噪音。长期浸泡在这种坚硬的声音里，消解了人心的柔韧与温情，很想听一听牛羊欢叫，马蹄嘚嘚的声音。感谢那个对酒当歌的夜晚，让我微醺的身体，飘飘欲仙，特别美妙。我被激情怂恿前行，如与神灵相遇，在少有的开怀放荡中，内心被深深地打动。

回想这些年，自己活得多么沉重拘谨，人生苦短，为何总要作茧自缚？此时，汪汪的狗叫声电波一样从夜空里飘荡而来，那叫声高亢爽朗，悦耳清脆，仿佛来自天堂。我不由想起两句古诗："蝉噪林逾静，鸟鸣山更幽。"几声狗叫，让城市的夜晚有了梦幻般的安静。

循着狗叫的方向，我朝天仰望，希望能和狗的目光交汇，我相信这条狗的目光清澈如水，没有污染。可是刚下过一场细雨，湿漉漉的巷道一团漆黑，星月隐进了云层，我无法辨别楼宇的轮廓。黑夜给天空戴了一副超厚的墨镜，无论我把眼睛瞪得多大，前方依旧一团模糊。努力了很久，直至头晕眼花，还是一无所获。我不知那条狗藏于楼顶何处。

如果是以往，我会老鼠一样滑入洞口，把自己扔向硬邦邦的床板，昏昏沉沉地等待明天的日出。可是那天晚上或许是酒的作用，情绪出现了少见的亢奋。我没有急着钻入地底，而是像一个兴趣正浓的欣赏者，背靠墙壁，仰头倾听天空的狗叫。

面对漆黑的夜空，我被这种从天而降的狗叫声深深地打动。说实话，这些年蜗居地底，不知多少年没有关注过头顶，没有仰望过宝石般的星空。目光只局限在狭小的生存空间里，已忘却视野之外还有天空的高远，大地的辽阔，渐渐把头顶之上当成了虚无。

从那个夜晚开始，我的身心如解冻的河流，不再僵硬。暖意如水，从脚尖漫过，我感觉人已从套子中挣脱出来，双腿减轻了不少的重量。谁也不会相信，沉睡已久的内心会被一阵狗叫声唤醒。

至此我才明白，一个居于地底的人依然有着仰望星空的欲望，依然有着倾听声音的梦想。真后悔自己不是笔带剑气的诗人，错过了灵光乍现的一刻。如果我是诗人，就能动用犀利的文字，捕捉一闪而过的精灵，描摹瞬间而至的意象。

对于一个久居底层的人，别无依傍，我从50年循规蹈矩老老实实的生活经验去判断，狗是喜欢在地面上奔跑的动物，它安静时守在门前巷口，行使着看家护院的职责；它放荡时山间田野，遍地奔跑。狗不像鸟儿，拥有飞翔的翅膀，向往高耸的大树，迷恋辽阔的天空，由此，狗从来不会幻想离开大地，升上天空。在形态万千的自然界里，天狗食日只是一种变形的夸张和想象。

那天晚上我巡视了很久，最终还是没有弄清那条狗的来路。它为何会在天空中狂叫？是谁把它驱离了地面？是谁给狗制造了不安？

三

地下室作为一种隐蔽居所，具有隔绝外界的功能，无论刮风、打雷、下雨，与我毫无干系。那天晚上我钻入地底后，对楼面上发生的事情一无所知，后来我通过楼上几家住户的转述，通过我的探问推测，才知道那个夜晚对于一条狗来说，是一种苦难的煎熬。它经历了从未有过的惊恐、焦虑和绝望。

次日天明，我照例早起，从地下室爬上来，看见火红的爆竹屑铺满走道，顿时就已明白其中的原委，证明我的判断完全正确。居于楼顶的是新搬来的住户，随家迁移的狗自然也得跟随主人爬上楼顶。一条在乡村长大的狗，已经习惯了在地上自由奔跑，当上升到一个从未见过的高度时，眼前的一切便发生了变化，连习以为常的声音也显得陌生刺耳，让一条胆大妄为的狗充满警惕。

夜深人静，那狗孤零零地立在楼顶，像一条被荒原围困的老狼，朝天嗥叫。叫声从天空落向地面，又从地面弹回天空，来回震荡的声波在笋尖似的楼盘里跳跃撞击，通过墙体这个巨大的回音壁，把狗叫声放大拉长，经久不息，无法消弭。变形的回音从窗洞里，从门缝中源源不断地渗入，很快引起整个小区的狂躁。大狗、小狗、公狗、母狗全都扯开嗓门，加入到这场空前绝后的大合唱中。

岑寂的夜晚，沸腾的狗叫声把小区搅成了一锅粥。从睡梦中惊醒的住户群情激愤，无比恼怒，老人的咳嗽，小孩儿的哭闹，火焰一样传递蔓延。莫名其妙的狗叫声像战前的混乱，被吵醒的左邻右舍忍不住推开窗户，探出头来，对着夜空大声咒骂。面对责备和声讨，新来的住户感觉颜面尽失，既怨愤难平，又愧疚不安，他没想到一条狗会搅乱众人的安宁。

遭受指责、谩骂、围攻之后，新来的住户心情莫名烦躁，一种无形的压力从暗夜中飘然而至。他后悔当初的决定，一个刚刚进城转换身份的人，很在乎别人的看法，无比渴望得到城里人的接纳和认同。可这条狂吠不止的土狗，用一种无拘无束的方式暴露了主人的秘密。

读点闲书的人都知道，怕吵不是城里人故意斤斤计较，而是生活习惯的使然。比如鲁迅先生在他的日记中有过这方面记载："半夜后邻客以闽音高谈，狺狺如犬相啮，不得安睡。"由于不能安睡，鲁迅搬离了原来的住处，可是他逃避了"狺狺犬啮"，却又平添了猫的骚扰。周作人在《鲁迅的故家》中回忆，对于猫叫春，像小儿一样绵长的啼哭，他们那时"大抵大怒而起"。他在 1918 年的日记里，也有"夜为猫所扰，不得安睡"的记载。为了驱逐夜猫，周作人写道："我搬了小茶儿，到后檐下放好，他便上去用竹竿痛打，把它们打散，但也不能长治久安，往往过一会儿又回来了。"

猫是一种很怪异的动物，母猫叫春声嘶力竭，而交配时更是叫声刺耳，让人心烦。为何母猫会那样尖叫？了解一下公猫的生殖构造就知道了原委，那个奇特的生殖器上布满了带钩的立刺，想想母猫交配时怎能不叫？！

平时我忽略了动物之间的差异，同样是一条狗，它们的角色是不同的。城里的狗没有看家护院的职责，它可以顽皮，可以撒娇，因为它是供人玩耍的宠物。所以在这个庞大的种群中，狗如同家用轿车，它的血缘品种决定着的它的身价。是否属于名门贵族，狗的背后体现了主人的身份和地位。藏獒、俄罗斯高加索、意大利扭玻利顿、巴西非勒、法国波尔多、德国牧羊犬、金毛猎犬……这些都是城里人熟悉的名犬，它们在深宅大院里养尊处优，连大小便都有专人侍候。如果带着狗逛街赴宴，狗俨然是个绅士，钻出豪车会引来一片惊羡的目光。

狂躁不安的土狗，不仅触犯了众怒，而且逼得它的主人坐立不安。为了表示歉意，主人必须有所行动，就像干了坏事，损害了他人利益的孩子，为表明家长态度，必须当众责罚它。于是愤怒的主人，冲上楼顶，挥起木棍，一顿乱棒。

——扑通扑通，狗被揍得满地打滚，嗷嗷惨叫……

威力巨大的棍棒，没能阻止狗的尖叫，一条半夜狂叫的狗，肯定有它狂叫的原因。而此时被怒火燃烧的主人，情绪失控，根本没心情，更没兴趣去寻找原因。我猜想，狗的狂叫是来自内心的恐惧，由于狗不熟悉周围的环境，它怀疑、担心、害怕，所以引发它激烈的反应。特别是四周的声音显得陌生而怪异，让狗更加戒备提防，焦躁不安。对主人来说，一条进城的狗就该变成宠物的样子，彬彬有礼；就该乖巧听话，安安静静，老老实实。

可惜这个世上没有人能理解一条狗的忧伤，没有人会在意它脚趾下的尘土，皮毛上的汗味，以及追怀留恋的眼神。那个离去的家园里，有它的恋情，有它的牵挂，有它熟悉的气味。

乔迁入住的主人不希望自己成为不受欢迎的外人，他要挽回尊严与脸面，他要让狗立即安静下来。

他相信暴打是最有效的惩罚方式，动用一顿乱棒足以让狗闭嘴。谁知这狗天性倔强，挨打之后虽然鼻青脸肿，但它并不呻吟，反而更加惨烈地嗥叫，声音犹如锋利的刀子，划破夜空。

四

狗是具有智商的动物，它懂得用声音和表情来展示内心的喜怒。摇头摆尾，亲吻舔舌，那是狗在撒欢、亲切、讨好的表现；轻声哼唧，双耳竖起，夹紧尾巴，那是恐惧和害怕；龇牙咧嘴，毛如尖刺，那是发怒对抗，随时将发出攻击。

狗的叫声包含着复杂的信息，那天晚上，我听到的狗叫声显得孤独空茫，同时还带着思乡恋土的无奈。而挨打之后，那种叫喊或许就变成了哭诉与对抗，犹如黑暗中的游蛇，声音颤抖，不停跳荡，一声一声，针尖一样往胸口上撞来。

狗不知道保护自己，它迷恋于内心的宣泄，它把向天的嗥叫当成了隔空喊话。谁知愤怒的主人失去了往日的理智和宽容，在那个漆黑的夜晚，他心头的怒火足以点燃整个夜空。狗的尖嚎惨叫不是疼痛呼喊，而是装神弄鬼，有意作对。可恨的土狗有意给他难堪，让他成为众矢之的，下不了台去。

对于狗来说，主人的反常行为显得诡异莫辨，当棍棒挥舞，朝它头顶砸来的时候，狗体会了主人的恩断义绝，感受了阴险恐怖。突然而至的暴力没有半点儿前奏和温情，世界在那一刻彻底沉没。狗看到自己头顶正在波峰浪涌，乱云飞渡。

为控制这条不愿配合的狗，让它闭上嘴巴，主人的制裁不断升级，他拿出之前带狗出行、防止咬人的工具——铁丝笼子，将狗的嘴巴牢牢套住，然后再用一根锃亮的链子系住狗的脖子。狗双腿跪地，它已经软弱下来，可主人没有在意狗的举动。他用双重惩罚使这条桀骜不驯的狗不再挣扎，人和狗的较量在这个夜晚分出了胜负。

果然暴力是有效的制裁，楼顶的狗终于安静下来，它再也无法用声音来诉说痛苦，宣告一条狗的存在。突然降临的安静，掩埋着种种不安和失望，隐藏着内在的焦灼和无助，听不见尖叫呐喊，让鸡犬相闻的世界变得遥远起来。回想那个夜晚，我感觉身体之外的空寂，如一柄冷剑，直刺内心，让我听到了之前从未听过的响动——那是一个世界在疼痛时发出的神秘声音。

谁也没想到那条狗会如此决绝，天将破晓的时刻，它带着满身的伤痕，纵身一跃，想从楼顶扑向地面。出乎意料的结局如同紧急刹车，戛然而止，让人为之一震。狗渴望扑向自由，可是这种无畏的举动，没有让它如愿，地面成了一个遥不可及的梦幻。“哐啷”一声，当狗的身体坠落的时候，那根不锈钢的链子像一根套索，紧紧勒住了它的脖子……

铁链成了致命的牵绊，狗悬挂于楼顶的外墙，牙关紧咬，四肢僵硬，如同一枚风干的野果，垂吊在枯藤上，风一吹，不停晃荡。

有个喜欢摄影的女孩儿，专门抓拍屋顶的动物，她通过手中的变焦镜头，第一个发现了虐狗事件。女孩儿的尖叫引来了路人的注目，很快地面上仰起笋尖一样的脑袋，大家开始议论昨晚的狗叫，原来那是狗在亡命前的哭喊。

有几名关心动物的居民，忍不住飞快地冲上顶楼，不停地敲打屋门，可主人屋门紧锁，不知去向。狗在屋顶上挂了几天，没有人来收拾处理，也没有人知道主人的用意。他是故意用一条死狗来示众，还是让一条活狗去谢罪？

……

事情过去很久了，我一直没有获得明确的答案，那些出入高楼的居民和我一样，从没有去追问，是谁把一条狗逼向了死亡？

后来我搬离了地下室，住上了另一处高楼，闭塞多年的耳朵，终于听到了风声雨声车流声。可是我的耳朵成了一个厌食者，面对庞杂无序的声音充耳不闻，也许那些声音都不是我想要听到的。我只希望在某个岑寂的夜晚，在月朗星稀的时候，有一阵狗叫声从天空中飘来。

天津：一条河的前世

秦　岭

后来，我把书房乔迁到原意大利租界区——这条河的北岸。某个春日的午后，我习惯性地把慵懒和阅读交给阳光和藤椅。凭窗眺望，河面上的游船你来我往，笙歌盎然。恍惚中，一帘幽梦。而这条河，我不知是否和我一样，睡了，还是醒了。

怎么描述这个梦呢？我梦见位于三岔河口的金刚桥到位于渤海湾的大沽口之间，一位桀骜不驯的舞者，波光粼粼，桅杆林立，英气袭人。这分明是巨蟒之舞，一排排浪花簇拥、拍打着两岸的沧桑。活在今生，我的梦难以免俗地只徘徊于100多年而无法洞穿遥远，我只梦到穿着长袍马褂、留着辫子的中国人，与身着西装领带的洋人在用汉语、英语、德语、西班牙语交流，两岸的三条石、起士林、小白楼、望海楼教堂、老龙头火车站、利顺德饭店、麦加利银行一带，印度巡捕、英国教士、犹太商人、晚清遗少、革命党人、大侠刺客、杂耍艺人构成了一个奇异而罕有的中国近代史现场。也似曾梦见妈祖莅临海河的先声和漕运码头第一口大钟的余音，但影影绰绰，我无法辨清，这到底是日出东方之前明亮的晨曦，还是暮霭深重的晚风。

是一声炮响，让我从梦中醒来。这血腥的声音源自渤海湾，具体说，源自八国联军的坚船利炮。有个你即便不认同也由不得你的事实，那就是，当清廷智慧超群的文武百官和子民对一个王朝失去信心、信任和信赖的时候，上到天子，下到流民与国家、民族的命运其实没有一毛钱的关系了。所谓家国情怀，在一个腐朽的体制面前，家何以堪，国何以报？只可惜了那些滚落在屠刀下的改良者、革命者的头颅，也就值个白菜价，而真正高价位的，是外来的炮弹和子弹，它凄厉地呼啸着，用的却是私塾先生一样的口吻：“孩子，我不得不狠狠地打你，你已经很不像话了。”侵略，这时候远比革命和改良更管用。不争气的孩子到底该打，还是不该打，家长比历史学家更要心知肚明。孩子是家长的，不是教书先生的。“不打不成器”，不是我说的，是古人的箴言。

就这样一觉醒来，不禁哑然，这分明是晚清古画或民国老照片中海河的前世嘛，分明是百年前那个风云际会的国际大都市嘛，却怎的穿越时空闯入我梦中来了？抬望眼，两岸是鳞次栉比的摩天大楼、翼展如盖的立交桥、虹霓闪烁的商场和星级四射的酒店。现代文明的夹缝中，此岸的原意大利、奥地利、匈牙利领事馆和一代枭雄袁世凯、冯国璋、曹锟以及人文宗师梁启超、李叔同、曹禺的旧居，如隐匿在时代背景下的陈砖旧瓦，弥漫着苍老的鼻息，与我刚刚飞逝的一帘幽梦遥相呼应。严格按照殖民色彩“修旧如旧”之后用来招商引资、旅游观光的意式风情区和彼岸的英式、法式风情区，像现代大观园一隅的几个老盆景，更像装了新酒的老坛。“看天津小洋楼喽——”现代人兴高采烈，蜂拥而至，摩肩接踵。我看见每个游客喜不自胜的脸，像一张张平面几何图形，他们并不是奔时代而来，而是奔海河的前世去的，奔岁月去的，奔历史去的。没人质疑这是悖论和幽默，也没人质疑此刻分享的是20世纪西方科学、民主、文明的遗产，更没人质疑这是姗姗来迟的幸运或历史的注定。如果说是列强帮助中国人“砸烂了一个旧世界，改造了一个新世界”，你可以不信这个逻辑，但你得信蜂拥而至的观光者巨大无比的热情。现实超越教科书的说服力在于，殖民和半殖民带来的，恰恰是人类最前沿的文明，而不是落后。就像两块同样的土地，人家的土地水草丰茂、五谷丰登，你的土地荒芜贫瘠、颗粒无收。人家在你的土地上挖上两镬头越界，撒点儿种子，秋后丰收，两家分成，你说妥还是不妥？要说不妥，你有啥理由荒着这土地？你可以没皮没脸虚度时日不要尊严，但土地要，土地永远渴望有能力的主人，与自己一起在地球上实现日出而作，日落而息。

而今天海河的脉搏，她反而停止了跳动，她不见一丝浪花，平静、安详，如一场悲壮的睡眠。当你把这坛新酒一饮而尽，我不希望你烂醉如泥。一般来说，清醒者和糊涂者的梦，是不一样的。

“脱胎于黄河的海河，其实是最年轻的，但她已经老了。”一位船家说。船家其实是一位国有企业的下岗职工，60年前他在公私合营的凯歌声中当工人阶级主人翁的时候，曾以壮士断腕的姿态，揭发过他的资本家爷爷，迫使爷爷乖乖交出了两幢哥特式小洋楼和所有资产，如今，这位市场经济的弃儿，每天都在海河上清理现代文明人遗弃的秽物，并借此养家糊口。他脸上的风霜，似与历史无关，与新时代大都市的时尚风情无关。据说，前些年，船家一网下去，捞上来的宝贝很多，宝贝当然不是鱼虾牡蛎，而是品质上乘、灿灿发光的珍珠玛瑙、钻戒项链、金锭银圆。有个并不遥远的传说，说是有一位船家曾捞上来一个百宝箱，撬开一看，箱内除了金银财宝，还有一缕女人的青丝。船家有喜有怨，喜的是坐地生财，怨的是这一缕青丝，分明是带有女人血迹的。船家嫌晦气，差点儿就吐了，随手一扔，青丝像一缕即将断炊的青烟，无声地飘到河面，瞬间无影无踪。

我不止听说过一次，选择在海河自杀的天津人，大多集中在四个历史节点：镇压反革命、公私合营、反右、“文化大革命”。有前国民党要员，有大资本家，也有知识分子。有单个儿跳的，也有全家跳的。无人知道那一缕带血的青丝隐含着怎样的故事，它有可能与当年杜十娘怒沉百宝箱的故事如出一辙，也有可能风马牛不相及。如果把这几个历史节点穿起来，正好是我们眼皮底下的半个世纪。青丝，在中国的传统文化中如惊鸿一瞥，如闪电雷鸣，它的承载与意象，比儿女之情到底长多少，谁能估量？相关的故事在明清小说、传统戏剧中多了去了。男人出门远行，行囊中、书本里、折扇内藏的，多是一缕女人的长发，谓之青丝。如今，当物欲引领了我们的世界，“青丝软系儿女情”，疑似一段遥远、缥缈的传说。所以你必须得理解，一缕青丝因何差点儿让一位无产者呕出体内积郁已久的秽物来。何况那缕青丝是否来自他奶奶的头颅，也未可知哩。他奶奶的——我这里不是骂人，指血缘。也许，船家早已吐过好多次了。面目全非的海河上，这点污染，实在算不得什么。

不久前，一位90岁高龄的历史学家告诉我，他一生最大的错误是选择了研读历史。半个世纪前，有一位主动与他划清界限的“万恶的”资本家同学跳进了海河，假如换个时间段，譬如今天，那位资本家一定是天津某个大公司集团的舵手，头顶也必然罩满了全国人大代表、劳动模范这样的政治光环。如今可以代表，当年就不可以代表了；如今可以模范，当年就不可以模范了。近些年，国内一些大企业、大财团里自杀的员工如雨后春笋，不是一个又一个，而是一茬又一茬，某著名大企业在很短时间内一口气有十多人纵身跳楼而死，构成了影响深远的“跳楼门”事件——我这里可能有个认识上的问题，它未必“深远”，它湮没于人们记忆的时间未必赶得上血迹风干的时间长。跳楼的不是资产阶级，而是无产阶级。老人告诉我：“当年我这位同学的企业也很大，重大决策都是工会说了算，职工对他拥戴有加。职工没有一个跳楼的，但他跳了，而且，死无葬身之地。”

要我说，他并不是死无葬身之地，海河就是他的坟墓了。再具体些，他的坟墓就是海河里的鱼虾。假如没有海河，一个拥有死期的人，何处去寻死？

几天前，我曾问过一位外地人：“你知道海河吗？”

“不知道，您到底指海，还是指河？”

我突然发现这个问题有些深沉了。我本来想用诗情画意的方式告诉他：推开津门，手搭凉棚一望，海河流域像极了一枚从苍茫的渤海湾伸展到华北大陆上的巨叶，而叶柄，大致就是被天津牢牢捏在手心的海河主干道了。作为中国七大河流之一，作为华北地区的最大水系，她东临渤海，西起太行，南界黄河，北跨燕山。她的博大与丰富，让古老的燕赵大地别具一格。我突然意识到，这样的介绍对受众而言，一定是索然无味的。有个教训至今让我记得，某次行舟海河，知识分子们在觥筹交错之间争论“九河下梢天津卫，三座浮桥两道关”中的“九”字，大意是海河明明由南运河、北运河、大清河、子牙河、永定河五大干流汇成，何冠以“九”？我只好笑了，中国传统文化中的“九”乃代表无穷，更何况，五大支流上游的大小支流何止千百，一个“九”，真正的有容乃大啊！我当时端起一杯津酒，让争论画了句号：“诸位休矣！这杯酒，还是敬海河的前世吧。”

几杯清酒洒入海河的弧线，银色，弯弯的，如凋零的眉毛。

“是海河，让天津成为中国近代史的缩影。”

这一点，到底是天津的荣耀还是屈辱，已经不重要了。重要的是你会发现，荣耀和屈辱原来是不分家的，有一种屈辱，本身就是历史给你的馈赠或恩赐。当一条河的名字，胆敢与大海并联，她在近代以海洋文明为标志的世界工业革命和国际风云中的担当、无奈、责任、屈辱、抗争、妥协与融合，就已在前世注定，并意味着获得荣耀的开始。与海河的命运紧密相连的，是大沽口保卫战、义和团、天津开埠、洋务运动、天津教案、《天津条约》、小站练兵、九国租界、日本驻屯军……据载，1900 年八国联军从渤海湾登陆并一路杀来，天津居民由一百万人锐减到十万人，“海河上漂尸阻塞河流，三天不能清理净尽”。在这生与死、血与火的考验和淬炼中，成千上万来自中国南北的历史先觉者，有的从三岔河口乘船，沿海河入海，远走德、英、俄、美、日诸国寻求方向与真理，有的在海河两岸的废墟和伤口上，艰难地抓住中外政治、经济、文化交锋的差异与默契，开始民主政治与民族工商业的探索、求生与实践，奇迹般分娩、创造并实现了中国近代史上近百项第一：北洋学堂、北洋海军、北洋医院、巡警、监察厅、有轨电车、造币厂、实业银行、邮票、电报、电话、大公报、电影院、铜管乐队、足球、篮球……我有理由向那个时代的先知先觉者们致敬，他们和世界构成了这样一种逻辑，你打我不要紧，杀我不要紧，你租我的地种我的地不要紧，你让我血流成河不要紧，我服了，服到底了，我带着伤疤和疼痛向你学习，向你取经。这是难得的新思维和方法。试问，还有哪条河，能像海河一样在中国民主革命与几千年封建帝制博弈的节骨眼儿上，让历史的尺度和沉浮变得如此大开大合，让历史的经验和教训如此玲珑剔透。

她玲珑剔透到啥程度？像一滴泪，哭出来的，也是笑出来的。

同样玲珑剔透的，也包括慈禧太后、光绪、袁世凯、溥仪、李鸿章等被后来的教科书戴上许多灰色帽子的历史人物，在几千年的大厦将倾之际，他们与天津的交集变得明朗而纯粹，他们的开明超过了狭隘、远见超过了纠结、功绩超过了罪行。当历史注定让他们放血埋单、艰难抉择时，他们在痛定思痛之后，一个个背着先朝沉重而肮脏的遗产，选择了拥抱世界文明。而当下的许多中国知识分子，是在高高的象牙塔里站着说话不腰疼的一帮人，他们无论给这些人贴上怎样的标签，也改变不了民族与世界、国家与全球背景下发展、进步与文明三者关系的现实证据。

海河，就这样替中国打开了一个世界，为什么是海河？这其中一定是有秘密的。一定是西方的海洋文明给了海河机会，海河给了大海姿态；一定是海河给了中国近代史命运，中国近代史赋予了海河不可替代的责任。如果我们要感受那段风雨如晦的年代里蕴蓄的咆哮与浪漫，判断那一代中国人的苦乐与悲欢，体味生死轮回一样的内忧外患和历史周期，那么，每舀一瓢海河水，泼出去，必是一张答卷。

有段时间，中央电视台在黄金时间播放了一部纪录片《五大道》，反响不俗，一时间，天南海北的人们对天津高山仰止，趋之若鹜。我注意到，在纪录片中为天津代言的，有晚清时期溥仪、载沣、小德张等皇室家族的子嗣遗孤，有民国早期袁世凯、冯国璋、段祺瑞的后代，有乱世枭雄孙传芳、孙殿英等各路军阀的遗孀，有当年大买办、大财团的晚辈，他们大多侨居欧美，而且是海外经济、文化领域的翘楚，引领着海外华人世界的某种时尚和潮流。他们都属于那四个历史节点的幸存者。他们之所以活着，而且活得很滋润，是因为当年选择了离开，远远地离开海河，离开天津，离开这片土地。

而今，他们理直气壮地成了历史和时代的双重代言人，却很少有人试图回到大陆，回到天津，回到母亲河的身边。有趣的是，改革开放之后，他们留在天津的后代，翅翼丰满之后，也借助这些代言人，已经或正在以中国社会精英的身份，继续义无反顾地移民海外。纷纷地，一拨又一拨。这就有趣了，百年前，一拨人是迎着洋人刺刀寻找救国救民路径的，五十年前，一拨人是背着沉重的十字架躲灾避难的，而今的这一拨人，说穿了，是奔宜居而去的。海河两岸为什么不能让他们宜居了，这个话题，还是让给政治家去分析吧。

“天津的历史太短了，才六百年。”徜徉在海河之畔，常听到这样的感慨。

我无语。人们习惯了把天津的历史和天津的建城史混为一谈，就像始终搞不清海河和海河水系一样。筋疲力尽的海河一定习惯了这种无休止的短视和絮叨，她无力用咆哮和喧嚣证明自己的前世，她偶尔绽开的一丝丝涟漪，也只不过是游船划过的印痕。但她一定是心知肚明的，健忘、浮躁的人们容易把历史与一方水土割裂开来，就像一个婴儿成为一代伟人之后，母亲早已被俗世湮没得无影无踪。只是，我真的服了当代人回溯前世的态度与局限，上溯祖上三代，你还能记住谁？

或者，你心里还有谁？你可曾知两千年前的东汉建安十年，曹操为了消灭袁绍，北攻乌桓，先后开凿平虏渠、泉州渠诸河，形成了如今贯穿天津城区的河流干线，为未来水战、海战提供了前所未有的样板；可曾知三国之后的三百年里，随着海河社会功能的失势和自然因素，出现了一条大河难得一见的自由解体现象；可曾知隋朝大业四年，隋炀帝强征百万民工修建大运河，海河摇身一变成为影响世界的中国南北水陆交通的大动脉；可曾知北宋庆历八年（1048 年）至元符二年（1099 年），黄河三次决口北迁，夺海河入海，京津冀一带成为名副其实的黄河古道；可曾知南宋建炎二年（1128 年），黄河“让位”于海河回师南下，才有了近代海河的体貌和容颜……

当一条河能让我们以中国近代史为起点，实现种种上溯、追寻、觅踪的可能性；当一条河与人相濡以沫、相互作用的世相能让我们窥见万千江河与人类的种种关联；当一条河的诞生、形成与步履中蕴藏的自然、历史与社会的密码，那她还是一条河吗？她是镜子了，是标尺了，是叙事了，更是制高点上的瞭望塔了。

几年前，有关方面邀请我参与讨论改革开放背景下的“天津精神”，我没有发表意见，一方水土的灵魂和精神，岂能是一个时代概念，历史只有在反思与传承中才能向前推进，当曹操、隋炀帝、孙中山、梁启超、李叔同、严复、曹禺、张伯苓、顾维钧、张自忠们留在海河边的足迹仍然清晰可辨，当代人唯有倾听海河，叩问海河；唯有冷静淡定，虚怀若谷。每踩出一个脚印，都要经得起后人的观察、比照与丈量。面对轻浮和无奈，我不知道有多少人徘徊在海河之畔，遐思如岁月的风，把津门吹开，又关上；关上，又吹开……碍于我判断的局限，我看不到这些人，看到的，是海河两岸玩股的、打麻将的、提笼架鸟的、骂娘的……

“你知道介地儿是吗？咱皇上常来的地方。”一听，就是天津卫。

有趣的是，引以为豪的不光有补鞋的、炸果子的、看门的，还有煞有介事的文化人。那口气，皇上分明是他亲爹，他是亲太子了。天津来过多少皇上，我还真没走过脑子。可有一位皇上，像痰一样老是堵在我胸口，想吐出来也难，他就是毁誉参半的明成祖朱棣。永乐二年（1404 年），朱棣下令在直沽设卫，理由是“直沽，海运，商舶往来之冲，宜设军卫”。赐名天津，意指天子渡津之处，并在北大关渡口建一牌楼，上书曰：“龙飞渡跸”。自古以来，唯我独尊的封建帝王随处赐名，多在残酷的改朝换代中被毫不留情地灭迹消踪，唯独“天子渡津”不但没有被湮没尘烟，反而被口传心授、墨守成规至今，那种发霉的皇权、专制和反民主的意味，在不少人眼里，依然幻化成了足以光宗耀祖、彪炳千秋的文化圣经。都嘛时代了，你进得津门的相声茶馆、京戏园子，充耳便是老佛爷长了，李莲英短了。在卫嘴子们“嘛钱不钱的，乐和乐和完了”的调侃里，天津许多名震中外的民族工业品牌像飞鸽牌自行车一样消失得无影无踪，而时间，像当年的海鸥牌手表一样滞留在被遗弃的那一瞬。

“海河是什么？”这是我应邀在天津渤海大讲堂演讲时的一次发问。

“母亲。”听众异口同声。

有位老退休教师说：“20 世纪 70 年代，学生们都以《海河，我的母亲》为题写过作文，我至今记得其中这样的段落：在奔向两千年的征程上，我的母亲——海河，永远伴我们一起走。情悠悠，梦悠悠，海河万古流。”

“为什么呢？”我发出的第二问，让全场的天津卫表情错愕，仿佛面对一个小儿科的逻辑和隔世的谎言。

有情怀的听众，一定懂得我的指向。海河能背得起历史，甚至背着中国近代史健步如飞，可是，她能背得起现代人吗？或者，她能否承载一缕青丝，哪怕是一缕，带血的，或者，不带血的。

忘了是最近的哪一年，中国大运河（Grand Canal）被宣布成为中国第四十六个世界文化遗产，但这并未影响中国大陆殃及自然资源的城市无序扩张和危及生态的工业化。这些年，海河上游被层层截流，加上自然因素，海河早已无法履行学生作文中“像乳汁一样哺育着天津人民”的天职。30 多年前，天津为了解决饮水之困，组织军民几十万人，打通燕山山脉，从 230 公里外的迁西县和遵化地区实施了“引滦入津”工程，不久滦河连年告罄，只好又借道“南水北调”引黄河入津。如果不是下游入海口长期锁闸储水，古老的海河河道早变成现代都市罕见的大峡谷了。我借用了水利专家的话：“古人做梦都不会想到现代人的小聪明，今生的海河其实比前世更开阔、更精致，更漂亮，成为天津市一道无与伦比的风景线，因为，她不是严格的河了。她更像一个封闭的城市水库，或者，汛期的排洪沟，甚至，她连排洪的职责也承担不了，远郊的独流减河、潮白河反而实用一些……”

“我才知道，我们的海河，她……她不走了。”一位老人突然老泪纵横。

一个“走”字儿！让我怦然心动。

从老人的泪滴里，我感受到了一种眷恋，这种眷恋那么朴素而诚恳，一定是属于前世的。在这样的眷恋里，我参与过一次以京津冀协同发展背景下的海河生态文明建设为主题的讨论，我的发言题目是：一条河的前世。

今生，就是未来的前世。只是我无法预料，它比我的梦是短，还是长。

“知识改变命运”还是“教育使人不被命运所摆布”

刘云杉

从认识自己到改变命运：教育的古今之变

对于教育之于人生与人性，古今存在着两种非常对立的观念。希腊德尔菲神庙的入口处刻着一句话：认识你自己！这是古典教育的核心。在西方第一部系统的教育学论著《大教学论》的扉页，醒目地写着：把一切事物教给一切人类的艺术，使男女青年，毫无例外地，全都迅速地、愉快地、彻底地，懂得科学，纯于德行，习于虔敬，这样去学会现世与来生所需的一切事项。

学问、德行与虔信的种子自然存在于我们身上，教育的作用是用一种简易而又可靠的方法，使它能够称心如意地实现出来。其后的逻辑是：人有其位，育有其度，教有其法。《中庸》的“天命之谓性，率性之谓道，修道之谓教”命题，与此神似。

潘光旦对此有充分的阐释：真正的教育，对于所教的青年，只有八个字的假定：顺其自然，因其固有，不顺自然是戕贼，不因固有则徒然。他写得很生动：普通的一条狗，你不能教它打猎；一只鸡，你不能教它学泅水——一切生物都有它的位育。中为天下之大本，和为天下之达道，而实践中和的结果，便是天地位而万物育，便是一切安所而遂生。位者，安其所也；育者，遂其生也；安所遂生，是为位育。

在古典政治哲学中，人的位置是什么？上帝把大地上的一切被造物赐给人统治：并不是把整体都赐给他统治；他被安置在一个园子里，经营它并守护它——这是人被指派的位置。德行在本质上是“适度”，善的生活是按自然的本性去生活，安于特定的限度。正当性便是遵从被神圣地建立起来的秩序，正义乃是遵从自然的秩序。

中国经典有相似的表述，德近乎性，即天命；道为率性，一个人是什么，才做什么；一个人里面是什么，外面也就表现为什么。道与德，实为人生的表里两面，德为里，道为表，合言之为人生的全部。正义即社会的秩序要遵从自然的秩序，由是，人载其事，各得其宜——此为因材施教的人性基础。倘若生而不幸，恰是一块糟糕的质料呢？

如何面对不可控制、难以把握的命运或机运（chance）即中文中无常的“命”与易变的“运”呢？古典思想将其归为难知究竟的天意（providence）。拒绝接受这无常与易变的命运，便是现代性发端。人拒绝服从所谓的“机运”，人的权柄大大增强，人不再安于自然本性的界限；不再甘于为“万物的尺度”，而欲做“万物的主宰”；他不仅要主宰万物，更要主宰自己，人能够把糟糕的质料改造成良好的，由此掌握机运。

由此，人彻底摆脱了自然的禁锢，质料无所谓败坏与邪恶，人所需要的也非虔信、德行以及相应的品格塑造，而是细密精巧的制度。知识不再被理解为关乎人或者宇宙秩序，自然被视为一种要被规约到秩序上的混沌，理性与技术取代了自然。人把自然传唤到自己理性的法庭面前，“拷问自然”，知（knowing）是一种做（making）。

由是，“认识自己”不再是教育得以展开的基石，现代性赋予教育的雄心在于：提升自己，进而控制命运——此可谓教育的古今之变。改变命运成为现代教育的使命。首先，人不再被自然所禁锢，也不再有自然的监护，内在的差异被忽视了，人被放逐于外在的、物的世界中；进而，定义人的方式变了：人被简化为人手或人力资本；“人力”的培养进而压倒了“人心”的培植；继之，人的价值参照变了，判断人的标识不再是德行与信仰，而是经济维度中对物的生产与消费能力，以及社会维度中人对人的支配与控制能力。相应，现代教育的目标与内容皆由内在转为外物，识人、择人这些古典教育的核心被丢弃了，人逊位于知识，“人不尊，则转而尊器物。人之为学，则唯学于器物，而技能乃更尊于知识”。学问、德行与虔信，三位一体的种子，后两者却缺失了。没有虔敬之心的知识，至多是内在或外在的逻辑或手艺的培养，却不是对一个人灵魂的教化。光亮不再照人，人变晦暗了。古典教育的养性与养心，变成现代教育的养财，进而养才。

中国传统教育有三项重要的功能：品鉴人性、涵养人心，安顿人身。在当下的中国社会，已被窄化为一种明确且急躁的期待——改变命运，通过教育实现社会阶梯的向上流动，获取职业、挤入等级、提升地位。然而，知识真能改变命运吗？知识及其细密精巧的设计真能把糟糕的质料改好吗？让我们进入教育思想史一个更为经典的质疑！

教育如何不糟蹋我们：知识教育的限度

“教育如何不糟蹋我们？”蒙田曾发出这样的疑问。这疑问可追溯到柏拉图“真正的教育”与“错误的教育”之分：人若受过真正的教育，他就是一个最温良、最神圣的生物；但是他若没有受过教育，或者受过错误的教育，他就是世间最难驾驭的家伙。

毋庸置疑，人人确乎都需要真正的教育。夸美纽斯分析得很细致：愚蠢的人需要受教导，好使他们摆脱本性中的愚蠢；聪明的人更需要受教育，一个活泼的心理如果不能从事有用、正经的事情，它便会被无益的、稀奇的和有害的思想所困扰，会让自己毁掉自己。好的教育是让存在于我们身上的知识、德行和虔敬的种子得以生长，而且是里外和谐地得以生长。受教育者的才智得到智慧的光辉照耀，使它易于探究一切明显的或隐秘的事情，情绪和欲望与德行得到和谐。

倘若是不当的教育或者是错误的教育，学校培养不出合乎德行的品性，而只是一种虚伪的道德外表，一种令人生厌的、外来的文化皮毛，和一些专务世俗虚荣的眼光和手脚。因为虔敬与德行这两个最重要的教育，常被忽略，或放在一个从属的地位。在人类骄傲的理性下，融通于德行与虔敬的知识排斥了后者，独占教育，我们的欲望被过度地用在知识之树上，以致我们抛弃了被点燃引活的生命之树。我们的学校也渗透了这种毫不知足的欲望，一直到现在都只在追求智力方面的进步，没有别的。

知识教育是有条件且有限度的，知识绝非越多越好，越高深越好。没有德行与虔敬的知识教育如同童子操刀，盲人骑象。知识是一把危险的剑，它落在了笨拙的和不娴熟的人的手中，就足以伤害它的主人。赫胥黎用“非愚即妄”来概括此类教育饲养出了三类人：下等是鹦哥，看似人云亦云，其实不知所云，此为鹦鹉学舌。中等是专家，在某一专门科目范围内，他既知其然，也知其所以然，然而，一出此范围，便一无所知；一无所知并不可怕，可怕的是毫无兴趣，漠不关心，熟视无睹。上等是理论家，对所谓的观念与理论问题，能左右逢源、头头是道，但对于日常生活、普通人事，却不知如何理会、如何应付，一遇稍微复杂的实际问题，就一筹莫展、手足无措了。

常见的愚体现为鹦鹉学舌，十年窗下，总算修炼成精，见了人，也总算会说一套概念，背一套公式，至于这些公式的意义何居，他们实在并不了解。诡异的是，在忙于把知识搬进头脑中时，他的基本思维能力却处于睡眠状态。学校中常常上演着教育滑稽剧，教师如同舞台提词员一样，把一些词汇、定义、命题“吹入”孩子的耳朵中，虽然教学形式可能是声嘶力竭、填鸭式地灌入，但灌入的词却既大又玄，因此只能放在沉睡的能力之上，它造就的是做梦的人。

夸美纽斯早就洞悉其间的深意：本来可以温和地输入智性的东西，却粗暴地印上去、塞进去、打进去。本来是可以明白地和明亮地放在心智跟前的事情，却去晦涩地、迷惑地、错杂地看待，好像它是一个复杂的谜语似的。这既大又玄的知识正是为了心智不再明白与明亮。

还有一种愚，却具有很强的蒙骗性，它表现为聪明和伶俐。我们的教育中充斥着令人骄傲、值得炫耀的知识，讨人喜欢的才能，可以卖弄的技巧。譬如七龄童能做出他自己也不懂的古诗，一群孩子在课外班里培训奥数题，高比例的少年考过钢琴十级——然而，这些知识能否转化成为理解力、判断力乃至德行，却鲜被问及。恰如卢梭所言，从我们童年时候开始，人们就拿一些毫无意义的东西来教我们，虽把我们教得外表看起来很机灵，但却破坏了判断力；学校里什么都教，唯独不教他们做人的天职。

这类知识华而不实，它带来的不仅仅是愚蠢，更可能是虚荣。他们辗转相传这些知识并不为充实与营养自己，而是为了炫耀自己，娱乐大众，当作谈话的资料，像一枚不流通的筹码除了计个数扔掉以外，没有任何实际价值。一个少年，在外学了十多年，学了拉丁文和希腊文使他比离家前更神气和尖刻。他原该带回一个充实的心灵，而今却是虚空的；没有茁壮长大，只是浮肿虚胖。

这些让人虚胖浮肿的知识，不能唤醒人，因而不能与心智的发展建立内在联系的知识，不仅是无用的，更是“坏”的——其坏不在于正与误、虚与实，坏在对人的误导与诱惑，坏在知识没能稳妥地渗透到人性里，再踏实地实践于生活中。这随意或肆意掠取的无根的知识，它会剥夺人对现实的感受能力，会干扰人的判断力，会败坏人的品位。拥有杂乱无章的多方面的知识的人，看似博学，喜好谈论，然而，他们已经没有必要的平静与理性来感受真实的现实了。他们用一些含糊不清，又摇摆不定的词汇与概念替代了对现实的感受。

他们头脑中所充斥的命题、判断与意见已经给他们造了一个笼子，隔开了他们与世界的直接的、亲密的联系，如同一个套中人一般，他们已经没有必要的平和与开放来观察世界，没有必要的宁静和谦卑来聆听自然的声音了。相应，知识之于个人，合宜的功用应是提高每一个人过独立的、明智的生活所必需的见识程度和思考能力。知识不是虚妄的玩物，它是用真理和智慧的首要原则来解决无粮之困，使之免受自身的无知和别人狡诈的玩弄。

知识使人能过独立的、明智的生活，我们对自身的无知有一定的认识，对他人的“狡诈的玩弄”却缺乏必要的警惕；我们在急于摆脱自身无知时，却常跳入他人“狡诈的玩弄”，“在我们所能获得的知识中，有些是假的，有些是没用的，有些则将助长具有知识的人的骄傲。真正有益于我们幸福的知识，为数是很少的”。

然而，这个“狡诈的玩弄”的主导者，自己常不自知：我们鼓励孩子们求知，但这个热情不是来自于对周围息息相关的事物的自然的好奇心，而是来自于一种刻意培养的虚荣心，一种肆意鼓励的竞争心与好胜心，以学问去获取某种荣誉地位。我们忙于教他们各种各样的学问，却没有培养他们有爱好学问的兴趣，没有耐心等待由他自己去发现那些学问。我们在他心中，用权威代替了理智，他就不再运用他的理智了，他将为别人的见解所左右。我们急于把各种真理告诉他时，也跟着在他的头脑里灌入了许多荒唐和谬误的东西。

卢梭曾告诫教育者，那些华而不实的种种学科在不幸的孩子的周围造成了很多陷阱。要当心谎言的奇异的魅力，要当心骄傲的迷人的烟雾。要记住，一个人的无知并没有什么坏处，而唯有谬误才是极其有害的；要记住，人之所以走入迷途，并不是由于他的无知，而是由于他自以为知。

自以为知者常掉入陷阱，生活于谬误与偏见中，还志得意满，裴斯泰洛奇借喻的呆头鹅极为形象，趾高气扬，呱呱直叫，却不辨方向。这样的人已经被教育完全糟蹋坏了，这与发育不足或不健康不同，这是一种没有希望的心智衰竭或彻头彻尾的心智摧残。

这就提出了一个重要的命题，知识教育的限度是什么？进而，知识与人性之间的合宜的限度是什么呢？在卢梭的思想实验中，爱弥儿是一个没有被不当的知识教育糟蹋的好孩子。爱弥儿的知识不多，但他所有的知识都真正属于他自己，而且其中没有一样是一知半解的。在他经过透彻了解的少量的事物中，最重要的一项是他知道：有许多的事物是他目前不了解而将来能够了解的；有更多的事物是别人了解而他是永远也不能了解的；还有无数的事物是任何人都不能了解的。

有些事情，现在不懂，将来再懂，这就意味着，我们有耐心，我们能安然处于我们的无知的状态，要等到有机会的时候才把它弄个一清二楚。教育者缓和地引发，谨慎地指导，而不简单急切地拿各种事物去教，是为了让他人有机会使用自己的理智，是为了让他人不听信别人的偏见，不屈服于权威，求知的目的是为了唤醒理智的成长。这是一条迟缓、漫长，但踏实的道路。有更多的事情，自己不懂，别人才懂，这意味着我们有限度，我们知道自己所短，也知道别人所长，这样，我们才可以不以自己所长去僭越他人，不以狡诈玩弄别人，也才有可能不被别人用狡诈所玩弄。

没有了限度，自恃一己之长、一能之专后，离智慧已远。更为重要的是，还有无数的事情是任何人都不能了解的，这就意味着我们要有敬畏。苏格拉底提出

“自知其无知”，“无知”既有不能知，更有不可知，即单一的知识不能穷尽的智慧。虽然我什么都不知道，但我至少对我的无知是毫不怀疑的。这是神的启示所给予的优越的智慧：我深深地知道，对于我不明白的事物，就真的是不明白。这是知识教育的限度。

正因为明白知识教育的限度，古典教育中强调知识、德行与虔敬，这三根柱子支撑着人的教育这一大厦。知识教育不同于信仰教育，也不同于灵魂教育，更重要的是，知识教育离不开后者，因为“知识没有力量把光赐给原来没有光的心灵，也不能使盲人看见东西。知识的使命不在于使人有视觉，而在于扶持、控制和指导人的视觉，以使人在行进时步履矫健。知识是良药，但是没有一种药被保存在污染的脏药瓶中能够不腐败变质而保持药效的”。

没有好的人格教育与心地教育，单一的知识教育如同海滩上的苇草一般，是没有任何根基的。由是，裴斯泰洛齐提出两条教育的重要法则：首先，对儿童的早期教育绝不是发展他们的才智或理智，而是发展他们的感觉、心地和母爱；其次，人类的教育要从感觉训练慢慢地过渡到判断训练，先要有长时间地训练心地，然后才能训练理智。假如不是这样，不当的知识教育会使“通往儿童智力与启蒙能力发展所依据的心智状态的通道丢掉了，通往德行的小窄门给堵住了；一条多少会使自私成为他的一切行动的动力的道路，从而决定了他的教养结果导向他自身的毁灭”。

我们为什么不能尽量温和轻快地把知识与养料提供给心智，让它自然而然地导向智慧与德行呢？因为我们不再窥视天意，骄傲的理性与膨胀的意志让我们把知识当作一个塑造自己、主宰万物的神器。我们以及我们栖居的世界会因此更美好吗？让我们转向当下的社会，来审视教育的动力机制。

人生向上：教育滋养何种民情

允诺改造“糟糕的质料”的教育，却一直面对着“如何不糟蹋我们”的诘问。我们将此议题置放在现实情境中，探究在什么样的“世道”与“人心”下，知识的功用发生着变化？在对作为教育动力机制的“人生向上”的理解上，传统与现代有迥然不同的参照与内涵，教育也由此培植不同的人心，涵养不同的民情。

在现代社会，“人生向上”是由教育来实现的，因为教育带来知识与技能，从而通向职业、阶层与地位的成功。知识不再是启蒙的光，而是力量，既可以认识与改造世界，更可以塑造与改造自己。这个力量还被用于战胜对手，获得资源与机会，学问让人获得荣誉地位，知识成为超克他人的工具。

更晚些，知识成为商品，成为可以炫耀的资本与符号。默顿仔细剖析美国成功梦的内在动员与外在强制机制，美国梦的经典表述是“我的位置在最高处”，美国人被告诫“不要做一个半途而废者”，美国的文化宣言的内在动员机制很简洁：你不应该放弃，不应停止努力，不应降低目标，因为“目标低下即是犯罪，而失败却不是”。其外在的结构很霸道，通过威胁那些不遵从的人不能享受充分的社会成员权，以迫使他们遵从文化指令而毫不松懈对远大抱负的追求。以此贯彻其制度逻辑，通过社会底层的人对高层的人的认同，而不是对他们同阶层的人的认同，来维持社会权力的结构。

人生向上，即“出人头地”，成为“人上人”，这不仅是一个美国梦，更是当下中国的教育梦。由是，教育的过程成为一个竞争与选拔的过程，教育成为优势地位、稀缺机会分配的代理机制。由此，教育蜕变为一种个人主义自由竞赛的机会教育。

这场竞争的内在残酷在于竞争开始时间早，“不能输在起跑线上”——甚至推到了胎教方案中；竞争动员范围广，社会各阶层，尤其是中间阶层志向大、热情高、参与度高、行动力强；竞争内容繁复、隐秘，竞争不仅渗透而且塑造了学生知识、技能、态度、情感与行为，既全域而笼统，又细微而具体。

这场竞争的残酷性还在于获胜的结果是遥远且抽象的，但竞争的对手却是具体且直接的，他就是你身边的每一个具体的人，是你的左邻右舍，竞争重构了同辈文化，丛林法则将每个人变成孤寂的原子，这是一场一个人对一切人的战斗——获胜的却只有精致的利己主义和精明的表现主义。

这场竞争的外在怪诞凸显为两个方面。

其一，把资格与结果混淆。打出“教育机会均等”的旗帜，在资格层面上，“我要和你一样”；在结果层面，“我要超过你”——自由竞争的奖励逻辑使然，“输不起”的利益分配结构捆绑了每个家庭的理性，不能平和、公正地认赌服输，“机会均等”的旗帜下却是热切的“僭越他人”之心。我们推崇民主社会的价值，与民主社会吻合的基本民情是朴素、平和，大小高低都很接近，相差不多，而贵族政体下的基本民情是追求显赫、炫耀，以及相应的嫉妒。在这场吊诡的教育梦中，僭越他人之心却高喊机会均等，其实质在于：以贵族政体下所滋长的基本民情追求所谓民主政体的核心价值。

其二，把封闭融合于开放中，即更宽的开放，更严的排斥。人人都有想成为“人上人”的愿望，却把每个人都变得软弱无力，个人被置身于一个不再有任何限制、看似开放的竞赛场，他所面临的是同所有的人进行竞争的局面，当人们到了大家彼此几乎都一样地走着同一条道路的时候，任何人都难于迅速前进，从彼此拥挤的密集的人群中很快穿过去，每个人都觉得自己前程远大的这种平等，实际上是使全体公民各自变成了软弱无力的个人。这种平等从各方面限制着人的力量，但同时又在扩大人的欲望。

这既被蛊惑又被限制的欲望让人心神不宁，卢梭谨慎地设计爱弥儿的教育：一到他开始懂道理的时候，就绝不能使他把自己同其他的孩子相比较，即使在赛跑的时候，也不能使他有敌手或竞争者：我宁肯让他一点儿东西都不学，也不愿意他只因出于妒忌或虚荣而学到很多东西。

因为比较会让一个孩子不再安于自然自足的状态：在比较中，他会觉得缺少这样或那样，别人有什么他就要什么，一切讨他喜欢的东西在引诱他；比较后的动机掺杂着虚荣、竞争、荣耀等情感，它所能繁殖的就是贪婪，他垂涎一切，他妒忌每一个人，他想高居人之上，一切与之争先的人，他都怀抱仇恨；虚荣在腐蚀他，不可克制的欲望的火焰焚烧着他年轻的心；有了欲望，同时也就产生了猜忌和仇恨，所有一切腐化人的欲念都同时在他的心中爆发出来，在喧嚣的世界中，他被这些欲念弄得激动不安。这让人心神不宁的欲望不仅败坏着人的品性，还侵蚀着社会的秩序。

实至名归是一种重要的秩序，面对名副其实的荣誉，人应当产生敬重。当妒忌成为一个社会流行的心态时，根本的症结可能是身居高位者，徒有其表，仅有光鲜的面子，与面子匹配的德行与功绩已荡然无存了，德不配位，荣誉蜕变为利益，社会认同的秩序被颠覆了。在妒忌与僭越他人的欲念下，“人生向上”变成了“人心放肆”，人既不认清自己，也不知尊重别人，既肆意妄为，又软弱惶恐，欲望让人既不自知，更无节制。

卢梭指出，要判明一个人性格中占据上风的情感，究竟是博爱敦厚还是残忍阴险，是宽和仁慈还是妒忌贪婪，就必须了解他自己认为他在人类当中占据着什么地位，就必须了解他认为要达到他所希望的地位，需要克服哪些障碍。这处处占第一之心正是由自爱变自私的关键。

人心放肆，捆绑了理性，扰乱了秩序，更腐坏了教育。何谓野心？放肆的人心也：人心需要刚强处，人欲需要节制处，或用虚张的励志典范，或用浅薄的心灵鸡汤；教育或急躁地鼓动，冷酷地恐吓，或虚情地抚慰，假意地扶持。放肆的人心既需恐吓使其产生畏惧，有所收敛；更需诱惑使其轻狂，以便控制。野心操纵的教育失去了对人的自然向度必要的尊重，对人的德行向度必要的持守，丢掉方正严肃的内涵，这种野蛮的教育与窃名盗利欺世相差无几。

我们需要追问，在平等与自由的价值下，教育为何蜕变成这样？教育还可能变好吗？让我们暂时作别这个时空，以中国的传统教育为镜，来追寻教育的根本与限度。同为平等，传统文化的平等所指为德行。人皆可以为尧舜，尧舜即圣人，即人人可以同为圣人，人人均应在品德上用力，砥砺向上。这是传统中国所强调的平等。平等所指的是内在的德行，而非外在的功名。

钱穆先生强调，今人竞言自由、平等、独立，唯德行乃自由，又平等，能独立，知识则无自由平等独立可言。因为知识越发达，人生相互间距离越远；竞争越激烈，则人生的苦痛越深，个人越自由，将越不平等。因此，平等与自由，所指均是“道德”与“心地”。

中国传统喜用流品来评鉴人性，班固在《汉书》中把历史人物分为三等九级，上上等是圣人，上中等是仁人，上下等是智人，中国古人以仁智皆尽为圣人，最下下等是愚人。人品分别，依据内在的禀赋——仁与智，绝非外在的权、势、绩，历史上做皇帝，大富大贵，但被列入下等的例子还不少。

人品虽有分辨，但人人皆能向上，先知觉后知，先觉觉后觉。在知与觉之间，在先与后之间，靠教育。“若使其知识开明，能知人道所贵，自能做成一上品人。因其知识闭塞，不知人道所贵，专为己私，乃成一下品人。苟能受教育，实践人道所贵，则人皆可以为尧舜。”

何谓人生向上？见贤思齐也。不甘于错误之心，有是非之心，好善服善的心，公平合理的心，拥护正义的心，知耻要强的心，嫌恶懒散而喜振作的心……总之，于人生利害得失之外，更有向上一念者是；我们称之为“人生向上”。

在利害得失之外，有更高的理性指引。由此，梁漱溟称中国人理性早熟，唯中国古人得脱于宗教之迷蔽而认取人类精神独早，其人生态度，其所有之价值判断，乃悉以此为中心。这也是我们常言道的“安身立命”，教育的根本使命在于将这向上之心，根植于普通人的寻常生命、日常的生活实践之中。人能自新其德，则“苟日新，日日新，又日新”。

人生何以向上？向上是在修德这一条大道上，而非追逐博弈优势地位、不断向上流动这一窄门。这既有外在的社会情境，也有与之适应的人生状态。传统中国社会并非一个纵向等级森严的阶级社会，而是一个平铺的“白衣社会”，科举考试是白衣卿相的制度保障，因此耕读传家。大多数中国人，“既鲜特权，又无专利，遗产平分，土地、资财转瞬由聚而散。大家彼此都无可凭持，而赌命运于身手。……这一社会是天才的试验场、品性的甄别地”。

由此，社会少积累，缺望族，无排斥，得失成败皆在各自的品性与努力，看似开放。与之适应，人生在于“向里用力”，人人皆有机会，前途命运全在自求，自立志、自努力、自鼓舞、自责怨，自得、自叹，一切心思力气，都只用在自家身上。因此，在人与人关系上，同样向里用力，强调反省自责，反躬己身，反省、自责、克己、让人，学吃亏；勤奋、刻苦、自励、要强。

由是，向里用力，即自得，亦自由。乐天知命、自由自得自在，以及清明安和，构成我们民情与风气的核心。外求的自由非自由，而是一种肆意妄为，可能演变为人际之间的倾轧；向内求，向里用力，自求多福，人生才可能自立与自得，对于自己，可增加宁静、光明；对于社会，可带来整饬与和平——亦即清明安和。

中国人又言“自得”。《中庸》言：君子素位而行，素富贵，行乎富贵，素贫贱，行乎贫贱，素患难，行乎患难，素夷狄，行乎夷狄。君子无入而不自得。把人的处境分作贫贱、富贵、患难、夷狄四项，实则上述所谓人生之外面。每一境必有一处置，处置得当，即可有得。得之由己，亦得于己，故谓自得。然则人各可自由自得，非他人与环境之可限。一个人的自得与修养体现为贫而不贱，富而不奢，贵而不骄，安乐患难都处之泰然、怡然。梁漱溟八旬之后对“乐天知命”产生领会，乐天知命是仁者不忧的根本。

教育最为重要的使命是帮助人建立内在秩序，乐天知命在卢梭那里，有相近的表述：我的永恒的天性与这个世界的结构与自然的秩序之间所发现的完美的契合，在这完美的契合中，我发现了与自然秩序相对应的精神秩序，正是依靠这个秩序，才能不受命运和他人的摆布，生活得很幸福。

教育使人不被命运所摆布：自知者明，自强者胜

回应今日人民投资教育的焦虑，知识改变命运吗？

卢梭的回答极为清晰果断：一个人要能够在自己的地位发生变化的时候毅然抛弃那种地位，不顾命运的摆布而立身做人，才说得上是幸福的。这时候，他战胜了命运，敢于把命运不放在眼里，他的一切都依靠他自己；当他除了自身之外别无他物可以炫耀于人的时候，他才能够说他不是废物，他才能够说他有几分用处。

真正的教育，所面对的是人，而不是人之外的职业地位与等级。教育所应追究的最大的问题是：人实质上是什么。此外，舍其地位的不同，共有的人性是什么？了解人类的内在本性、人类的需要，了解怎样使人类提高、怎样使人类堕落，显然是必要的。应该使一个人的教育适应他这个人，而不要去适应他本身以外的东西。

教育是使人类本性得以满足的手段，人类获得幸福的能力既非依赖于谋略，亦非取决于侥幸，它蕴藏于人类自身，与人类的基本才能联系在一起；教育的宗旨在于：每个人，即使最低下的人，都应当获得这最起码、最朴素的智慧。

培植普遍的、共同的人性，传统教育强调两点：自我认识与自我控制，即自知者明，自强者胜。

其一，自知者明。“明”即“认识你自己”，这是理智教育的第一步。一般的强弱如何，智愚如何，有什么特别的长处可以发展，特别的缺陷须加补救。如何才可以知止，可以自克，可以相安，可以不希图非分？能切实解答这些问题，一个人就可以有自知之明。中国古书中明德、明诚、度德量力一类的话，指的就是这自我认识的功夫。

与“明”相对的是“愚”，认识了整个世界，全部的历史，而不认识自己，一个人终究是一个愚人。然而，在现代性的浪潮中，假借技术知识与工具理性，“认识自己”转变成“改变自己”。由此，教育由内在向度的人性培植与德行提升，转变为外在知识与技能的习得、文凭资格的获取与文化资本的投资。在改变自己的实践中，人变成了一块烂泥巴，可以随意捏造，这双捏制之手既可以是自己的欲望，也可以是外来的权力，还可以是一套看似理性的制度。

然而，教育有其限度，其用在于“修道之谓教”，人既有自然的限度，还有社会的制约，更有道德的皈依；教育合度之用在于剪裁润色。然而，剪裁过度，润色过度，便是教育的过度，渐渐从修道的局面，变成害道的局面，形成一个尾大不掉，危及人生的局面。这便是教育对人性的腐坏。不狂妄地以改变命运来怂恿人改变自己，教育对人性有必要的尊重与谦卑，这体现为传统教育中的自求自得的态度，教育的立足点在“内”而非“外”，其“为己”而非“为人”，教育重在自求多福。

由是，教育是春风化雨，教育是教人做人，孔子以六艺设教，但所教更重在教仁、教恕、教乐，教不恤。钱穆先生说：“最高的教育理想，不专在教其人之所不知不能，更要乃在教其人之本所知，本所能。”外面别人所教，乃是我自己内部心情德行上所本有本能。所谓教，是一种“指点”，又称“点化”，如孟子曰“如时雨化之”。教是以人事行外面之教，育是于人生施内在之育，育才是重点，即春风化雨中内在生命之化育而成。

其二，自强者胜。“强”则是意志教育与情绪教育第一步，能对一己的情绪加以控制与制裁。强弱不是指一个人的力量，而是指能在意志、能力与欲望之间建立平衡。不了解自己天性而任意蛮干的天使，比按照自己的天性和平安详地生活的快乐的凡人还弱。对自己现在体力感到满足的人，就是强者；如果超出人的力量行事，就会变得很柔弱。

能把欲望限制在能力之内，同时意志能控制住欲望。这也就是中国人所说的“无欲则刚”，与强相对的是“弱”，“征服了全世界，控制了全人群，而不能约束一己的喜怒爱憎，私情物欲，一个人终究是一个弱者。”教育之于个人，以独则足，使其获得独立，进而获得自由。而一个人的独立与自由，不是来自他的臂力而在于他的心灵的节制。

节制是一种重要的德行，梁漱溟在论及乐天知命、仁者无忧之后指出，普通人存有如下信念：一切祸福、荣辱、得失之来完全接受，不疑讶，不骇异，不怨不尤。这样一种坦然无惧状态在日常生活中有其前提，“战战兢兢，如临深渊，如履薄冰”是也。由是，敛肃此心，既保持如履薄冰的谨慎，信及一切有其定数，便无贪无嗔，无惧无怕，随感而应，行乎其所当行，过而不留；止乎其所休息，人生得大自在、大自由矣。

教育给予人的自由，指明智且独立的判断，足以自立与自尊，能不为外物所役，不为权威所吓，不为谎言所欺，而持有清明平和的心境。教育之于社会，以群则和，奠定相与情深的情感秩序。我们究竟如何走入他人与群体？究竟是做“人上人”还是“人中人”？

卢梭指出道德教育的第一原理，人在心中设身处地想到的，不是那些比我们更幸福的人，而只是那些比他们更可同情的人。如果眼睛只往上看，只去关注浮华的富丽与虚假的幸福，那只会给人播下骄傲、虚荣和妒忌的种子，这不是在培养他，而是在败坏他；不是在教育他，而是在欺骗他。

为了使一个青年心存博爱，就绝不能使他去羡慕别人红得发紫的命运，应该向他指出这种命运有它阴暗的地方，使他感到害怕。因为人之所以合群，是由于他的身体柔弱；我们之所以爱人类，是由于我们有共同的苦难。如何在人与自然、人与社会、人与自我的重重关系中形成正确的判断与观念，奠定人的稳定的心灵秩序，进而辅助建立社会的秩序，使人不被命运所摆布，以独则足，以群则和。此为教育的使命也。

鱼之殇

刘亚荣

一

清风明月，荷叶田田，对一尾鱼来讲绝对是天堂。但危险常常就藏在隐秘处，柳树下的垂钓者是鱼的杀手，还有细如罗的渔网，它们都能改变鱼的命运。于是，一些鱼被腌制，被挂在屋檐下风干，一些鱼被人们大快朵颐。

当年我对省城的向往，就像这样的一尾鱼。那时候我的单位挂靠在省委统战部，有编制，但经费的使用是自收自支。在这里的日子，我仿佛在无底的夜海里穿行。

医院压根儿没几个病人。土黄的桌椅，苍白的墙壁，窗外的法国梧桐枝头挑着几片叶肉已干枯、叶脉已卷曲的叶子，病房里住着几个穿着蓝白条病服的癌症患者，没有笑声，没有朝气，像一片没有生命迹象的沙漠。他们的眼神没有鱼的清亮，看到我就像面对上帝派来的天使，他们对活的渴望，让我总是联想到渴望水的鱼。

这个门可罗雀的医院之所以还能留住几个住院病人，并不是医生们有起死回生之术。一则，是病人有强烈的求生愿望，有一丝希望就不肯放弃治疗。二则，这里新引进了一种内放疗技术，即依赖一种放射性物质同位素钐 153 抑制癌症后期癌细胞骨转移。也就是说，这种手段能控制癌细胞在骨质上的转移速度，延缓患者生命。究竟效果如何？我也不知道，或许有效吧，因为每次治疗完，患者们都很兴奋，仿佛得到了新生。这种药无疑是癌症患者的救命稻草，但这种药的原理和老祖宗的中医学原理相同，凡烈性药都是双刃剑，其作用和副作用都成正比，它对白细胞的杀伤力非常可怕。白细胞太低，会影响人的免疫力，而免疫力低会导致多种疾病。好在核元素有半衰期，所以治疗期间，医嘱上都让病人处在单独一间屋子里，以免对其他人造成伤害。医护人员要经常吃海带，以加速体内蓄积的放射性元素的排泄。那些日子，我简直成了一尾海鱼，我的胃整天都被黏糊糊的海带填满，直到现在，我看到海带都恶心。

记得第一次接触钐 153，我仿佛是上了战场。铅眼镜、铅衣、铅车、铅手套，和我一起上阵，试图抵挡核元素的辐射。我紧张地缩在铅车后面，沉重的铅衣像一座山压着我，冷汗浸湿了我的衣衫，注射器也沉重无比，针头死活也扎不到钐 153 瓶盖上，铅手套仿佛也重逾千斤。那时候，心里真有救死扶伤的念头，可也有对核元素的恐惧。在两种情绪的交织下，我颤抖着手，完成操作，人跟虚脱一样，瘫坐在护办室椅子上。核爆炸曾将日本广岛变为废墟，它的危害，相信很多人心有余悸。

放疗科是去食堂的必经之路，每次路过，我都万分恐惧，好像核同位素幻化成无数个魔鬼蹲在这里，它们在不怀好意地笑，无声，五颜六色的脸，獠牙外翻，狰狞初露，似乎随时准备袭击无辜的路人，我觉得自己在它们面前是羔羊，它们的袭击令我无法抵御。

放疗科的门口有两棵法国梧桐，它浓密的叶子常常成为待诊病人的绿荫。树下有一个大铁疙瘩，像一尊威武的狮子。医院的老人说，这是运送放射元素的“盒子”，我懂得这个东西的可怕。突然有一天，这个“铁狮子”不见了。听说被当作废品卖掉了，我惊了一身冷汗。是谁昧着良心卖掉一个“炸弹”呢？

二

412 的病人名字我早忘了，年纪不大，他的父亲也才 40 多岁。门静脉高压上消化道出血让这个孩子像一棵没发育好的豆芽菜，肝硬化也不是不治之症，但是他们负担不起大医院高额的治疗费，辗转来到了我工作的医院。没有医保，粮食不值钱，为了多在医院住几天，他的父亲每餐就是两个馒头，连咸菜都舍不得吃。

秋风吹着落叶，哗啦啦的像催命符，我们几乎天天催“412”的父亲补缴住院费。“412”蔫蔫地躺在病床上，眼睛看着房顶，对他父亲说：“爸，咱回家吧。你没听到人们说，榨干榨净人财两空嘛，别糟践钱了，你和妈老了可怎么办？”我听了心也蜷做一团。

“412”住了十几天，就死在了他父亲的怀中。我慌乱地撤掉输液器，不忍心看他们父子一眼。天塌了，那父子两人像一组土色的雕像，线条又深又厉，仿佛都没有温度。年轻的人永恒了，年老的人瞬间更显苍老。

赵芳来医院时，秋风正爽，路边的月季悄然盛开，法国梧桐正展示着强健的生命力，绿得使人心醉。美丽的赵芳走在路上，她窈窕的身影很有穿透力，没人知道她是一个病人。她是乳腺癌术后因胸闷入院。胸水活检、胸透、CT，请来了省四院的胸外科专家都看不出有癌转移的迹象。抗感染治疗后，赵芳就吃中药调理。大夫们没有人建议她转院，护士们都如我一样沉默，我那时候也存在侥幸心理，盼着她只是一般的肺感染。

我也是一个母亲，我从窗口看到赵芳送儿子到医院门口，儿子走了，她用手绢擦总也擦不完的眼泪……时光就这样默默前行，从初秋到腊月，赵芳的胸闷也没好转——反复的胸水，抽完，又涨。她迅速地消瘦了，白皙的脸色有点儿蜡黄。我去给赵芳测体温，她爱人赵善正站在床边给她梳头，一双大手捏着三绺头发，吃力地编着辫子，一双身影印在灯下的墙壁上。

这个镜像一直珍藏在我心里。年前，赵善带着赵芳的胸片去了北京市肺肿瘤研究所，轰隆隆的列车并没有带来好消息，癌细胞胸膜转移。听到这个消息，护办室静悄悄的，赵善默默地在这里流泪。这结果赵芳不能知道。只是接下来的几天，赵芳的母亲总和赵善吵架。老太太疯了一样，好像赵善谋杀了她的宝贝闺女。

赵芳很快转院了。

她的命运不用猜测——这一年是 1996 年。

生老病死是自然规律，大型的综合医院，看到死也会迎接生，我工作的医院却不是，我倒觉得它是生死的临界线，一脚迈过去就是死亡。每一个病人在这里都是一尾生命将尽的鱼，而我们这些医护人员在体制内外徘徊，像两栖的肺鱼，为了生存而不得不改变自己的生存状态。这样的工作环境，使得我在梦里也常常感到窒息，就像一尾张大嘴巴喘气的鱼，我的周围是一摊泥水，里边陷着一群渴望生的鱼……

如今记起这些事儿，这些人儿，好像没有什么意义，我只能用手中的笔给这些逝去的病人做个墓碑。

三

医院前边的法国梧桐并不体恤人，树上的叶子打着旋儿，毫不怜惜的坠地。医院也越来越不景气，交不出房租，被甲方停了暖气，病人越来越少。没有病人就没有效益，工资停发了。一楼的皮肤科发生了一件改变命运的事情。皮肤科除了治疗皮肤杂症外，还用另一种同位素锶 90 贴敷治疗瘢痕血管瘤等病症。一个主治大夫姓张——承德医学院的高才生，喜读《易经》。为了留省城和医院签了约，等到了解到医院的性质后，他厚厚的近视镜便更加浑浊，厚嘴角整天撇着，脸上挂着一股怨气。他的对面是高高的齐大夫，两个人是同龄人，大学毕业正在谈恋爱。本来就不充裕的钱袋子更瘪了，也不知道二人是怎么想的，在一个工作日后，把铅桶内的锶 90 偷偷拿走了。医院报了警。二人承认拿走锶 90 是为了讨薪。派出所做出了人性化处理，没有追究刑事责任。两个人心情复杂地离开了医院。

这两个人因为讨薪出此下策，命运立刻被改写。讨薪讨出了“盗窃事件”，这件事儿让他们丧失了尊严，也失去了体制的保护，让他们成为无业者。我在想，这究竟是谁的错？

此后，这俩人像两条游回大海的鱼，再没有一丝消息。我只知道“盗窃事件”影响到了婚恋，二人中的一个人的女朋友因为怕被“贼”连累，坚决断绝了关系。

我常常梦到鱼：被网在渔网中挣扎的鱼，鱼钩上翻腾的鱼，油锅中吱吱作响瞬间亮晶晶的眼珠变白的鱼……鱼硌得我很疼。我想，那些没有医保的患者是一群无辜的鱼，我们这些医务人员既是鱼钩，也是被命运捉弄的鱼，体制让我不舍得丢弃这个“鸡肋”。

我们医院有编制的人不多，更多的是返聘的大夫，这其中有些人一脸忠厚相，来看病的老乡因为他们的“知心”视其为亲人，包里本来就不多的钱，心甘情愿地扔给医院。

赵敬是我们科里的男大夫，人长得文静，医术不错，从外地调过来不到一年，他做人有原则，看到其他科室蒙骗老乡的钱，常常发牢骚，说国家怎么能让这些人逍遥……有一天，赵大夫一脸凝重，突然问我们还记得茹吗？我们都说，记得啊，咱们的病号，去世 3 个月了。赵大夫说，他遇到茹的爱人了，再婚了。护办室又是一阵无语。这难道就是那对患难夫妻的最终结局？癌症让多少家庭失去了欢乐，又让多少孩子失去了母亲？无序的医疗机构做了他们不幸命运的推手。

这所医院成了很多人命运的分水岭。我在医院挣扎了 7 年后，幸运地找到了收容我的地方。我的同事们有的被调到别的医院，有的当了医药代表，也有的开了诊所。医术很高明的赵大夫，却没找到接收单位，跟着别人做楼宇对讲门生意，满腹医学知识对他的生意而言大概没什么帮助，他要从头学起，为了生活。曾经有位法律界人士对我说，你们应该上访，当时国家允许三产，政府就应该为三产职工的养老埋单。

曾经在这个医院治疗过的病人，像鱼一样死去；曾经在这儿工作过的“鱼们”，各有自己的命运际遇。7 年中，我一直被噩梦折磨，在梦中我是一尾鱼，沙滩离我很近，水离我很远。

四

1997 年春，医院被搬到了中山路，规模看上去更大了，吸纳了很多承包科室——实质就是私人承包，请个有执业医师资格的老大夫坐诊，有一两个刚刚从卫校毕业的小护士接待病人。当时医院有肝病科、美容科、不孕不育科、白癜风皮肤门诊、耳鼻喉科，最红火的要数泌尿科（其实就是性病科）。医院院长改变了管理策略，变为一个租赁型医院：挂个牌子，收取房租和管理费盈利。当时有几位医院聘用的老专家极力反对将科室承包出去。院长一意孤行，并留下“我就是头撞南墙，把南墙撞个大窟窿，也要一直往南冲……”的笑话。一个管理者，将一个医院弄成了一个独立王国，听不进任何劝阻。接连不断的医疗纠纷，走马灯一样的科室老板，来来去去的医务工作者已是医院的家常便饭。

医院里增添了不少“新兴项目”，有个南方的投资者看准了市场需求，承包了美容整形科，不仅能做以假乱真的双眼皮、漂红唇，还能丰乳。

美容整形科在3楼，几乎天天能看到戴着墨镜和口罩的摩登女士下楼，由小轿车接走，美容科可真红火。有一天，来了一个做过丰乳手术的女士，一进美容整形科就对护士大打出手，骂骂咧咧地说，钱白花了。做出来的乳房一边大一边小，没有达到她的要求。她言外之意是没有男人对这样的乳房感兴趣。我心里一阵悲哀，为这个女人，也为这些花巨款整形的女人们。如果她们也是鱼的话，是自己投到手术台上接受重塑的鱼，是试图变成“美人鱼”的鱼。美容整形能获得外表的改变，她们看上去像花儿一样美，但对男人的依附，决定了她们悲惨的下场，也决定了她们悲哀的未来。

曾经疯传丰乳的材质致癌。但愿不是真的。

透过护办室的窗户，能看到那些由乡下来看病的老乡们，他们迈着沉重的步子穿过院落，进出各科室，用五谷和家禽积攒的积蓄换成大包小包的药物，像一尾尾自投罗网的鱼。微薄的收入，让他们听信广告宣传，来到这个所谓专家坐诊的医院。那些正襟危坐的专家，拿着不菲的收入。他们手中的笔，不是笔，而是一枚枚血淋淋狰狞贪婪的鱼钩。提成足以让一些人忘掉自己还有颗心。人的世界也像传说中鱼的食物链——“大鱼吃小鱼，小鱼吃虾米，虾米吃青泥。”这医院，这些老板像凶猛的鲨鱼，大口一张，吞噬的不仅是金钱，还有生的希望。

我相信世上还有因果，虽然我当时选择了缄默。

有人说，奈何桥上不分老幼。佛说，有因果。按佛教的说法，天外还有一个世界，也许那些早逝的人在“天堂”不会受到鱼饵的诱惑和鱼钩的伤害。看多了别离，看多了利益纷争，柔软的心好像被包上了一层铠甲。我曾经是天使，也曾经是魔鬼。

五

不得不说的人和事。

医院的承包者，大都来自东南沿海，听说他们的身份都是农民。不知道什么风让这些人过得风起云涌——西装革履、手持大哥大、说着“鸟语”，猛一看还以为见到了外国人。这些人中，有一个“领导者”，他是这帮承包者的“大哥大”，一呼百应。海风让他的脸色呈现黝黑、脸型短、眼窝深陷、厚嘴唇，如果穿上打鱼的衣衫，他就是一个渔夫。这个人除了有超强的经济头脑外，品行还不错。妻子不在身边，开始也没有绯闻。

“大哥大”经营着泌尿科、肝病科、美容科、不孕不育科等科室。这个年月，挂名泌尿科的性病科是他的摇钱树。一些道貌岸然的男人，也有一些脸上涂着脂粉的女人频繁地出入泌尿科。我冷眼看着这些人，心里暗暗说：“活该！让你们不是好鸟。”听收费处的同事说，泌尿科的收入是其他科室的几十倍。这个无序的世界疯了，好人也成了坏人，农民不种地，穿上白大衣在医院里种鱼饵钓大鱼。

这些老板之间沾亲带故，互相照应着。相对于出入泌尿科的男人们，他们还算本分。因为他们的存在，医院里常常来一伙儿拖儿带女的女人们，个个穿着紧绷绷的裤子，夏天穿着拖鞋，冬天穿着棉拖，和北方人很不同，说起话来叽叽喳喳，耳朵上的耳环乱晃，脖子里的金项链粗得让我担心她们脖子的承受力。是她们的男人给她们买的金银饰品（钱是患者贡献的）。这些光鲜的女人和孩子，与穿得土里土气的看病老乡截然不同，仿佛是两个世界的人。我只能待在办公室摇摇头，轻声地叹息一声。去正规医院，各项检查说不定就能把钱花光，在我待的医院，起码能得到精神安慰。

“大哥大”聘请的小护士们一个个都像天使，有一个居然爱上了他，“大哥大”不在医院时她俨然是山寨的二当家，死命地帮“大哥大”做事。听说，起初“大哥大”坚持原则，最后缴械投降给这个和他女儿差不多大的女孩子。后续的故事也有，“大哥大”帮这个女孩子办了注册护士证，给她买了一套房，几年后把她嫁了出去。那个年月，这样的故事很多。

不靠谱的大夫，不靠谱的原料，不仅美容科纠纷不断，不育不孕科也惹了大麻烦。一个不能过正常夫妻生活的男人在被注射了某种填充物后，整天都处于亢奋的状态。物极必反，这是治疗失败的原因，属于严重的医疗事故。可怜的山里人，女人40来岁，红红的脸蛋挂满了眼泪，整天堵在院长办公室大哭小叫，男的畏畏缩缩，头都抬不起来。那天是小雪，人心都冷作了一团。西北风无情地吹着，雪花时大时小，这个可怜的女人，绝望地在院子里打滚，白的雪，黑的人的痕迹，一会儿都被大雪隐去。可怜的人，谁能救他们？院长猫在医院南头的平房，普通职工都见不到他，副院长们忙作一团。这样的事故，影响了承包科室的收入。在几次协商后，老板付了一笔钱。这两口子再也没出现过，可是他们这辈子该怎么过？

六

琴是一名特殊的患者。见到她，我吃了一惊，39 岁的她居然穿得像一朵盛开的凤仙花，大红色纱质地的连衣裙，消瘦的脸涂着腮红，薄薄的嘴唇抹着猩红的唇彩。她是药房冯阿姨的老同事，因为流产来我们科输液。我对她的印象很不好，看眼神她是个正经人，可是这打扮让一般人接受不了，而且伺候她的是个 25 岁的小男人。

小男人出去后，因为有冯阿姨的关系，琴有气无力地告诉我，她是个笑话。琴本来在某劳改农场工作，下岗后男人开上了出租车，她在家带孩子。没想到男人却一脚踢开了她，和一个年轻女人结了婚。她赌了一口气，发誓要找一个年轻人。这个男孩子只比她女儿大 7 岁。现在，琴为自己的意气用事后悔，狠心打掉了小男人的骨血，瞒着他说是例假大出血。琴边说边流泪，她说自己命苦，不能连累这个无辜的小男人，为了和她结婚，这个男孩子和家里断绝了关系。以后怎么办？琴的眼神是迷茫的。

有个大作家说过，日子不过是一种了却。

我没理由责备她，这个世界有多少人迷失了方向，所有的不应该都是有代价的。如果琴和爱人都有一份稳定的工作，人生也许会是另一番模样。

妇科门诊也很忙碌，常常有年轻女子来做人流，其中不乏大学生模样的女孩子们。有的是两个女孩子偷偷摸摸结伴而来的，有的是由大腹便便、没几根头发的“爷爷辈”的男人大摇大摆的陪着来的。这个世界失序了。

那年夏天，天也失态，接连几天大雨，地里的水都饱和了。市里面也成了汪洋，大水沿着红旗大街哗哗往南流淌着，总也流不完的样子，半个的西瓜皮，各种颜色的塑料袋，破旧的草帽、拖鞋，被流水裹挟着冲到不知名的地方。这肮脏的水里什么都有，就是没有鱼。医院里的“鱼”，或者懒洋洋地躺在病床上接受治疗，或者面无表情地看着无情的流水。是夜，鱼又来到我的梦中，这些干渴的鱼得救了，我高兴地笑了……这些鱼在水里欢跃着，荷叶摇摆，蒲草飘香。一下子，水没了，鱼儿们又痛苦地在泥潭挣扎，我发现我也成了一尾鱼，我扑腾着，几乎要窒息。一下子醒了，这个梦却印在我心中，如旧日的瘢痕屡屡发作，让我总是感到隐隐地疼。

树倒猢狲散，医院于 2003 年倒闭了，承包老板们鸟一样散去，医院的旧址早变成一座大型超市。一些人成了我永久的记忆，一些人在这里成为风干的腊鱼，被命运绑在屋檐下随风摇晃着。是什么决定了这些“鱼”的命运？

灯光污染，到哪儿去看“月亮的脸”？

郭元鹏

夜幕降临，摩天大楼灯火璀璨，街边店铺霓虹广告流光溢彩。“不夜”的明亮城市诉说着繁荣的同时，也暗藏隐忧：灯光之下，无法再看见璀璨的星空，超亮的户外广告牌带来的光辐射，对生态环境造成不小的危害。值得注意的是，国内光污染问题仍未得到足够的重视与治理。（《经济参考报》8 月 15 日）

寂静的夜空，星光点点；秋日的夜晚，月华似水。古往今来，多少文人墨客，用汉字、用语言、用情怀、用温柔，书写着自然之美，感受着自然之美。可如今蓦然回首的时候，我们在城市的夜空里却再也看不到满天的星光了。取而代之的是火树银花不夜天。我们在享受着“人造美景”的时候，谁能想到这就是一种严重的污染？

说起噪音污染、河流污染、空气污染，我们都是咬牙切齿，说起灯光污染，却不会有人重视。曾经有专家指出，目前孩子中近视眼高发的根源，除了不正确的阅读习惯以外，还有一个根源就是灯光的过度使用。国家也曾经治理过灯光污染，但是由于公众对光污染的认识不足，使治理打了败仗。而实际上，灯光污染造成的问题还不止这些，除了对人体的各种伤害之外，还有对生物生态链的伤害。除了这种破坏性的伤害之外，也给自然景色带来了副作用。

在灯红酒绿里，在红尘滚滚里，我们每一个人都曾经向往城市的繁华。不仅是沿街的商家在制造着这种光污染，就是政府部门也一直认为火树银花才是秀美的风景。每到节日的时候，都会动用巨资布置街道，让街道上霓虹闪烁。还有的会搞一些灯光节，将世界各地的创意灯光都集中在一起，供市民欣赏，还把这种活动说成是“民生工程”。

2015 年的时候，宁夏银川举办了一场耗时半个月的“旅游灯光节”，吸引着全国各地的人们到这里“流连忘返”。可是，当地百姓并不买账，而是呼吁灯光节早早收场。因为这个灯光节已经严重影响了百姓的生活。

陪你去看流星雨，这是多么惬意的事情？可是，在城市里要想看一场流星雨，那已经成了不可能的事情。每当有流星雨的时候，天文台都会给市民发布一个最佳的欣赏地点，而这些地点都是城市之外的郊区或者农村，或者山头？这是为何，就是因为光污染已经淹没了星光点点。

值得一说的是，就连中秋的明月，也成了城市人的奢侈品。中秋时节的赏月，都难再实现“举头望明月”了。2015 年中秋节的时候，有城市市民疾呼：“这个中秋能不能让我们看看月亮的脸？”各地也都回应市民诉求，倡议中秋节晚上关灯一小时，还给市民美丽的夜空。但是，在治理的时候却无法可依。各地出现为数不多的灯光污染投诉，也都因为无法可依，最终不了了之了。

我们的环境保护法是需要前行的，对于这种火树银花和霓虹闪烁需要进行有计划的限制。往小了说，这是资源的浪费；往大了说，还是对健康的危害。